諾貝爾文學獎得主——鈞特‧葛拉斯的百年思索

我的世紀

圖文典藏版

Mein Jahrhundert

鈞特‧葛拉斯（Günter Grass）著／繪

蔡鴻君　譯

紀 念
—— 雅各・蘇爾 ——

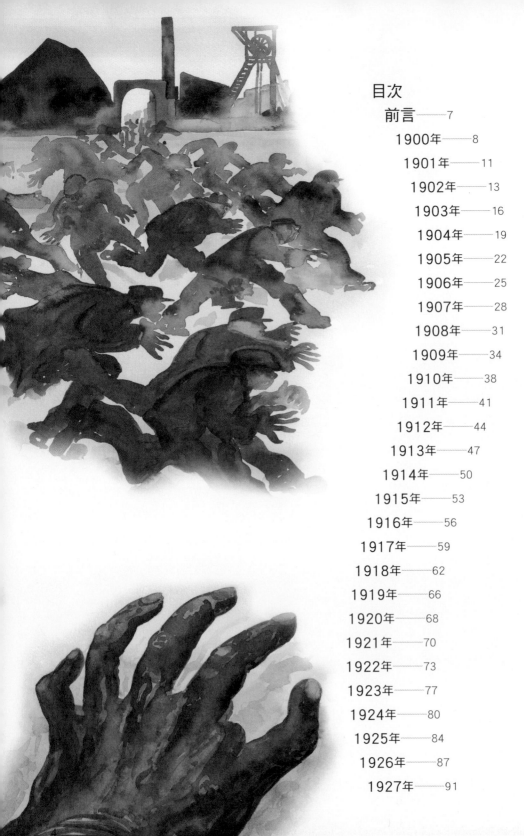

目次

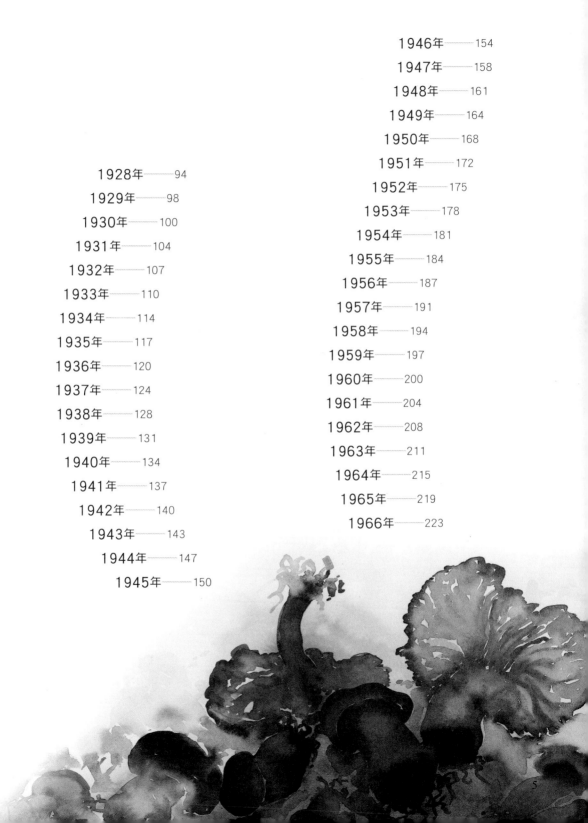

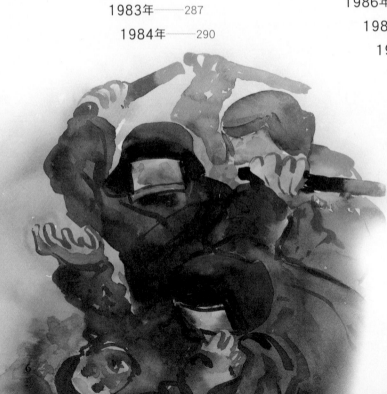

前言

　　「一百年，一百個故事。」一個簡單的想法，我最初是這麼想的，然後就開始工作。我不得不再一次地埋頭在歷史的進程、殺人的戰爭、思想迫害的故紙堆裡，把那些通常很快就會被遺忘的東西昭示於眾。對我來說，重要的是按照巴羅克式年曆故事的傳統寫一些短小的故事，在這裡不讓那些說是他們推動了歷史的有權有勢的人發言，而是讓那些不可避免地與歷史相遇的人出來說話：這是一個把他們變成犧牲品和作案人、變成隨波逐流的人、變成獵人和被獵物件的歷史過程。我的目的是要讓這段由德國人在兩次世界大戰決定的且在德國繼續產生影響的歷史，發出響聲。男人和女人，年輕人和老年人，直接地或者與事件保持一段距離地，傾吐心聲。

　　《我的世紀》在德國的讀者中引起了巨大的迴響，我自然也會問自己，中國的讀者可能會對此有多大的興趣。在與葡萄牙作家、諾貝爾文學獎得主約瑟·薩拉馬戈的一次談話時，我建議他也考慮考慮這個如上所述的簡單想法，「一百年，一百個故事」，從各自不同的角度，從葡萄牙的、墨西哥的、俄羅斯的、南非的觀點，同樣也用文字來記錄這個臨近結束的世紀。

　　為什麼不應該有一位中國作家也來考慮考慮這個「一百年，一百個故事」的想法，根據中國的歷史經驗，把一百年的希望和悲傷、戰爭與和平，行諸筆墨呢？這個想法並不屬於我，可以說，它就躺在大街上。至少是我，作為一個德語讀者，將會懷著緊張的心情和好奇的興趣閱讀這樣一本書。

2000年4月17日於呂貝克

1900 年

　　我，替換了我的，每一年都要出現。因為經常都是戰爭，像我們這些人喜歡撤到後方，所以並非總是出現在最前排。但是當年去打中國人的時候，我們這個營在不萊梅港列隊受閱，我則站在中間方隊的最前面。幾乎所有的人都是志願的，施特勞賓只有我一個人報了名，儘管不久前我和萊茜（即我親愛的特蕾澤）剛訂了婚。

　　我們列隊待命上船，迎著太陽，背後是北德船運公司的遠洋大樓。皇帝站在我們前面的一座高臺上，慷慨激昂地講話，聲音回盪在我們的頭頂上。新式的寬邊帽檐水手帽又稱作「西南帽」，可以遮陽防曬。我們這些人看上去可漂亮呢！皇帝戴著一頂特製的藍色頭盔，上面有一隻閃亮的雄鷹。他講到重大的任務和兇殘的敵人。他的演說吸引了所有人。他說：「你們到了那裡，要記住：不要寬恕，不要抓俘虜……」接著他又講到埃策爾國王和他的匈奴大軍。儘管據說匈奴人當年燒殺搶掠，無惡不作，他仍讚揚他們，以致社民黨人後來印刷了那些狂妄放肆的匈奴人信函，對皇帝關於匈奴人的演講竭盡誹謗中傷之能事。最後，他向我們發出進軍中國的命令：「為文化徹底打開一條通道！」我們三呼萬歲。

　　對我這個來自下巴伐利亞的人來說，漫長的海上旅行如同煉獄。我們終於抵達天津，這時，所有其他國家的軍隊：英國人、美國人、俄羅斯人，甚至還有真正的日本人和其他幾個小國家的小部隊，都早就到了。所謂的英國人，其實是印度人。最初，我們的人數很少，但是幸虧我們有克虜伯生產的五釐米新式速射火炮；美國人則試用他們的馬克沁機關槍，這是一種真正的魔鬼武器。因此很快就攻克了北京。當我們這個連開進城裡的時候，似乎一切都已經結束了，真是太遺憾了。然而，還有幾個拳師不肯罷休。「拳師」是他們的叫法，這是一個祕密組

8

織，又名「大刀會」，或者用我們的話來說，就是「用拳頭格鬥的人」。英國人最早開始談論拳師起義，後來所有的人都談論拳師起義。拳師們仇恨外國人，因為外國人把各式各樣的玩意兒賣給中國人，不列顛人尤其喜歡賣給他們鴉片。接著發生的事情，就像皇帝下達的命令那樣：不抓俘虜。

　　按照命令把拳師們驅趕到前門廣場，將他們堵在紫禁城與北京的普通城區隔開的高牆腳下。他們的辮子被捆在一起，看上去很滑稽。然後集體槍決或是逐一砍頭。關於這些恐怖可怕的事情，我在信中並未向未婚妻提過一個字，我寫的只是百年皮蛋和中國式的饅頭。不列顛人和我們德國人最喜歡用槍來快速解決，而日本人則更願意採用他們歷史悠久的斬首。拳師們寧願被槍斃，因為他們害怕死後得用胳膊夾著腦袋在地獄裡到處亂跑。除此之外，他們毫無所懼。我見過一個人，他在被槍斃之前還貪婪地吃著一塊用糖漿浸泡過的米糕。

　　前門廣場狂風呼嘯，這股來自沙漠的風經常捲起一團團黃色的塵霧。一切都變成了黃色，我們也是如此。我把這些都寫信告訴了我的未婚妻，並且還在信裡裝了一點沙土給她。義和團的人都是和我們一樣年輕的小夥子，日本的劊子手們為了一刀砍得漂亮，先把他們脖梗上的辮子割掉，因此，廣場上經常會有一小堆一小堆被割下來、滿是塵土的中國人的辮子。我拿了一根辮子，寄回家作為紀念品。回到家鄉以後，我在狂歡節時把它綁在頭上，逗大夥開心取樂，直到有一天我的未婚妻把這件從中國帶回來的小禮物燒掉為止。「這種東西會給家裡帶來鬼魂。」萊茜在我們舉行婚禮的前兩天這麼說。

　　但，這已經是另一個故事了。

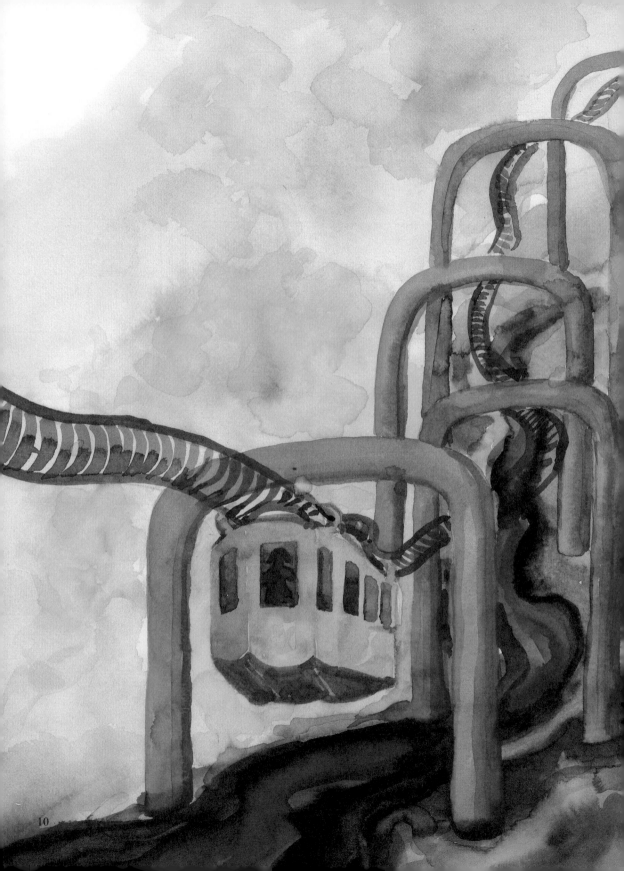

誰要是尋找，就準會找到。我總是在破爛舊貨裡東翻西找。在沙米索廣場有一個商人，掛著一塊黑白相間的招牌，他聲稱賣的是古董，在他的破爛廢物裡的確也深深隱藏著一些很有價值的東西，也許是幾件稀奇古怪的東西引起了我的好奇心。在50年代末，我在這裡發現了三張明信片，是用一根細繩捆在一起的，上面的主題分別是清真寺、墓碑教堂、哭牆，它們已經失去了光澤；郵戳是1945年1月在耶路撒冷蓋的，要寄給住在柏林的一位貝恩博士，然而，在戰爭的最後幾個月裡，郵局未能在柏林的廢墟中找到這個收信人，這一點可以藉由上面的一枚印章得到證明。幸運的是，設在克勞伊茨貝格區的小庫爾特·米倫豪普特的收藏中心，為它們提供了一個庇護所。

文字貫穿三張明信片，中間用線條勾畫了許多小人和慧星，字跡很難辨認，全文如下：

　　「時代是多麼令人震驚啊！今天，在3月的第一天，當這個正在蓬勃發展的世紀邁著僵硬的腿，跨出引人矚目的第一步時，你，我的野蠻人，我的老虎，正在遠方的熱帶叢林裡貪婪地盯著肉食，我的父親許勒用他那隻厄倫史皮格爾（即德國民間故事的主人翁）的手拉著我，為了帶著我和我那顆脆弱的心，登上巴爾門至艾爾伯費德的懸空纜車，開始它的首次運行。越過黑黢黢的烏珀河！這是一條鋼鐵鑄成的巨龍，千萬隻龍爪在河上盤繞翻騰，信奉《聖經》的虔誠印染工為了可憐的工資，用他們染色的污水染黑了這條河。懸空纜車不時地伴隨著隆隆巨聲從空中飛過，巨龍的一隻沉重的環形腳爪發出陣陣呼號。啊，我的吉塞海爾，在他的甜蜜的嘴上，我曾經體驗過多少永恆的幸福，你能否和我（你的蘇拉米特，或許我該是王子尤素福？）一起飄過冥河斯蒂克斯，它是另外一條烏珀河，直到我們在摔落的時候變得年輕，融為一體，燒成灰燼。不，我已經在聖地獲得了拯救，並且把我的一生完全許諾給了救世主，而你則至今依舊迷失茫然，背叛了我，冷面無情的叛徒、野蠻人，這就是你。悲哀的哭號！你是否看見了游在黑黢黢的烏珀河上的那隻黑天鵝？你是否聽見了我在藍色鋼琴上彈奏的那首如泣如訴的曲子？我們現在必須下車了，父親許勒對他的埃爾澤說。在人間，我在他的眼裡通常是一個聽話的孩子……」

　　現在，雖然人們都知道，烏珀塔爾懸空纜車第一期長約4.5公里的路段，隆重交付公共交通使用的那一天，埃爾澤‧許勒已經不是孩子，已年滿三十，與貝爾特霍德‧拉斯科結了婚，並且是一位兩歲兒子的母親。但是，年齡在任何時候總是服從於她的願望，因此來自耶路撒冷的那三個生命徵象（即寄給貝恩博士、貼足郵票、在她去世前不久寄出），肯定對一切都要知道得更多。

　　我沒怎麼討價還價，就為這三張重新用細繩捆起來的明信片，付了一筆昂貴的價格，小庫爾特‧米倫豪普特朝我眨了眨眼睛，他的舊貨總是格外特別。

1902 年

　　這種事在呂貝克也會成為一個小小的事件：我這個中學生為了去磨坊門或沿著特拉維河岸邊散步，特意買了我人生的第一頂草帽。不是那種柔軟的氈帽，也不是圓頂硬禮帽，而是一種平頂、黃得像蒲公英一樣閃亮的草帽，它才剛流行起來，文雅的稱呼是直接用法語「卡諾蒂埃嗶嘰（Canotier）」，通俗的叫法是德語的「圓鋸帽」。女士們戴上了有裝飾花邊的草帽，但仍然束著腰，長時間地把自己箍在用鯨骨褡支撐的緊身胸衣裡；只有少數幾位女士大膽地穿著透氣的新式寬鬆連衣裙，出現在卡塔林納文理中學前面，惹得我們這些高年級學生放肆地取笑她們。

　　當時出現了許多新的東西，例如帝國郵局發行了全德統一的郵票，上面印著身穿金屬護胸的日耳曼女神側面像。到處都在宣揚各式各樣的進步，許多戴草帽的人也顯得對未來充滿好奇。我的草帽也經歷了一些事：當我驚奇地觀看第一艘齊柏林飛艇時，把它推到了腦後；在尼德雷格爾咖啡館，我把它和剛剛印刷出來、強烈地刺激了市民思想的《布登勃洛克一家》這本書放在一起；然後，我作為大學生戴著它穿過剛剛開園的哈根貝克動物園，觀看那些露天飼養的猴子和駱駝，那些駱駝和猴子也傲慢、貪婪地看著頭戴草帽的我。

　　在擊劍場上互相拿錯，壓根兒就遺忘在阿爾斯特咖啡亭。有幾頂草帽多次領教過考試時大汗淋漓的滋味。一次又一次，最後終於到了該買一頂新草帽的時候。只有在女士們的面前，我才熱情洋溢地或是漫不經心地脫下草帽。很快，我就把它斜戴在腦袋的一側，就像布斯特·基頓在無聲電影裡那樣，只不過沒有任何東西使我情緒悲傷，任何一點理由都讓我開懷歡笑，以至於我在哥廷根的時候就很像哈樂德·勞埃德，好幾年以後，他在電影裡戴著草帽活蹦亂跳地掛在鐘樓的時鐘指標上，樣子滑稽可笑。在通過第二次國家考試之後，我戴著眼鏡離開了那裡的大學。

回到漢堡後，我是許多戴著草帽、你推我擠地觀看易北河隧道通車典禮的男人之一。我們戴著圓鋸帽，從商業區湧到倉庫區，從法院湧到律師事務所。當世界上最大的輪船，也就是北大西洋快速汽船「皇帝號」駛離港口，開始處女航的時候，我們揮帽示意。

　　經常都有揮帽示意的機會。我曾經挽著一位牧師的女兒，在易北河岸邊的布朗克內澤散步，她後來嫁給了一位獸醫，我不記得那是春天還是秋天，當時突然刮來一陣風，捲走了我這件輕盈的頭飾。它翻了幾個滾兒，像帆船似地滑行。我跟在後面追趕，卻徒勞無功。看著它順流而下，無論伊莉莎白怎麼安慰，我還是非常難過，在那一段短暫的時間裡，她是我愛情的歸宿。

　　先是初級候補公務員，然後又是中級候補公務員，我有能力給自己買了幾頂品質更好的草帽，在這些草帽的皮革防汗襯圈上印著製帽公司的名稱。這些草帽一直很流行，直到夏末的某一天為止；我當時就職於施末林的高級法院，那天，成千上萬頭戴草帽的男人，在大大小小的城市，聚集在一名憲兵的周圍，憲兵站在大街上，以皇帝陛下的名義向我們照章宣讀：即刻進入戰爭狀態。許多人把他們的圓鋸帽拋向空中，體驗了從那種沉悶無聊的平民生活中得到解脫的興奮，自願地（不少人是永遠地）把黃得像蒲公英一般閃亮的草帽換成了也被稱作尖頂頭盔的軍灰色頭盔。

1903 年

　　聖靈降臨節那天，剛過四點半就開始決賽。我們
萊比錫隊乘的是夜班火車，十一名上場隊員，三名替
補隊員，球隊主教練，俱樂部董事會的兩位先生。怎
麼可能是臥鋪呢！當然啦，所有的人，也包括我，坐
的都是三等車廂，我們好不容易才湊足了這次旅行的
盤纏。我們的小夥子們毫無怨言地躺在硬梆梆的長椅
上，直到快要到于爾岑的時候，我才聽見響起真正是
由鼾聲匯成的協奏曲。

　　當我們在阿爾托納跑步上場的時候，雖然相當
疲憊，但也情緒高昂。和其他地方一樣，這裡迎接
我們的也是一個普普通通的教練場，中間甚至還有一
條撒上礫石的小路。任何抗議都是無濟於事。阿爾托
納FC93俱樂部的裁判員貝爾先生，已經用一根粗繩
子把沙土的、但又平整得無可挑剔的比賽場地圍了起
來，並且親自用鋸木屑標出了禁區和中線。

　　我們的對手，那些布拉格的小夥子們，之所以能夠前來比賽，完全要歸功於卡爾斯魯厄足球協會董事會那些辦事馬虎的先生們，他們中了一個卑鄙的詭計，相信了一份迷惑人的電報，所以沒有率隊赴薩克森參加預賽。因此，德國足球協會隨即決定派布拉格德意志足球俱樂部參加決賽。這是第一次德國足球決賽，而且天氣也很好，貝爾先生可以從大約兩千名觀眾那裡收取一筆數目可觀的門票錢，這些錢都扔進了一隻白鐵罐，但是最後這筆不足五百馬克的收入甚至還不夠填補全部支出。

　　比賽剛開始就出現了一個故障，即開哨之前竟然沒有球。布拉格隊立刻提出抗議，大多數觀眾哄笑，而少數人咒罵。當皮球終於放在中線的時候，觀眾們同樣也高聲歡呼，我們的對手開球，他們順風，背朝太陽。很快就到了我們的門前，從左側邊線踢來一個

長傳，我們的高個子守門員萊特勉強抱住，避免了我們萊比錫隊這麼早就比分落後，然後我們加強了防守，右側的幾次傳球都很有威脅。接著，布拉格隊成功地在我們禁區前的混戰中攻進了一球，在對布拉格隊展開了一連串猛攻之後，我們終於在中場休息之前把比分扳平，他們的皮克真是一個可以信賴的守門員。

交換場地之後，我們的進攻讓對方防不勝防。弗里德里希射進了我們隊的第二個球，斯坦尼在球運降臨之前攻進了他的第一個球，此後，在不到五分鐘裡，斯坦尼和里索總共送進了三個球。雖然布拉格隊在我們的一次傳球失誤之後又進了一個球，但是，如上所述，大局已定，歡呼此起彼落。甚至連奔跑積極的中衛羅比塞克也無法阻止我們的隊員，他在防守斯坦尼時嚴重犯規。貝爾先生對他予以警告，在終場哨聲響起之前，里索又攻進了第七個球。

事先頗受讚揚的布拉格隊相當令人失望，尤其是鋒線的幾個隊員。過多的回傳，在禁區裡太不果斷。後來有人說，斯坦尼和里索是這一天的英雄。這是不對的。全隊十一個人都在拼搏，就像一個人一樣，布魯諾・斯坦尼舍夫斯基，我們都叫他斯坦尼，當時就已經提請人們注意波蘭出生的球員在那些年裡為德國足球做出的貢獻。我在俱樂部的董事會又工作了很久，最後幾年擔任財務總管，經常隨隊外出比賽，經歷過弗里茨・塞潘、他的內弟恩斯特・庫左拉、沙爾克陀螺、沙爾克的幾次重大勝利，因此，我可以理直氣壯地說：從阿爾托納冠軍賽開始，德國足球走上了一條上坡路，這特別要感謝加入德國籍的波蘭運動員們的比賽熱情和勇於射門的精神。

再回到阿爾托納。這是一場很好看的比賽，儘管並不是一場重大的比賽。但是，當萊比錫足球俱樂部毫無爭議地成為德國冠軍時，還有一個記者試圖在製造傳奇的廚房裡燒熱他的肉湯。下面這個謠言至少已被證明完全是一個藉口：前一天夜裡，布拉格隊在聖保利的製繩場大街和娘兒們鬼混，因此，在進攻時，尤其是在下半場，表現得如此軟弱無力。裁判員貝爾先生在給我的親筆信中寫道：「更好的運動員獲得了勝利！」

1904 年

「在咱們赫爾內那旮旯，耶誕節前就鬧開了……」

「都是胡戈・施蒂內斯的礦井……」

「別處也有整車不給錢的，在哈爾朋礦區，要是車沒裝滿，或者裡頭有一丁點兒
　雜煤的話……」

「還要罰錢喔！」

「當然，礦務監督先生。但是，這些平時和和氣氣的礦工鬧罷工的一個理由，恐
　怕是因為流行整個礦區的蠕蟲病，但是礦區管理處則認為無關痛癢，五分之一
　的礦工染上了這種……」

「要讓我說吧，就是讓那些蠕蟲，甚至還有礦井里拉煤的馬給害的……」

「沒這事兒，都是那些波蘭佬帶來的這些鬼毛病……」

「但是，大家都參加了罷工，也包括那些波蘭礦工，您也知道，礦務監督先生，
　他們平時是很容易平靜下來的……」

「用燒酒吧！」

「胡扯！這裡的人個個都酗酒……」

「罷工領導引用了1889年柏林的和平紀要，即八小時的標準工作制……」

「哪兒也都沒實行！到處都延長了井下工作時間……」

「在咱們赫爾內那旮旯，井下要做十個鐘頭……」

「要讓我說吧，就是因為整車不給錢，最近加班才越來越多……」

「現在罷工的礦井已經超過六十個了……」

「又開始排列黑名單了……」

「在魏澤爾，第五十七步兵團已經持槍列隊，待命出發……」

「胡說八道！夥計，現在整個礦區只有憲兵在值勤……」

「在咱們赫爾內那旮旯，還有礦務官員像您這樣的，擔任礦警，帶著袖章，手持
　大棒……」

「他們被稱作平克頓，因為美國人平克頓第一個想出這種下流的鬼主意……」

「到處都是總罷工，那個胡戈・施蒂內斯就要關閉他的礦井了……」

「在俄羅斯，現在就像在搞一場革命……」

「在柏林，李卜克內西同志⋯⋯」

「但是，很快就來了軍隊，劈劈啪啪地開了火⋯⋯」

「就像在西南非洲，我們的小夥子們三兩下就收拾了
　　所有的霍屯督人⋯⋯」

「整個礦區現在已經有二百多個礦井罷工⋯⋯」

「有人算過，這是百分之八十五⋯⋯」

「到目前為止，一直進行得很平靜，也很有秩序，礦
　　務監督先生，因為即使是工會領導⋯⋯」

「不像在俄羅斯，那裡的革命越來越激烈⋯⋯」

「因此，同志們，在赫爾內首次對破壞罷工的人採取
　　了行動⋯⋯」

「施蒂內斯一直拒絕任何和解，所以不得不擔
　　心⋯⋯」

「俄羅斯現在已經處於戰爭狀態⋯⋯」

「我們的小夥子們已經把那些赫雷羅人和霍屯督人趕
　　進了沙漠⋯⋯」

「李卜克內西把聖彼德堡的工人和我們這些礦區的工
　　人稱作無產階級的英雄⋯⋯」

「但是，俄羅斯人不會這麼快就擺脫日本人的⋯⋯」

「在咱們赫爾內那旯旮兒，他們開槍啦⋯⋯」

「都是朝空中放的⋯⋯」

「大家可都拔腿就跑⋯⋯」

「從礦井大門一直跑過礦務大樓前的廣場⋯⋯」

「沒有的事，礦務監督先生，沒有軍人，只有員
　　警⋯⋯」

「儘管如此，我們還是跑了⋯⋯」

「快點跑吧，我對安東說⋯⋯」

1905 年

　　家父當年受不萊梅一家海運公司的委託，在坦吉爾、卡薩布蘭卡和馬拉喀什做事，那還是在第一次摩洛哥危機之前。家父是個整天操心費神的人，當時的政局，尤其是那個在遠方執政的帝國總理比洛夫，把他的財政收支搞得一團糟。作為他的兒子，我雖然在與法國和西班牙的激烈競爭中勉強能夠維持我們的商行，卻是毫無真誠熱情地去從事番紅花、無花果、海棗和椰子的生意。因此，我寧願把海外事務所變成茶館，平時也去逛逛市集作為消遣。對我來説，在飯桌上和俱樂部裡，總在空談危機是非常可笑的。我曾經隔著一段距離，戴著滑稽可笑的單片眼鏡，親歷了皇帝對蘇丹的突然拜訪，阿布德‧阿爾‧阿基茲懂得如何製造令人驚歎的熱鬧場面來應對這次沒有事先通報的國事訪問，懂得如何用美麗如畫的皇家衛隊和英國的間諜來保護這位尊貴的客人，懂得如何又在暗地裡為自己確保法國的寵愛和庇護。

　　儘管在靠岸時曾出現了一些讓人譏笑的故障，即陛下乘坐的汽艇差一點翻掉，但皇帝的出場仍然是威武雄壯的。他騎在一匹借來的、顯然有些緊張的白馬上，穩穩當當地踏上了坦吉爾的土地，甚至還有人歡呼。他的那頂頭盔尤其受到讚賞，它發出了一連串與太陽互通訊息的閃光信號。

後來，在茶館和俱樂部裡流傳著幾張漫畫素描：上面是一頂裝飾著雄鷹的頭盔，沒有畫上任何臉部表情，嘴唇上面的那撇威嚴挺拔的髭鬚，生動地表明了畫的含義。這個畫家（不是我，我不是這個惡作劇的人），是一個我在不萊梅認識的藝術家，他與沃爾普斯韋德的藝術家圈子走得很近。他巧妙地將頭盔和髭鬚展示在摩洛哥的背景之前，從而使得清真寺的圓頂和尖塔與裝飾絢麗的圓形頭盔及其尖尖的盔頂極為生動地融為一體。

除了一些令人擔憂的電報之外，這次示威性的登場沒有帶來任何結果。當皇帝陛下還在義正嚴辭地發表演講的時候，法國和英國就已經在涉及埃及和摩洛哥的問題上達成了共識。我覺得，這一切真可笑。六年之後，我們的「豹子號」炮艦在阿加迪爾海面巡弋同樣顯得非常可笑。當然，這種行動可以造成餘音綿綿的舞臺效果。然而，唯一留下深刻印象的只有皇帝那頂在燦爛陽光下閃閃發亮的頭盔。當地的銅匠認真地仿造了這種頭盔，並且投放到所有的市集。很長一段時間（無論如何也比我們這個進出口公司存在的時間更長），人們可以在坦吉爾和馬拉喀什的市集上，買到袖珍的或者比實體更大的普魯士尖頂頭盔，既是旅遊紀念品，也可以當成日常使用的痰盂。直到今天，我仍然還在用這樣一個頭盔，我把它的尖頂插在一個盛滿沙子的箱子裡。

家父在生意方面具有未雨綢繆的遠見，他也並非毫無道理地偶爾把他的兒子稱作「輕浮的年輕人」，我任何最幽默的想法也無法使得他的那些微笑肌肉興奮起來；相反地，他卻能夠找到更多的機會，將他那種令人擔憂的判斷，不僅在飯桌上表達出來：「我們將遭到封鎖，英國人和法國人將同俄羅斯人結盟包圍我們。」有時，他還會再加上一句：「皇帝雖然懂得以戰爭相恫嚇，但是制定實際政策的則是其他人。」這擾得我們更加不安。

1906 年

　　人們都叫我西留斯艇長。創造我的那個人，名叫亞瑟‧柯南道爾爵士，他是以風行全世界的福爾摩斯探案故事的作者而聞名，這些故事裡的破案偵察都是經過了嚴格的科學考證。他附帶還試圖透過發表一本名叫《危險》的小説，提醒英國這個島國警惕面臨的危險，那是在我們的第一艘適於航行的潛艇下水八年之後，在打仗的1915年，這本小説還被譯成德文出版，書名叫《潛艇之戰：西留斯艇長如何戰勝英國》；到戰爭結束前夕，總共印了十八版，可惜現在似乎早就被人們遺忘了。

　　根據這本頗有遠見的小冊子，我作為西留斯艇長成功地説服了諾爾國的國王，這裡指的是我們的帝國，讓他相信一種大膽但還需要證明的可能性：僅僅依靠八艘潛艇（再多我們也沒有）切斷英國的所有食品供給，從而完全餓死英國。我們的潛艇名叫：「阿爾法號」、「貝塔號」、「伽瑪號」、「特塔號」、「德爾塔號」、「伊皮西儂號」、「約塔號」和「卡帕號」。可惜的是，最後提到的這艘，在這次整體來説非常成功的行動中，沉入了英吉利海峽。我是「約塔號」的艇長，同時也指揮整個潛艇艦隊。在泰晤士河入海口，離謝爾尼斯島不遠的海域，我們初戰告捷：我相繼施放魚雷擊中了滿載紐西蘭羊肉的「阿德拉號」的船體中部，緊接著又擊沉了東方公司的「摩達維亞號」和「庫斯科號」，這兩條船運的都是糧食。我們整個潛艇艦隊不是集體參戰就是個別行動，在海峽沿岸取得一連串勝利，又在愛爾蘭海域連續擊沉幾條船之後，物價開始上漲，首先是倫敦，然後蔓延到整個英格蘭島，原先五便士的圓麵包，很快就賣到了一個半先令。藉著系統地封鎖所有重要的進口港，我們繼續把物價推升，引起了全國的饑荒。忍饑挨餓的民眾採取暴力向政府抗議。攻占了大英帝國的聖地——股票交易所。上層社會或者花得起錢的人，都逃往了愛爾蘭，那裡至少還有足夠的土豆。最後，高傲的英國被迫屈辱地與諾爾國締結和約。

　　這本書的第二部分是由一些海軍專家和其他內行人員發表意見，所有的人都強調了作者柯南道爾對潛艇發出的警告。有人（即一位退役的海軍中將）建議，現在要在英國建造糧倉，就像約瑟當年在埃及那樣，並且透過關稅保護本地的農

產品；有人迫切要求放棄教條主義的島國思想，開始挖掘通向法國的海底隧道；另一位現役海軍中將建議，只有在海軍和空軍護航的情況下才能放行商船，同時改裝一些專門對付潛艇的快速戰艦。都是一些聰明的建議，他們的可行性已經在實際的戰爭過程中得到了證明。關於深水炸彈的作用，我可有過一段特殊的親身體驗。

令人遺憾的是，創造我的那個人，亞瑟爵士，忘了報導當年我作為年輕的少尉曾經參加了1906年8月4日在基爾的日耳曼女神造船廠舉行的下水儀式，船廠吊車將我們的第一艘適於航行的潛艇送入水中，一切都是祕密進行的，對外嚴格保密。那時我已經是一艘魚雷艇上的二副，我自願報名參加當時仍處在發展階段的潛艇試航。我作為艇上的一名水手，親身經歷了「U-1號」潛艇首次下潛至三十公尺深處和首次憑藉自身動力駛入公海。當然，我必須承認，克虜伯公司在此之前已經根據一位元西班牙工程師的方案製造了一艘長十三公尺、水下時速五點五節的潛艇。這艘名為「鱒魚號」的潛艇甚至引起了皇帝的興趣。海因里希親王親自參加了一次潛水航行。可惜的是，帝國海軍部延緩了「鱒魚號」的繼續

發展。此外還有採用石油發動機的許多困難。但是，延遲了一年之後，當「U-1號」潛艇在埃肯費爾德投入使用時，就再也沒有停下來過，即使這艘「鱒魚號」及另一艘長三十九公尺、裝備了三顆魚雷的「卡姆巴拉號」潛艇後來被賣給了俄羅斯。我覺得自己很不情願地被派去參加了這次隆重的交接儀式。專程從彼得堡來的東正教牧師為這兩艘潛艇從前到後灑上聖水祈神賜福。經過耗時費力的陸地運輸，它們在符拉迪沃斯托克下水，可惜太遲了，沒能趕上投入對日本的戰鬥。

但是，我的夢想畢竟得到了實現。儘管柯南道爾的偵探敏感在無數破案故事裡得到了證明，他卻未能預感到，有多少像我這樣的德國小夥子夢寐以求的就是：快速下潛，從游動的潛望鏡裡觀察行駛緩慢易於瞄準的油輪，下達「魚雷預備，發射」的命令，命中目標，眾人歡呼，同志式的並肩攜手，信號旗迎風招展，凱旋而歸。我從一開始就參加了這一切，後來改行從事文學，我不可能預料到，我們數以萬計的小夥子再也沒有從他們的水下夢想中浮出水面。

可惜的是，由於亞瑟爵士的警告，我們多次嘗試迫使英國屈服，但未能成功。死亡的人如此之多。只有西留斯艇長命中注定在每一次下潛中都能倖免於難。

1907 年

　　11月底，我們設在采爾大道的唱片廠發生火災，燒得一乾二淨。當時我們正處在興旺發達的時期。不敢撒謊，我們每天的產量是三萬六千張唱片；人們幾乎就像是直接從我們的手裡搶走這些東西。我們留聲機零售部的營業額達到每年一千二百萬馬克。兩年以來，我們在漢諾威生產兩面都可以播放的唱片，這項生意尤其好。這種唱片當時別處只有美國才有。大多數是軍樂，少量的唱片是為了滿足高雅的需求。後來，拉帕波特，也就是敝人，終於成功地說服奈麗·梅爾巴同意錄音，她就是那位「偉大的梅爾巴」。起初，她有些矯情，後來的沙爾亞平也是這樣，有一種異教的恐懼，面對魔鬼玩意（這是沙爾亞平對我們最新技術的叫法），他甚至喪失了自己柔和的男低音。約瑟夫·柏林納和他的兄弟埃米勒·柏林納，於上個世紀末，在漢諾威建立了「德意志留聲機廠」，後來又把總部遷到了柏林，居然以區區兩萬馬克的註冊資本，開始了一次相當冒險的旅程。在一個晴朗的早晨，約瑟夫對我說：「打點行裝，拉帕波特，你得立刻動身去莫斯科，別問我用什麼辦法，反正要把那個沙爾亞平搞定。」

説實話，我跳上了下一班火車，沒花什麼時間打點行裝，就帶著我們的第一批速轉唱片，上面有梅爾巴錄的，可以說是作為見面禮吧。這可真是一次難忘的旅行！您知道雅爾飯店嗎？真是棒極了！在飯店的特別套房度過了漫長的一夜。我們起初都是用喝水的玻璃杯喝伏特加，後來費多爾終於在胸前畫起了十字，開始唱起歌來。不，不是他最拿手的伯里斯·戈都諾夫的唱段，而是修道士們用深沉的低音哼唱的那種虔誠的曲調。接下來，我們改喝香檳酒。直到黎明時分，他才終於流著眼淚簽了字，並且不時地在胸前畫著十字。我從小就有點癬，所以，當我催促他簽字時，他大概把我當成了魔鬼。他之所以簽字，是因為我們已經把著名男高音索比諾夫拉過來了，並且我還向他出示了跟索比諾夫簽定的合約，可說是作為樣本吧。無論如何，沙爾亞平成了我們第一位真正的唱片明星。

　　這下子所有的人都來了，萊奧·斯勒查克、亞曆山德羅·莫雷西，後者是最後一個為我們錄製唱片的閹人歌手。然後，我又在米蘭飯店，我知道，這真是不可思議，就在威爾第去世時住的那間客房的上面一層，將恩里克·卡盧梭的第一批錄音曲目安排妥當，十首詠歎調！當然是獨家專有合約。很快地阿德麗娜·帕蒂也開始為我們唱歌，除了她還能有誰呢？我們將唱片銷往世界各地。英國王室和西班牙王室成為我們的固定客戶。拉帕波特甚至略施小計，成功地擠掉了巴黎羅斯柴爾德行的美國供應商。儘管如此，我作為唱片商也很清楚，我們不可能永遠獨占專有，因為只有數量大才行，而且我們必須化整為零，分散經營，這樣才能憑藉設在巴賽隆納、維也納，老實說，還有加爾各達等地的唱片工廠，在國際市場上占據一席之地。因此，漢諾威的火災並非滅頂之災。當然，我們非常難過，因為我們和柏林納兄弟畢竟是在采爾大道從很小規模開始做起的。這兩個人是天才，我只不過是一個唱片商，但是拉帕波特從一開始就很清楚：伴隨著唱片和留聲機，整個世界將重新發現自己。儘管如此，沙爾亞平在很長一段時間裡，每次錄音之前，仍然要在胸前畫上無數次十字。

1908年

　　這是我們家的習慣：父親總是帶著兒子。威廉・李卜克內西來哈森海德公園演講的時候，我祖父就帶上了他的長子，他在鐵路做事，參加了工會。我父親也在鐵路工作，也是黨內同志，提起俾斯麥當政的年代遭到禁止的大型群眾集會，他總是實實在在、反覆地向我灌輸那句頗有預言性的名言：「併吞阿爾薩斯一洛林給我們帶來的不是和平，而是戰爭！」

　　威廉的兒子，就是卡爾・李卜克內西同志，前來講演的時候，父親也把我這個九歲或者十歲的小毛頭帶去了，一般都是在露天，如果遭到禁止，就在煙霧彌漫的小酒館。他還帶我去過施潘道，李卜克內西在那兒做競選演講。1905年，我甚至坐火車去過萊比錫，父親是火車司機，可以免費乘車，卡爾・李卜克內西在普拉格維茨的岩石洞介紹魯爾區的總罷工，當時所有報紙都報導了這次罷工。他談的不僅僅是礦工，也不只是鼓動人們反對普魯士的容克地主和工業資本家，他講的重點是將這種總罷工作為無產階級大眾未來的鬥爭方式，對此作了實實在在、頗有預言性的詳細論述。他沒有講稿，想到哪，說到哪。他還講到俄羅斯的革命和沾滿鮮血的沙皇統治。

　　演講期間，不時地響起掌聲。最後一致通過了一項決議，參加集會的人（據我父親說，肯定有兩千多人）在決議中，宣布要與魯爾區和俄羅斯英勇的戰士們團結一致。

　　當時擠在岩石洞裡的人也許甚至超過三千。我看到的比我父親要多，因為我坐在他的肩膀上，當年威廉・李卜克內西或者倍倍爾同志來講工人階級地位的時候，他的父親也是這麼做的。這是我們家的習慣。無論如何，我這個小毛頭居高臨下地親歷了李卜克內西同志的演講，可說是居高臨下地看，居高臨下地聽。他擅長在大庭廣眾演講。從來不會有找不到話說的時候。他特別喜歡鼓動青年。在露天場地，我聽見他在數以萬計的人頭上面高喊：「擁有青年的人，就擁有了軍隊！」這些話是多麼具有預見性啊！他對我們大聲疾呼：「軍國主義是資本主義的兇殘執行官和鐵血防護堤！」這時，我在父親的肩膀上真的感到害怕起來。

我今天還記得很清楚，他剛一提到必須和內部的敵人鬥爭，就讓我實實在在地感到害怕。我大概就是因此而急著要撒尿，開始在父親的肩上動來動去。可是，我父親當時很興奮，並沒有覺察到我的需要。我坐在上面漸漸地堅持不住了。那是在1907年，我最後透過背帶褲，把尿撒在了我父親的脖子裡。此後不久，李卜克內西同志被抓了起來，不得不在格拉茨的一個堡壘裡蹲到1908年一整年再加上幾個月，因為帝國法院根據他反對軍國主義的政治言論，給他判了刑。

　　當我在極度緊張的情況下尿了我父親一脖子之後，他把我從肩膀上揪了下來，儘管集會仍在進行，也不管李卜克內西同志仍在鼓動青年，立刻就實實在在地揍了我一頓，以至於我很長時間都還能感覺到他的手。因此，就是因為這件事，當後來終於打起仗的時候，我跑去參軍，自願報的名，甚至由於作戰英勇還受到了表彰，在阿拉斯和凡爾登兩次負傷之後，被提升為軍士，即使是在弗蘭德當突擊隊長的時候，我也始終確信李卜克內西同志鼓勵青年的那些話百分之百的正確，但他後來被幾個自由軍團的士兵槍殺了，再後來，羅莎同志也遭到槍殺，他們其中的一個，屍體甚至被扔進了護城河。

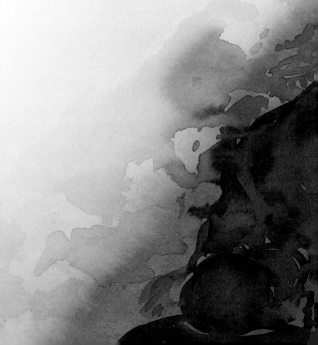

33

1909 年

　　每天去烏爾班醫院上班的這段路，我總是騎自行車，而且被大家視為狂熱的自行車愛好者。因此，在六日自行車賽期間，我成了維爾納博士的助手，這次在柏林動物園旁邊的冬季自行車賽車場舉行的比賽，不僅在柏林和帝國是第一次，而且在整個歐洲也是頭一回。這種辛苦費勁的比賽是前幾年才剛剛在美國興起的，任何規模龐大的玩意，反正在那裡都能吸引觀眾。因此，上個賽季的優勝者，紐約的弗勞伊德・麥克法蘭德和傑米・莫蘭被視為種子選手。可惜的是，德國的賽車手呂特不能來柏林參加比賽，他和他的荷蘭搭檔施托爾在兩年前的美國公開賽上曾經獲得冠軍。在帝國，開小差是要被判刑的，他不敢冒險返回祖國。但是，施托爾這個英俊的小夥子一出現在賽車道上，就立刻成為觀眾的寵兒。當然，我是希望羅伯爾、施戴爾布林克和我們的自行車項目王牌維利・阿倫特能盡力為德國國旗增輝。

　　自始至終，維爾納博士都在六日自行車賽的醫務中心主持工作，也就是不分晝夜地工作。我們也像賽車手們那樣，睡的是雞籠大小的簡易床，這些床在場內縱向排列，緊靠著那個很小的機械修理車間和稍微加了一些遮擋的醫務室。我們總有很多事要做。在比賽的第一天，保蘭就摔車了，在他摔倒時還拉倒了我們的維利・阿倫特。他們倆不得不暫停幾圈比賽，由格奧爾格和羅森略歇爾替代出場，後者上場不久就筋疲力盡，遭到淘汰。

按照我們的醫療方案，維爾納博士在比賽開始之前就要求測量每個參賽者的體重，但是這項工作直到六日自行車賽之後才補做完成。此外，他還提供吸氧服務給所有的賽車手，而不僅僅是有德國血統的。幾乎所有的賽車手都聽從了這項建議。我們的醫務室每天都要消耗六至七瓶氧氣，這也成為這次比賽的巨大負擔。

　　經過還算按時完工的改建工程，自行車賽場裡的一百五十公尺賽車道完全變了模樣。新鋪設的賽車道被漆成了綠色；看臺的立席上擠滿了年輕人；在包廂和場內的前排坐席，可以看見來自柏林西區的一些穿燕尾服、繫上白色腰帶的男士；頭戴巨大遮陽帽的女士們擋住了後面人的視線。開賽的第二天，奧斯卡王子及其隨從就來到皇室包廂，當時，我們的維利·阿倫特已經落後了兩圈。第四天，種子選手麥克法蘭德及莫蘭小組和施托爾及貝爾泰特小組，在二十五圈的比賽中，展開激烈的你追我趕的競爭，而法國賽車手傑奎林打了我們的賽車手施戴爾布林克一個耳光，這時看臺上出現了一陣陣騷動，觀眾們威脅要私下弄死傑奎林，因而比賽中斷了一段時間，這個法國人被取消了比賽資格。這一天，皇太子殿下帶著他那些衣裝豔麗的宮廷侍從也來觀看比賽，並且情緒高昂地一直待到午夜之後。當他出現的時候，全場熱烈歡呼。樂隊演奏著輕快的軍隊進行曲，同時也為看臺上那些狂喊亂叫的觀眾演奏一些流行小調。即使在賽車手們不急不徐、安靜地繞圈的那幾個鐘頭裡，強勁雄壯的樂曲也不絕於耳，為的是讓所有人都保持亢奮。施戴爾布林克這個結實的小夥子，懷抱曼陀林，邊騎邊彈，當然抵擋不了震耳欲聾的軍樂。

　　即使在絕對還沒有出現任何激動場面的清晨，我們也忙得不可開交。「薩尼塔斯」電器公司為我們醫務室安裝了最新式的羅塔爾透視設備，以至於當軍醫總監施傑爾寧教授來我們這裡視察時，維爾納博士已經為參賽或已被淘汰的賽車手拍了六十張透視照片，這時可以向施傑爾寧教授展示一下。教授建議維爾納博士將來可以發表其中的一些資料，但是後來在一本權威雜誌上發表時，壓根就沒有提及我的工作。

比賽本身也引起了我們這位貴客的一些好奇。教授觀看了一直領先的施托爾及貝爾泰特小組在第五天被美國種子選手超過的場面。後來，當法國賽手布洛科在衝刺時妨礙了貝爾泰特之後，後者宣稱他的搭檔施托爾接受了麥克法蘭德及莫蘭小組的賄賂，但是這項指控無法在比賽監督委員會得到證實。即使懷疑繼續存在，施托爾仍然一直是觀眾們最喜歡的賽車手。

維爾納博士向我們的賽車手推薦生物雞精、生物麥芽、生雞蛋、烤牛肉、米飯、麵條和布丁作為營養食物。羅伯爾性情孤僻，愛發牢騷，他聽從自己私人醫生的建議，用調羹大勺大勺地往嘴裡送魚子醬。幾乎所有的賽車手都抽煙、喝氣泡酒，傑奎林甚至一直到被淘汰出局仍在喝波特酒。我們認為，完全有理由假設有一些外國賽車手服用了使人興奮的藥物，這都是一些或多或少有害身體的東西。維爾納博士推測是含馬錢子鹼和咖啡因的製劑。我就親眼看見貝爾泰特這個滿頭黑色鬈髮的百萬富翁之子，躺在床上癮頭十足地嚼著一塊生薑根。

儘管如此，施托爾及貝爾泰特小組仍然落後了好幾圈。在第七天晚上十點，弗勞伊德·麥克法蘭德和傑米·莫蘭獲得了比賽的勝利。他們可以得到五千馬克的獎金。我們的維利·阿倫特落後十七圈，這當然讓他的最忠實支持者大為失望。儘管比賽臨近結束時，門票的價格已經提高了一倍，但是一直到3月21日最後這一天的賽車場門票都已售罄。最初參賽的是十五對車手，到最後，賽道上只剩下九對。當比賽結束的鈴聲響起，場內爆出如雷的掌聲。當兩個美國人戴著獎牌繞場一周的時候，觀眾給予公正的掌聲，而施托爾這個英俊的小夥子更是得到了特別熱烈的歡呼。皇太子、圖爾恩和塔西斯家族的幾位親王，以及其他王公貴族當然是坐在皇室包廂裡。有一位熱衷於自行車運動的資助人，甚至為我們的賽車手阿倫特和羅伯爾追上來的那幾圈捐助了數目可觀的安慰金。施托爾把一個荷蘭製造的打氣筒送給我留作紀念。在六日自行車賽期間，我們發現所有賽車手的排泄物中都含有大量的蛋白質，維爾納博士覺得這很值得注意。

1910 年

這一刻我想說說，那幫傢伙為何因為我叫貝爾塔，長得又胖，就把這麼個綽號套在我的身上。我們當時住在職工宿舍。離工廠近，上班很方便。因此也飽受煙霧之苦。衣服曬乾後常常蒙上一層灰，孩子們也總是咳嗽，所以我經常喋喋不休的。我父親卻總是說：算啦，貝爾塔。在克虜伯做計件工的，都得要趕時間去上工。

那些年裡，一直到搬出來之前，即使住得很擠，我們也把朝後面兔子籠的那間房子租給兩個單身漢，我們那兒叫他們是搭夥的，而我用一點一滴存下來的那點積蓄買來的那臺針織機，連擺的地方都沒啦。我的科比斯卻總是對我說：算啦，貝爾塔，重要的是，雨別下到屋裡來。

他在鑄造廠做事。鑄造大炮的炮筒。全是和大炮有關的東西。那還是在打仗的前幾年。總有事情做。他們鑄造了一個玩意兒，所有的人都自豪得不得了，因為這麼大的玩意兒，世界上還從來沒有過。住在我們職工宿舍的許多人都在鑄造廠幹活，包括住在我們家的那兩個搭夥的，他們總是談論這個玩意兒，即使這件事據說當時還是保密的。一談起來就沒完沒了。他們說，看上去就像一門迫擊炮。是短炮筒的那種，正確的名字叫四十二釐米口徑大炮。有幾次澆鑄炮筒失敗。還有其他原因也拖延了一些時間。我父親卻總是說：要我說吧，在真正打起來之前，我們還是可以弄成的。克虜伯是誰呀，他能把這些玩意兒賣給俄羅斯的沙皇，或者賣到其他任何地方。

但是，幾年以後真正開戰的時候，他們還真沒賣掉這些玩意兒，而是用它們從很遠的地方朝著巴黎轟轟地開火。到處都把它叫做「胖貝爾塔」，即使是在那些沒有人認識我的地方。這都要怪那些住在我們職工宿舍的鑄造工人，是他們最先用我的名字叫這玩意兒，因為我是我們那一帶最胖的。我可不喜歡成為別人到處談論的對象，即使我的科比斯好心好意地對我說：他們沒有惡意。我對大炮這玩意兒從來就沒有任何興趣，即使我們一直是依靠克虜伯的產品生活。要我說吧，生活也並不賴。在我們職工宿舍，甚至就連雞呀、鵝呀，都可以到處亂跑。幾乎每家人都圈養了一頭豬。還有呢，到了春天，到處都是家兔……

但是，這些胖貝爾塔在戰爭中並沒有發揮多少作用。這些玩意兒轟轟地總是一再打偏，法國人笑破了肚皮。我的科比斯最後也被魯登道夫編進戰時後備軍，如今也成了殘廢。我們也不准繼續住在職工宿舍，只好靠我的那點積蓄租了一個棚屋，我的科比斯卻總是對我說：算啦，貝爾塔。就我來說，你儘管安安心心地再胖一點兒好了，重要的是，你要健健康康的……

1911 年

我親愛的奧伊倫堡：

請允許我繼續這麼稱呼您，在我們受到哈爾登這個無賴在報紙上發表的拙劣文章惡意中傷誣衊之後，我即使滿腹怨言，也不得不以國家利益為重，拋棄了您這位我的忠實旅伴和出謀策畫的朋友。儘管如此，親愛的侯爵，我請您現在與我共同分享勝利的喜悅：這一天終於來到了！今天，我正式任命我的海軍部長蒂爾皮茨為海軍元帥，他曾經在帝國議會恰到好處地教訓了那個左翼自由黨人。所有我的那些關於海軍的草圖，其縝密精細曾經多次受到您溫和的指責，我在那些無聊至極的會議期間，不厭其煩地在資料夾上，甚至在那些極其枯燥的文件裡面，發揮我那微不足道的才能，為了警醒我們自己，畫出了法國的「查理斯‧馬特爾號」和幾艘I級裝甲巡洋艦，最前面的是「聖女貞德號」，然後是俄羅斯的新式艦艇，先是「佩德羅帕夫洛夫斯基號」、「波爾塔瓦號」和「塞瓦斯托波爾號」，這幾艘裝甲巡洋艦所有的炮塔清晰可見，就像一支升火待發的海軍艦隊。在一系列海軍法令逐步讓我們放開手腳之前，我們拿什麼去對抗英國的「無敵艦隊」？充其量只有四艘勃蘭登堡級的裝甲巡洋艦，除此之外別無其他。現在，這些圍繞著那個假想敵的草圖在我們這裡已經找到了答案。親愛的朋友，您可以從附上的資料裡獲悉，它們不再只是設計方案，而有的已經在北海和波羅的海乘風破浪，有的正在基爾、威廉港和但澤開始建造。

我知道，我們已經損失了好幾年的時間。可惜的是，我們的人太不懂航海的事。需要在國民中間進行一場普及性運動，從而喚起人們對海軍事業的熱情。成立海軍協會，必須弄出一個海軍法，在這方面，英國人，或者換一個更好的說法，我的那些可愛的英國表兄表弟們，事與願違地幫了我的忙。親愛的朋友，您還記得嗎？他們在布林戰爭期間完全非法地在東非沿海地區劫持了我們的兩條輪船。整個帝國義憤填膺。這也為我們在帝國議會助了一臂之力。儘管我的那句名言「我們德國人必須用我們裝上鐵甲的『無畏』去對付英國人的『無畏艦隊』」，曾經引起各種各樣的喧嚷（是啊，親愛的奧伊倫堡，我知道，過去和現在對我誘惑最大的一直都是沃爾夫電報局）。

但是，第一批已經變成現實的夢想正在遨遊。其他的夢想呢？蒂爾皮茨將會作出決斷。對我來說，繼續描繪遠航船隻和裝甲巡洋艦仍然是一種神聖的消遣。現在我正神情嚴肅地坐在寫字檯前，您知道，我總是坐在一個馬鞍上面，隨時準備發起進攻。通常在騎馬散步之後，我每天早上必須做的一件事，就是把為我們面對強敵、尚如此年輕的海軍所做的大膽構思記錄在紙上。我知道，蒂爾皮茨也像我一樣寄望於大型艦艇。我們必須更快、更靈活，炮火必須更猛烈。我會突如其來地產生一些與此相關的想法。在這種創作過程中，一些大型艦艇經常就好像是從我的大腦裡一躍而出。昨天，縈繞在我腦海裡的是幾艘重型巡洋艦，「賽德利茨號」、「布呂歇號」，它們從我的筆端躍然紙上。我看見整個艦隊以縱向排列破浪前進。缺少的仍然還是大型作戰艦艇。蒂爾皮茨認為，僅僅因此，就不得不延遲建造潛艇。

啊，我真希望您，我最好的朋友，文學藝術的愛好者，還像從前那樣就在我的身邊！真希望我們可以無所顧忌、思維敏捷地閒談聊天。我會竭盡全力安撫您的恐懼。是啊，最親愛的奧伊倫堡，我想做一個救世主，但要全副武裝的……

1912 年

　　即使是在波茨坦水利局當護堤員掙錢糊口，我也堅持繼續寫詩，在那些詩裡，世界末日即將來臨，死神主掌大權，隨時準備應付任何可怕的事情。那件事發生在一月中旬。兩年前，在諾藍道夫俱樂部，我第一次見到了他，每個星期三的晚上，設在克萊斯特大街的「新俱樂部」都要在那裡聚會。此後，只要有可能，我都會不顧路遠趕去那裡，就經常能見到他。我的那些十四行詩幾乎沒有引起人們的注意，而他無論說什麼，從來都不會沒人理會。後來在「新激情卡巴萊」，我更是領教了他的語言魅力。當時在場的還有布拉斯和沃爾芬施坦因。一行行詩句抑揚頓挫，鏗鏘有力。無平仄押韻的獨白，恰似一支通向斷頭臺的進行曲。然後是這個天真的巨人的爆炸，其情其景就像是前一年喀拉喀托火山爆發。他當時已經為普費菲爾特的《行動》雜誌撰稿，比如在最近一次摩洛哥危機之後，立即寫了〈戰爭〉這首詩，當時一切都還未成定局，我們都在希望能夠因此而開戰。我耳邊還響著這樣的詩句：「無數的屍體倒在蘆葦叢中，被死神的大鳥覆蓋，白茫茫的一片……」他醉心於黑色和白色，尤其喜歡白色。因此，在冰封

了幾個星期的哈威爾河上，在那片可以行走的河段、無邊無際的白色世界裡，出現了那個仿佛在等待著他的黑窟窿，也就一點也不奇怪了。

這是多麼巨大的損失啊！我們不禁反躬自問，《弗斯報》為什麼沒有為他刊登訃聞，而只是發表了一條簡訊：「星期二下午，候補官員格奧爾格·海姆博士和法律專業候考大學生恩斯特·巴爾克，在克拉多夫對面滑冰時不慎落入一個為水禽鑿開的冰洞。」

沒有任何其他說明。這也與事實相符：我們從天鵝島上看見發生了事故。我和我的水利局助手，立刻和幾個滑冰的人趕到危險河段，但是只找到了事後得到證實的海姆那根手柄裝飾精美的手杖和他的手套。也許他當時是想幫助遇難的朋友，結果自己也掉進了冰窟窿；或許是巴爾克把他一起拉了下去；或許是他們兩人存心自殺。

除此之外，在《弗斯報》上還介紹了一些似乎很重要的情況：他是退役的軍事法庭辯護律師海姆的兒子，家住夏洛騰堡區國王大街三十一號。遇難的法律專業候考大學生巴爾克的父親是銀行家。然而卻根本未提可能是什麼原因，誘使兩個年輕人存心偏離用稻草捆和木棍標示出安全區的滑冰道，隻字未提。根本未提我們這些失去的一代的內心痛苦。根本未提海姆的詩歌。畢竟有一個名叫羅沃爾特的年輕出版商出版過他的詩集。他的短篇小說集不久也要出版。只有《柏林日報》在事故報導後面提了一句：這位溺水的候補官員頗有文學天賦，不久前曾經出版了一本詩集《永恆的一天》。出色的才華已經初露徵兆。初露徵兆！這真可笑！

我們水利局的人參加了打撈屍體的工作。我對他們說，海姆的詩歌「非常出色」，並且背誦了年輕的海姆最近寫的幾首詩歌裡的詩句：「人們站在大街上向前，望著巨大的黃道十二宮。」我的同事們雖然嘲諷取笑，但仍然不厭其煩地在哈威爾河的冰層上鑿開了好幾個窟窿，用所謂的死神之錨搜索河底。最後終於找到他。剛一回到波茨坦，我就寫下了那首獻給海姆的詩歌，標題是《死神之錨》，普費菲爾特本來已經願意發表，但是後來又非常抱歉地退給了我。

據《鐵十字報》的報導，一個漁夫透過冰層看見了比海姆小一歲的巴爾克在哈威爾河水中漂流。他鑿開一個窟窿，用船鉤把屍體撈了上來。巴爾克看上去很安祥，海姆則雙腿蜷曲，緊靠著腹部，就像腹中的胎兒那樣，面部因肌肉痙攣而變了形，兩隻手上都有擦破的傷口。他躺在堅硬的冰面上，腳上還穿著一雙速滑冰鞋。從外表上看，是一個很結實的小夥子。被各種各樣的意願弄得神魂顛倒。他厭惡所有與軍隊有關的事情，卻在幾個星期之前在麥茨自願報名加入阿爾薩斯步兵團。他滿懷抱負，卻走往了另外一個方向。我知道，他曾經想要寫劇本……

1913 年

　　這一大片在平坦的農田上赫然矗立的建築物，一座石頭的巨型雕像，一個建築設計師糟蹋花崗岩的瘋狂表現，難道就是我建造的嗎？不，我並沒有參與規劃和設計，只是在整整十四年裡，作為工程主管參加了奠基、堆料、加層，直到讓它高聳入雲。

　　在整整一年之前，隆重地砌上了最後一塊石頭，我手下的一個工頭親自抹平了最後幾條石頭縫，今天，我終於可以對蒂默宮廷參事說：「從總體來看，是有一點兒過於龐大！」他是愛國者聯盟的主席，是他在帝國的範圍之內，東討西要弄來了這六百萬。

「就應該這樣，克勞澤，就應該這樣。我們是九十一公尺高，確確實實超過了基夫豪伊澤紀念碑二十六公尺⋯⋯」
我接著說：「超過威斯特法倫山口將近三十公尺⋯⋯」
「超過柏林的勝利女神柱正好三十公尺⋯⋯」
「還有海爾曼紀念碑！慕尼黑的巴伐利亞女神像只有區區二十七公尺，就更不值得一提⋯⋯」

　　蒂默宮廷參事或許聽出了我的諷刺之意，說道：「無論如何，在萊比錫大會戰整整一百周年之際，我們的愛國主義紀念碑將得到最隆重的落成慶典。」

　　我將幾點疑慮混進了他的愛國主義肉湯：「稍微小上幾號，照樣會有此效果。」然後我又再次把地基問題提出來，談起了專業問題：「全是從萊比錫和周圍地區運來的垃圾。一年又一年，一層又一層的垃圾。」然而，我的所有警告，諸如：在這種地基上只能產生劣質建築，很快就會出現裂縫，這種不負責任的做法帶來的後果將是無休止的維修費，當時全是白費力氣。

　　蒂默沮喪地四下看了看，好像他現在就要掏出這麼一大筆維修鉅款似的。「是啊，」我說，「假如我們不是在一片垃圾堆上，而是在戰場的堅實地基上建築基座，那麼一定會出土一大批頭顱和骨架、軍刀和長矛、破碎的軍裝、完好的

和有裂縫的鋼盔、軍官制服的授帶和士兵軍裝上的粗製濫造的鈕扣，其中有普魯士的、瑞典的、哈布斯堡王朝的，也有波蘭軍團的，當然還有法軍的，甚至還有國王衛隊的鈕扣。死的人可真不少啊！參加會戰的各國慷慨地獻出了近十萬條生命。」

接下來我又重新恢復就事論事的態度，提到了用於鋪平地基的十二萬立方公尺混凝土和一萬五千立方公尺花崗岩。蒂默宮廷參事顯得很自豪，稱這座紀念碑是「與死者相稱的」，在這期間，總體結構建築師施密茨教授站到了他旁邊。他又向施密茨表示祝賀，施密茨則對蒂默四處籌措建築資金以及給予的信任表示感謝。

我問這兩位先生，是不是對那句準確無誤地刻在上層基座正中間花崗岩上的碑文「上帝與我們同在」確信無疑。他倆充滿疑惑地看著我，搖了搖頭，然後朝著那個建在以前一座垃圾山上的巨型石雕建築物走去。我暗想，真應該把這些偽君子刻成花崗岩，讓他們站在並肩聳立扮演紀念碑那些肌肉發達的雕像之間。

落成典禮定在第二天舉行。不僅是威廉，還有薩克森的國王，都表示要來參加，儘管那時薩克森反對普魯士。10月的天空晴朗明媚，預告著第二天將是好天氣。我手下的一個泥瓦工領班，肯定是社民黨人，吐了一口唾沫，說：「幹這種活兒，我們德國人最在行。造紀念碑！不管花多少錢。」

1914 年

　　終於，在60年代中期，在我們研究所的兩位同事多次徒勞無功的努力之後，我總算成功地說服了這兩位老先生見上一次面。可能是我這個年輕的女人運氣好，再加上我作為瑞士人具有一貫保持中立的特殊優勢。我在信中就事論事地介紹了我們的研究專案，可能聽上去即使不是靦腆的請求，也是溫柔的探詢。幾天之後，兩封答應見面的信幾乎同時到達。

　　我對同事們講了這兩個值得紀念且顯得「有些老化古板」的老人允諾見面的事。我在「仙鶴旅館」預訂了安靜的房間。我們大部分時間都是坐在烤肉餐廳的長廊裡，面向利馬河，對面是市政廳和「獵犬咖啡屋」。雷馬克先生是從洛迦諾過來的，當時六十七歲。他顯然是一位喜歡享樂的人，我覺得他要比精神矍鑠的容格爾顯得衰老，後者雖然剛過七十，但舉手投足就像是運動員。容格爾住在符騰堡地區，是經過巴塞爾過來的，此前他還先在弗格森徒步漫遊，去了曾經發生過浴血激戰的哈特曼魏勒考普夫。

　　我們的第一次談話開始得很不順利。我的這兩位「時代的見證人」十分內行地談起瑞士的葡萄酒：雷馬克讚賞提契諾的幾個品種，容格爾則優先選擇瑞士法語區的多勒紅葡萄酒。兩個人顯然都在努力向我展現他們保持良好的魅力。他們嘗試用「瑞士德語方言與我調侃」，這顯得滑稽可笑，而且也有些令人討厭。後來，我唱起了第一次世界大戰中經常唱的一首歌〈弗蘭德的死亡舞蹈〉裡的開頭幾句：「死亡跨著一匹黑色的駿馬，頭戴一頂不透明的帽子。」歌詞的作者已經無人知曉。這時，雷馬克先哼了起來，很快地容格爾也跟著哼唱起這支十分傷感的曲子。兩個人都還記得每一段的結尾歌詞：「弗蘭德面臨危險，死亡馳騁在弗蘭德。」然後，他們望著大教堂的方向，教堂的尖塔高高地聳立在輪船碼頭街那些房子的上空。

在這種幾次被輕聲咳嗽打斷的沉思之後，雷馬克說道：1914年秋天，朗格馬克的傳奇也對他產生了很大的影響，當時，他還在奧斯納布呂克上學，自願軍團在比克斯朔特和伊佩恩遭到慘重損失，據說，他們是高唱著德國歌曲來回答英國人的機槍射擊，也許正因如此，並且在老師們的鼓勵下，有的高級文理中學整班整班地自願報名參軍。每兩個人中有一個未被批准。像他這種當年沒有資格進高級文理中學的人，反倒是活了下來，如今也都完全墮落了。他始終把自己看成是一個「活死人」。

容格爾先生優雅地微笑著，想了一下他的這位作家同行的學校經歷：顯然只是實科中學，他雖然把朗格馬克狂熱稱為是「愛國的胡鬧」，但也承認，在戰爭開始之前很長一段時間裡，他自己已經被一種巨大的冒險欲望所吸引，感興趣的是不同尋常的東西，「即使是在法國的外籍軍團服役」。他說：「當真正打起來的時候，我們感到大家就像是融合成了一個巨大的軀體。即使是當戰爭露出它猙獰的魔爪，打仗仍然像是一種內心的體驗，對我具有極大的吸引力，這一直持續到我擔任突擊隊長的最後幾天。請您也平心靜氣地承認，尊敬的雷馬克，即使是在您的《西線無戰事》這部出色的處女作裡，您也不無內心激動地敍述了戰友們的那種一直堅持到死亡的力量。」雷馬克說：這本書展示的不是個人的經歷，而是彙集了這些作出無謂犧牲的一代人在前線的經驗，「在野戰醫院的工作對我來說已經是足夠的資料來源」。

這兩位老先生並沒有就此開始爭論，但是他們都強調了各自在戰爭這件事情上持有完全不同的觀點，強調了彼此完全對立的風格，兩人就像是來自兩個完全不同的陣營。如果說，這一位仍然總是把自己看成是「無可救藥的和平主義者」，那麼另一位則要求別人把他視為「無政府主義者」。

「沒這回事！」雷馬克大聲說道，「您在《鋼鐵的暴風雨》一書中，一直到最後一次魯登道夫進攻戰役，都像是一個尋求冒險的淘氣鬼。您輕率魯莽地召集一支突擊隊，純粹是為了消遣，衝上去抓一、兩個俘虜，要是可能，再去弄上一瓶白蘭地……」然而，雷馬克也承認，容格爾這位同行，在他的日記裡對戰壕戰和陣地戰所作的描述，尤其是對消耗大量物資的軍團會戰的特點，在某些地方還是實事求是的。

在我們第一次談話快要結束時，兩位先生已經喝掉了兩瓶紅葡萄酒，容格爾再次談起弗蘭德：「當我們兩年半之後在郎格馬克前線構築工程的時候，我們挖到了一些1914年的槍支、皮帶和彈殼，甚至還有尖頂頭盔，當時，整團整團的自願軍就是戴著這種頭盔趕赴前線的……」

1915年

　　我們的第二次談話是在「奧德翁」進行的，就是那家令人敬仰的老字號咖啡館，列寧曾經在這裡一邊閱讀《新蘇黎世報》和其他報刊，一邊祕密計畫革命，直到他在德意志帝國的護送下返回俄羅斯。我們則恰恰相反，不是在預卜未來，而是在回顧過去。我的這兩位先生堅持要先以氣泡酒早餐作為我們談話的開始。我得到他們的許可，只喝柳橙汁。

　　在大理石的桌面上，當年曾經引起激烈爭論的兩本書，像是物證似地擺在法式麵包卷和乳酪拼盤之間，當然，《西線無戰事》要比《鋼鐵的暴風雨》印量更多，流傳更廣。「沒錯，」雷馬克說，「確實非常暢銷。不過，我的這本書在1933年被公開焚燒之後，整整十二年在德國的圖書市場不准銷售，幾種譯本也是如此，而您的戰爭的頌歌則顯然在任何時候都可以立即供貨。」

　　容格爾沉默不語。直到我試圖將弗蘭德和香檳地區白堊紀土地上的陣地戰引入談話，並且把作戰區域的部分地圖放在這時已經收拾乾淨的早餐桌上時，當年在索默河畔曾經立即就投入進攻和反攻的容格爾，才把一個很不容易擺脫的關鍵字提出來進行討論：「這種低劣的尖頂頭盔，尊敬的雷馬克，您當年已經不必戴了。在我們前線陣地，它已經從1915年6月起被鋼盔替換了。這是一批試驗鋼盔，一個姓施魏爾德的炮兵上尉，在與幾乎同時開始使用鋼盔的法國人的競賽中，經過多次設計失敗，終於研製成功。因為克虜伯沒有能力生產合適的鉻鋼合金，所以其他幾家公司得到了這筆訂單，其中有塔勒鋼鐵廠。從1916年2月開始，這種鋼盔在所有的前線陣地開始投入使用。優先提供凡爾登和索默河地區的部隊，東部前線等待的時間最長。您一點兒也不知道，尊敬的雷馬克，就是因為這種毫無用處的皮頭盔，我們不得不付出了許多流血的代價，尤其是陣地戰，由於皮革匱乏，許多都是用毛氈壓緊替代的。每一次準確的射擊，都會減少一個人，一個彈片就足以把它擊穿。」

　　接著，他沖著我說：「你們這裡的民兵如今還在使用的那種瑞士鋼盔，也是按照我們的鋼盔仿造的，儘管形狀稍有些變化，甚至就連兩邊為了透氣而鑽通的立栓也都一模一樣。」

　　我反唇相譏：「幸虧我們的鋼盔不必在那些您以如此豐富的詞彙大加讚美且消耗大量物資的戰役中經受考驗。」他對此倒是聽任之，繼續把更多的細節投向保持沉默的雷馬克，從防鏽到軍灰色的無光澤工藝，再從向外伸出的護頸部分，到馬鬃軟墊的內襯，以及縫在一起的毛氈。接下來，他抱怨，在陣地戰中，視線因此受到了影響，因為前額突出的部分一直護到了鼻尖。「您是知道的，在執行突擊行動時，我尤其討厭這種分量很重的鋼盔。我比較喜歡那頂用了很久的少尉軍帽，襯裡還是絲綢的，我承認這麼說是有些浪漫輕率。」他突然又想起了一些（他是這麼說的）有趣的事情：「順便說一句，我的書桌上放著一頂形狀完全不同、非常平坦的英國兵的頭盔，留作紀念，當然，上面已經彈痕累累。」

　　休息了一段時間後，兩位先生配著不加奶的咖啡，開始喝起了李子酒，雷馬克說道：「M-16型鋼盔和後來的M-17型，對那些幾乎沒有受過任何訓練的新兵組成的增援部隊來說，顯得太大。總是要滑掉下來。在那些娃娃臉上，就剛好還能看見一張恐懼不安的嘴和一個顫抖的下巴。滑稽又可憐。步兵火器，甚至就連小塊的榴霰彈，都可以將鋼盔擊穿，這些我大概就不用對您講了吧……」

　　他又要了一輪李子酒。容格爾也跟著喝了一杯。他則替我這個「小女孩」要了第二杯鮮榨柳橙汁。

1916 年

　　在一段很長時間的散步之後，沿著利馬河碼頭街，經過海爾姆之家，又順著蘇黎世湖的湖濱林蔭道，由我給兩位先生規定的休息看來是得到了遵守，我們應雷馬克先生的邀請，去「王冠大廳」吃晚飯，由於他的幾部小説被拍成了電影，顯然他也成了一位有錢的作家。這是一家具有藝術家氛圍、經濟實惠的飯店：幾個真正的印象派畫家，還有馬蒂斯、布拉克，甚至畢卡索，都在四周的牆上占有一席之地。我們先吃的是鮭魚，然後是切成小塊的小牛肉加煎土豆餅。兩位先生最後喝了義式濃縮咖啡和法國阿瑪納克白蘭地，我則高估自己，點了一份過於膩人的法式巧克力甜點，用小勺舀著吃了好半天。

　　餐桌收拾完了之後，我的提問主要集中在西部前線的陣地戰。兩位先生用不著翻看他們寫的書尋求幫助，就能敍述那場持續數日、有時甚至使自己一方戰壕也受到破壞的相互炮擊。關於由立姿射擊防衛牆、臥姿射擊防衛牆和背後防衛牆組成的分級式戰壕體系，坑道的兩端，用土蓋著的掩體，呈階梯形深深地進入土層的坑道，地下的交通壕，幾乎推進到敵軍前沿陣地的監聽和窺視坑道，縱橫交錯帶刺的鐵絲網，甚至對於那些被震垮、被埋沒的戰壕和掩體，他們也都給予詳細的答覆。他們的親身體驗似乎絲毫也沒有受到磨損，儘管雷馬克有節制地説自己僅僅參加過構築工程：「我沒有參加過戰壕作戰，但是我看見過戰後殘留的東西。」

然而，無論是構築工程、運送食物，還是夜間鋪設鐵絲網，每一個細節都隨時呼之欲出。他們記得非常準確，兩個人只是偶爾才會迷失在一些細節瑣事之中，比如：容格爾靠著學生時代在外語課學來的東西，曾經在坑道的最前端，與相距不到三十步遠的「英國兵」或「法國兵」閒談聊天。在他們敍述的兩次進攻和反攻之間，我產生了一種身臨其境的感覺。然後又談起了英製的球形地雷及其威力，還有所謂的「響聲炮彈」、瓶式地雷、榴霰彈、未爆炸的啞彈，以及裝有撞擊引信、燃燒引信和延緩引信的重磅榴彈，模仿了各種口徑的槍炮近距離射的聲音。

　　兩位先生擅長模仿這種令人感到恐怖的交響樂中的單個聲部，他們稱之為「火焰的閃閃」。這一定是地獄。容格爾先生說：「然而，在我們大家的心裡，都活躍著一種因素，它突出了戰爭的野蠻性，而且使之具有一種精神的美，面對危險感到真正的歡樂，騎士般地渴望經歷一場戰爭。是啊，我可以說，在這些年裡，這種持久作戰的火焰熔化鑄造出一種越來越純潔、越來越勇敢的武士精神……」

雷馬克先生當面嘲笑坐在他對面的這個人：「您說些什麼啊，容格爾！您說話的樣子就像是一個貴族騎士。那些穿著過大皮靴的前線豬玀，內心麻木，完全被變成了兇殘的野獸。可以說，他們幾乎已經不知道什麼是害怕。但是，死亡的恐懼始終存在，他們能夠做什麼呢？玩撲克、咒罵、幻想叉開雙腿躺著的女人、打仗，也就是說按照命令去殺人。有時也談論一些專業知識：關於野戰鐵鍬與刺刀相比的優點，因為使用鐵鍬不僅可以捅對方的下巴，而且能夠用足力氣左劈右砍，從側面擊中脖子和肩膀。這樣很容易就可以達到胸部，而刺刀則常常會被夾在肋骨之間，必須朝肚子踢上一腳才能拔出來……」

「王冠大廳」那些服務員都很拘謹克制，沒有一個人敢於接近我們這張簡直是在大吵大嚷的桌子，容格爾只好自己再倒滿酒杯，他為我們的「工作談話」（這是容格爾的說法）挑選了一瓶酒精含量較低的紅酒，他特別緩慢地喝了一口，說道：「您說得都對，親愛的雷馬克。儘管如此，我還是這種觀點，每當我看見我的士兵們一個個像石頭似的動也不動地待在戰壕裡，手持步槍，上好了刺刀，在照明彈的亮光照耀下，鋼盔緊貼著鋼盔，刀刃緊靠著刀刃，閃閃發光，我總是充滿了一種刀槍不入的感覺。是的！我們可以被壓成粉末，但卻不可不戰勝。」

經過了一段無法打破的沉默之後，雷馬克先生似乎想要說話，但卻欲言又止，兩個人都端起了酒杯，誰也沒有看對方，卻幾乎同時將杯裡的酒一飲而盡。雷馬克始終在搓揉著他的那張騎士手絹。容格爾偶爾也看我一眼，就像是看一隻在他的收藏中顯然缺少的珍奇甲殼蟲。我一直還在相當勇敢地對付那份實在膩人的法式巧克力甜點。

後來，兩位先生比較放鬆且饒有興趣地講起「前線豬玀」的粗話，全是「廁所謠言」。對我這個瑞士小姐來說，實在過於粗俗，這是雷馬克對我的戲稱，他按照騎士的方式表示了歉意。最後，他們相互讚揚了對方生動的前線報導。「除了我們倆，還有誰呢？」容格爾說道，「法國充其量還有那個瘋瘋癲癲的切

1917 年

早餐之後，我們立刻繼續談話。這一次的早餐沒有那麼豐盛，沒有氣泡酒，兩位先生一致同意吃由我推薦的比爾歇牛奶浸麥片。在談話過程中，他們倆小心翼翼地向我解釋了毒氣戰，就好像我是一個還在上小學的小女孩，不能把我嚇著了似的，諸如施放氯氣，有目的地使用藍十字毒氣、綠十字毒氣和黃十字毒氣，有一些是他們的親身經歷，也有一些是別人的體驗。

雷馬克提到我們談話時正在進行的越南戰爭，並且認為在那裡投擲凝固汽油彈和使用橙劑是犯罪行為，此後，我們一點兒也沒有轉彎抹角就談到了化學武器。雷馬克說：「誰要是投過原子彈，他就再也不會有任何顧忌。」容格爾認為，使用橙劑這種附著在植物表面、可以讓樹林掉光樹葉的毒劑，是當年使用毒氣作戰的邏輯延續，他認為，「美國人」儘管具有物質上的優勢，仍然必將打輸這場「骯髒的戰爭」，戰爭不再只是「軍人的行動」，在這一點上他和雷馬克的意見完全一致。

容格爾說：「但是必須承認，1915年4月，我們在伊佩恩首先對法國人使用了氯氣。」這時，雷馬克高聲喊道：「毒氣進攻！毒氣！毒氣！」正在我們桌子旁邊的一位服務小姐嚇了一跳，先是停住了手腳，然後趕緊跑開。容格爾用茶匙敲出叮叮咚咚的聲音，模仿報警的鐘聲，可是突然又好像聽到內心的命令，就事論事地說道：「我們立刻開始按照規定給槍管及每一個金屬零件上油，然後戴上防毒面具。後來在蒙齊，即夏季戰役開始之前不久，我們看見許多中毒的病人，他們呻吟乾嘔，兩眼流淚。氯氣的作用主要是腐蝕和燒焦肺部。這種現象也可以在敵人的戰壕裡看見。不久，我們就收到了英國人送來的禮物——『光氣』，它有一點甜甜的氣味。」

這時雷馬克接話：「經過幾天的乾嘔，他們把燒焦的肺一塊塊地吐了出來。要是他們沒有在密集的炮火下及時地從彈坑裡跑出來，那就更糟了，因為毒氣就像是一隻扁平的水母，鑽進地面的每一個洞穴。那些過早摘下防毒面具的人，真是不幸啊……特別糟糕的事總是讓那些毫無經驗的增援部隊趕上……那些年輕、

手足無措、四處奔逃的小夥子……這一張張蒼白似蕪青甘藍的臉……穿著過於肥大的軍服……還活著的那些人，臉上卻帶著死去孩子的那種可怕的呆滯表情……當我們衝到最前沿準備構築工程時，我看見了一個擠滿了這些可憐蟲的地下掩體……他們的腦袋都變成了藍色，嘴唇烏黑……在一個彈坑裡，他們太早摘下了面具……他們乾嘔、吐血，直到死去……」

兩位先生向我表示抱歉，一大清早說得也許太多了。況且，一個年輕女人對這些戰爭曾經帶來的暴行有興趣，也實在讓人感到詫異。我讓雷馬克放心，他把自己視為是老派紳士，在這一方面，比容格爾有過之而無不及。我讓他們根本不用為我考慮。我說：比爾勒公司委託給我們的這個研究專案，就是要求每一個細節都要真實，「您們一定知道在厄利孔專門為了出口生產的是哪些規格的武器吧？」接下來我繼續詢問有關細節。

雷馬克先生沉默不語，把目光轉向一邊，凝視著通向利馬河碼頭街的市政廳大橋，因此容格爾先生就開始向我解釋防毒面具的發展過程以及作為戰爭武器的芥子氣，他的神情給人一種鎮靜自若的印象。1917年6月，在包圍伊佩恩的第三次戰役期間，從德軍一側，首次使用了這種毒氣，這是一種幾乎沒有任何味道、也看不見的氣體煙霧，就像是一團貼在地面的霧氣，它的作用是分解人體細胞，一般是在三、四個小時之後開始發生作用。二氯二乙硫醚是一種油性呈微粒水珠狀的化合物，任何防毒面具對它都無濟於事。

然後，容格爾先生還向我講述了使用黃十字毒氣如何使得敵人的戰壕受到污染，因此他們無法抵抗只能撤離。他說：「但是，1917年深秋，英國人在坎普萊繳獲了一個相當大的芥子氣炮彈倉庫，然後立刻把它們射向了我們的戰壕。許多人失明……您說呢，雷馬克，那位歷史上最偉大的二等兵，是不是就以這種方式或者類似的方式受了重傷？然後進了帕澤瓦克的野戰醫院……在那裡一直待到戰爭結束……他也是在那裡決定要當政治家……」

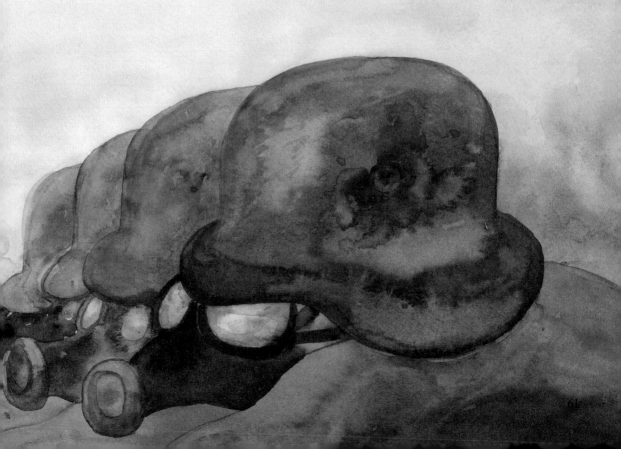

1918 年

在短暫的逛街購物之後，我乘計程車將兩位先生送到中央火車站，容格爾為自己買了一些雪茄，是布里薩戈產的，雷馬克聽了我的建議在格里德商店為他的妻子葆萊特買了一條絲綢圍巾。還有一些時間，我們就去了火車站的自助餐廳。我提議喝一杯酒精含量較低的白葡萄酒作為告別。儘管實際上該說的都已經說過了，但在這整整一個小時裡仍然還有一些值得記下來的東西。我問他們，在戰爭的最後一年裡，是否對當時經常投入使用的英式坦克有什麼體驗，兩位先生一致否認遭遇過坦克的攻擊，但是容格爾聲稱，他的部隊在反攻時曾經遇到過不少「煙薰火燎過的龐然大物」。人們當時嘗試著使用噴火器和捆綁在一起的手榴彈進行抵抗。「這種武器，」他說，「在某種程度上可以說尚處於初級發展階段。快速全面的坦克進攻還有待時日。」

　　然後，兩位先生還證明了自己是空戰的目擊者。雷馬克回憶了幾次在戰壕裡和後方基地打的賭：「押的賭注是一份肝腸或是五支香煙。賭的是，拖著一縷青煙隆隆飛過的，是一架我們的「福克爾」，還是一架英式「斯巴特」單座飛機。在數量上，他們總是超過我們。最後階段，大約是我們的一架飛機對五架英國或美國的飛機。」

　　容格爾證實了這一說法：「整體來說，他們在物質上占了壓倒性的優勢，尤其是在空中。儘管如此，我還是懷著幾分嫉妒看著我們那些坐在三翼飛機裡的小夥子們。空中作戰畢竟很有騎士精神。一架單機從陽光中鑽了出來，砰的一下將他的一個對手從敵人的飛機群中敲掉，這是多麼勇敢啊！里希特霍芬飛行中隊的座右銘是怎麼說的？我想起來了：『堅定頑強，但要發狂！』他們至少為這個座右銘爭了光。冷酷無情，卻又規矩公平。親愛的雷馬克，《紅色的戰鬥機飛行員》的確是一本值得讀的書，儘管男爵先生在

他的這本極其生動的回憶錄的結尾處不得不承認，這種新鮮愉快的戰爭最遲是在1916年就已經結束，此後朝下看就只有泥濘和布滿彈坑的景色。一切都很危急，大家都在頑強堅持。直到他也被人從天上打了下來的最後一刻，他始終非常勇敢，這種勇敢的態度在下面也得到了同樣程度的顯示。惟有物質才更加強大。也就是說，在戰場上是不可戰勝的！然而，在我們的背後卻出現了叛亂。每次我數一數身上的傷疤，至少也有十四個：五個是槍傷，兩個是榴彈碎片，一個是榴霰彈的彈丸，還有四個要記在手榴彈的賬上，最後兩個是由於其他的彈片。要是加上彈丸射入和穿出的傷口，整整二十個傷疤。但是，我的結論總是一個：這是值得的！」

他發出一陣清亮的笑聲，結束了這段回顧，更確切地說，他的笑聲確實出自老人，但又恰似孩童。雷馬克完全超然地坐在那裡，說道：「我可不想以此相爭。我只受過一次傷，這就夠我受的了。我也不可能提供什麼英勇事蹟。後來我只是在野戰醫院裡工作。所見所聞就已經足夠了。我根本不能與您掛在脖子上的

『為了榮譽』勳章相提並論。但是，我們畢竟被打敗了。在各個方面。您和那些與您的觀點相同的人所缺少的，恰好是承認失敗的勇氣。直到今天顯然仍是缺乏這種勇氣。」

該說的都說完了嗎？沒有。容格爾又對那次戰爭的最後幾年肆虐在敵我雙方陣營的流感犧牲者作了總結：「死於流感的人數超過了兩千萬，大約與各方在戰鬥中陣亡的人數相等。後者至少知道是為何而死的！」雷馬克輕聲問道：「天啊，究竟是為何而死？」

我有一點兒尷尬地把兩位作者早已名揚天下的兩本書放在桌上請他們題詞。容格爾匆匆在他的書上為我簽了名，並且寫上了一句話：「獻給我們勇敢的瑞士小姐。」雷馬克在那句含意明確的聲明「士兵如何變成殺人兇手」下面簽上了他的名字。

現在真是該說的都說完了。兩位先生把酒一飲而盡。他們幾乎同時站了起來（雷馬克在前），彼此稍微退了一下身子，但都迴避和對方握手。他們請我不要送彼此任何一位去月臺，但卻都沒有免去分別輕輕地吻了一下我的手。兩個人都只帶了手提旅行袋。

五年後，雷馬克先生去世。容格爾先生看來是準備要活到下一個世紀。

1919年

　　盡是一些發戰爭財的傢伙。統統都是。就拿這個人來說吧，他靠「布拉托林」奶片賺了幾百萬，據說這種奶片頂得上一塊煎排骨。但裡面只是一些磨碎的東西，比如玉米、豌豆和蕪青甘藍。香腸裡面也是如此。現在這些做假香腸的傢伙大聲叫嚷：我們，所謂的後方戰線，所有那些還沒有玩夠炮彈的傢伙，還有德國的家庭主婦，陰險地從背後向我們的戰士們……刺了一刀……我的男人最後也被編進了戰時後備軍，回來的時候成了殘廢，兩個小妞總是病懨懨的，也被流感要了命。我唯一的兄弟埃里希，去當了海軍，什麼道格沙灘，斯卡格拉克海峽，我說那可真是槍林彈雨啊，他都福大命大闖了過來，可是在柏林卻倒在街壘上，他是跟著他們部隊從基爾出發，為了共和國進駐柏林的。和平？為此我只能苦笑。名義上的和平。他們從來沒有停止過開槍。永遠還是只有蕪青甘藍。麵包裡面是蕪青甘藍，油煎肉餅裡面也是蕪青甘藍，甚至最近我都是用蕪青甘藍烤糕

點，裡面加上一點山毛櫸的果實，因為是星期天，而且有客人要來。這會兒來的是那些騙子，他們把一些摻雜了所謂香料的白堊粉賣給我們當煎肉的調味料，在報紙上大談什麼暗箭和陰謀詭計。沒的事！真該幹掉他們，吊在路燈上，這樣就再也不會有任何代用品。什麼叫背叛？我們只不過是不想再有皇帝，不想再吃蕪青甘藍。但也不想經常不斷地搞什麼革命，不想從前面或背後挨上一刀。應該有足夠的真正的麵包。不要「福祿克斯」，要真正的果醬，也不要裡面只有澱粉的「艾羅爾」，要真正的雞蛋。再也不要一大團一大團的肉末，要一塊一塊真正的豬肉。只有這些才是我們想要的東西。和平也就是為了這個。因此我在普倫茨勞支持成立蘇維埃，而且在婦女委員會裡負責食品供給，我們發出呼籲，而且印刷出來張貼在所有的廣告柱上面。我在市政廳前面的樓梯上向下面高喊：「德國的家庭主婦們，必須和這種欺騙以及發戰爭財的傢伙們一刀兩斷。什麼叫作背後的暗箭。難道這麼多年我們在後方戰線不是戰鬥嗎？早在1915年11月就開始了，人工黃油緊缺，蕪青甘藍令人吃膩。而且越來越糟糕。什麼也沒有！沒有牛奶，只有卡洛博士的奶片。流感也來欺負我們，而報紙上卻說農業獲得了大豐收。在寒冷的冬天之後，就連馬鈴薯也沒啦，永遠只有蕪青甘藍。我的男人回來度假時說：『吃起來就像是啃鐵絲網。』可是，當威廉帶著他的金銀財寶溜到他在荷蘭的宮殿時，我們卻被說成是在後方戰線拔出匕首，而且是卑鄙地從背後插上了一刀……」

1920 年

　　祝各位健康，先生們！經過辛苦的幾個星期，終於可以開心地慶祝一番。在我舉起酒杯之前，想先説幾句：帝國要是沒有鐵路那算什麼！我們終於擁有了鐵路。憲法裡有些地方並不那麼可信，但裡面清清楚楚地寫道：這是帝國的任務……這恰好是那些同志先生堅持要寫進去的，通常他們根本就不把祖國當回事。俾斯麥總理當年沒有辦成的事，皇帝陛下也沒能得到的東西，戰爭中正是它讓我們大吃苦頭，沒有統一規格，四分五裂，竟然有二百一十多種機車類型，鐵路經常缺少零配件，以至於部隊運輸、急需的補給、凡爾登前線缺乏的彈藥，統統被迫停在鐵路線上，這種可以説讓我們失去勝利的弊端，先生們，現在終於讓社民黨人消除了。我再重申一遍，恰好是那些曾經準備11月造反的社民黨人，他們雖然沒有把這種值得稱讚的計畫變成早就應該實施的行動，但畢竟使它有可能成為現實。我問問各位，只要巴伐利亞和薩克森拒絕，再密集的鐵路網路，又能給我們帶來什麼好處呢？坦白地説，他們明顯是出於對普魯士的仇恨而拒絕，現在終於在整個帝國的範圍內達成了一致，這不僅是按照上帝的意志，而且也是出於理智的原因。因此我總是一再重申，只有在帝國鐵路的軌道上，火車才能駛向真正的統一。正像老年歌德當年有先見之明説過的那樣：「王公貴族頑固阻擋的東西，火車將使之實現……」但是，首先還有那個強迫簽定的和約，據此和約，八千輛車頭和數萬節客運車廂、貨運車廂必須移交到無恥掠取的敵人的手裡，我們的不幸終於要結束了，我們已經做好了準備，按照這個並不那麼可信的共和國的命令，同普魯士、薩克森、巴伐利亞、黑森、邁克倫堡－施末林以及奧爾登堡

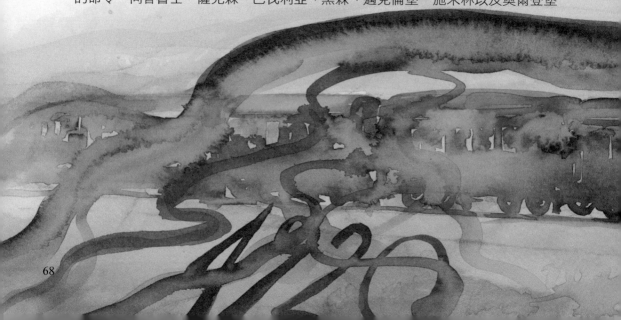

簽定了國家條約，按照條約的精神，帝國接管了債務沉重的各州鐵路，要不是通貨膨脹和我們的計算開了一個大玩笑，接管的價格正好可以同債務扯平。當我回顧1920年，再次向諸位舉起酒杯的時候，我完全可以寬慰地說：是的，諸位先生，自從帝國鐵路法為我們提供了充足的地產抵押馬克資金以來，我們終於擺脫了赤字，甚至有能力透過經營賺回那筆無恥地向我們索走的戰爭賠款，我們正準備開始在各個方面進行現代化，而且要依靠諸位可歌可頌的協助。即使有人把我稱為是「帝國統一機車之父」，開始只是私下講講，後來才公開這麼說，但我也始終明白，機車製造業要想恢復正常，只能依靠聯合的力量才能成功。無論是生產軸箱的哈諾馬格公司，還是研製操縱系統的克勞斯商號，不管是製造汽缸蓋的瑪菲工廠，還是承擔機車總裝的博爾西格公司，所有與此相關的工業企業，它們的董事會成員，今天都鄭重其事地聚集在這裡，大家懂得：帝國統一的機車不僅體現了技術上的協調一致，而且也體現了帝國的統一！最近甚至在布爾什維克的俄羅斯，著名的羅莫諾索夫教授為我們的熱蒸氣貨運牽引機車開出了一份出色的證明，然而，我們幾乎還沒有開始營利性的出口，就已經響起了支持鐵路私有化的呼聲。人人都想快速營利。削減人手，關閉那些據說不賺錢的路段。現在我只能大聲發出警告：制止任何開始的嘗試！誰要是把帝國鐵路交給私人，交給外來勢力，最終也就是到外國人的手裡，他就會損害我們貧窮的、蒙受恥辱的祖國。因為，正如歌德對愛克曼講的那樣……現在，讓我們大家為他充滿智慧的預言乾杯……

1921 年

親愛的彼得・龐特：

　　我從來還沒有給作者寫過信，最近，在一次吃早餐的時候，我的未婚夫把他收集的幾乎所有文章，壓在盛煮雞蛋的小杯子下面，然後讀給我聽，有一些是您寫的，實在幽默，我忍不住哈哈大笑，雖然我對其中政治方面的事情並沒有完全弄明白。您真是尖酸刻薄，但又總是很幽默。這正是我喜歡的。只是您真的一點兒也不懂得跳舞的事。您寫的一個「雙手插在褲袋裡」跳西米舞的男人，老實說吧，完全不對。這也許在跳一步舞或者狐步舞時還可以湊合。不管怎樣，霍爾斯特・艾伯哈特，正如您在那篇短文中說明的那樣，是在郵局工作，但不是郵政專員，更多的時候是站櫃檯，我是去年在「小瓦爾特的西米舞場」認識他的，他和我跳西米舞就是雙手並用，而且是兩人先分開再貼緊。雖然我每週的工資剛夠買一雙長筒襪，但我還是一定要想辦法把自己打扮得漂漂亮亮的，也許我真的就是您竭力嘲笑的那個「皮森旺小姐」。上個星期五，在舉辦舞蹈大獎賽的海軍上將宮，他帶著我在看上去特別棒的鑲木地板上，跳了剛從美國傳來的最新式舞步「查爾斯頓舞」。他穿著一件借來的燕尾服，我穿的是一條露出膝蓋的金黃色裙子。

但是，我們並非「為了金犢跳舞」！是您搞錯了，親愛的龐特先生。我們跳舞純粹是為了娛樂。甚至在廚房裡放著留聲機跳。我們對此已經嫻熟於心，融貫全身。從肚子一直到肩膀，甚至還包括兩隻耳朵。您在那篇短文裡寫得真對，我的霍爾斯特‧艾伯哈德就是長著兩隻招風耳。不管是西米舞還是查爾斯頓舞，都不僅僅是腿上的功夫，而要發自內心，完完全全地貫通全身。真正要像波浪起伏那樣，從下到上，而且要一直進入頭皮下面。就連顫抖也是其中的一部分，它會讓人產生一點兒幸福感。假如您不知道什麼是幸福，我指的是那種瞬間的幸福，那麼您可以在每個星期二和星期六到「小瓦爾特」免費跟我上課。

真誠地答應您！不要害怕。我們可以慢慢來。我們先在鑲木地板上向前和向後跳上一圈一步舞暖暖身子。我領著您跳，您就破例讓別人領一次吧。這純粹是信任問題。跳起來比看上去要容易。然後我們試一試〈偏偏是香蕉〉這個曲子。也可以跟著唱，會很有趣的。您要是還有精力的話，我的霍爾斯特‧艾伯哈德也不反對，我們倆可以跳一次真正的查爾斯頓舞。先是小腿肚，然後全身都會發熱。等到我們情緒完全上來以後，我可以專門為您打開我的那個小盒子。不要害怕！只是一小撮。不會上癮的。就是為了提提情緒而已，真的。

我的霍爾斯特‧艾伯哈德還說，您總是用筆名寫作。一會兒是龐特，一會兒是蒂格爾，有時又是伏羅貝爾先生。他在什麼地方還讀到過，您是一個矮矮胖胖的波蘭猶太人。這都沒有關係。我的姓也是以「基」結尾的。大多數胖子都是好的舞伴。假如您可以慷慨地獻出您的下一個星期六，而且正巧也有好的心情，我們可以開上一瓶香檳酒，或者兩瓶。我可以告訴您一些賣鞋子的事。對了，我在萊澤爾鞋店男鞋部工作。但是我們不談政治。好嗎？

致以衷心的問候。

您的伊爾澤‧勒平斯基

1922 年

人們還想聽我說什麼？你們這些新聞記者反正什麼都知道。真相？要說的我都已經說過了，但沒人相信我。「他沒有工作，名聲很壞。」人們在法庭前如此陳述。「這個特奧多爾‧布呂迪加姆是一個密探，是由社民黨人付工資，同時也有反動勢力付錢給他。」是的，但是付錢的只有那些繼續幹下去的艾爾哈特旅的人，卡普政變失敗之後，艾爾哈特旅被強制解散。不然他們應該幹什麼呢？不管做什麼事，反正都是拿法律開玩笑，敵人站在左邊，而不是像維爾特總理說的那樣站在右邊，在這裡什麼叫「非法」？不對，負責支付酬金的不是艾爾哈特海軍少校，而是霍夫曼艦長。他一定是領事協會的成員。關於其他的人，人們了解的絕對沒有這麼清楚，因為他們自己也不知道誰屬於這個組織，誰不屬於。蒂勒森也給了少量的捐款。就是那個向埃爾茨貝格開槍的蒂勒森的兄弟，他也信奉天主教，和那個現在已經下臺的中央黨黨棍一樣。蒂勒森目前正在匈牙利坐牢或是被藏在某個地方。實際上委託我的人是霍夫曼。要我為領事協會探聽幾個左派組織的情況，不僅僅是共產黨的組織。他順帶還給我開了一張名單，在11月的叛徒埃爾茨貝格之後，應該輪到誰了。當然有社民黨人賽德曼和履行義務的政治家拉特瑙，帝國總理維爾特也被排入計畫中。沒錯，就是我，在卡塞爾向賽德曼發出了警告。為什麼？就是因為我認為，不一定非要採用謀殺，而是可以採用比較合法的手段，並且首先在巴伐利亞，將整個體制撬開，進而推翻，然後像墨索里尼在義大利那樣建立有秩序的民族國家，必要時可以和那個二等兵希特勒聯手，他雖然是個愛胡思亂想的傢伙，但卻是天生的群眾演說家，在慕尼黑特別受歡迎。然而賽德曼不願聽我的話，反正也沒有人相信我。幸虧沒人相信我，因為，在哈比希特森林，真的有人想把氫氰酸扔到他的臉上，但沒有命中。沒錯，是他的髭鬚保護了他。聽起來有些滑稽，但的確如此。因此，這種方式再也沒人繼續使用。沒錯，我也討厭這種做法。正因如此，我只想為賽德曼和他的人工作。可是，當我說在領事協會背後隱藏著德國國防軍和反間諜總局，社民黨人卻不相信。當然還有海爾弗里希，都是他的銀行出錢的。不用說還有施蒂內斯。對於這些財閥富豪來說，這就像是一點兒小費。拉特瑙本人也是資本家，我也向他發出過警告，他實際上肯定已經預感會發生什麼事。因為，海爾弗里希發起「趕走埃

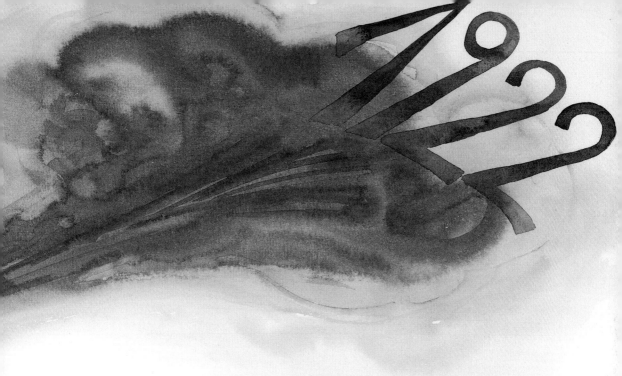

爾茨貝格！」的運動，就已經明確地表達謀殺的意圖，並且在開槍之前公開譴責拉特瑙是「履行義務的政治家」：「只有賣國賊才準備與法國人福熙透過暗中談判，達成可恥的停戰協議。」但是這位部長先生仍然不肯相信，甚至在這件事已經開始進行最後時刻，他還想進行一次資本家之間的兩人密談，就是和胡戈・施蒂內斯。但是這時已經救不了他了，因為他是猶太人，這就更沒有希望了。我向他暗示：「您早晨開車去部裡的路上尤其危險。」可是這個猶太財主卻傲慢地說：「尊敬的布呂迪加姆先生，我怎麼能夠信任您呢，據我調查，您的名聲是如此的壞⋯⋯」後來在開庭審理時，首席檢查官之所以阻止我作為證人進行辯護，也就不足為怪了；他聲稱是因為我「被懷疑參與了正在審理的案件」。很清楚，法庭是想讓領事協會逃脫干係；就是說，要讓躲在背後的那些人繼續留在暗處。充其量只是在私下議論議論那些或許可能是非法的組織。只有這個封・薩羅蒙，一個自稱是作家的愚蠢小夥子，在審訊時純粹是為了吹大牛，才說出了一些人的姓名，因此被判了五年，儘管他只是居間介紹了漢堡的那個汽車司機。不管怎樣，我的所有警告都是白費力氣。一切過程都和埃爾茨貝格案件一樣。當時，艾爾哈特旅的小夥子們已經被訓練得絕對服從命令，這也是領事協會之所以乾脆

採用抽籤方式決定舒爾茨和蒂勒森作為兇手的原因。從那時起，這就是一件明擺著的事。正像諸位大概已經從各自的報刊得知的那樣，他們在黑森林對埃爾茨貝格行刺，他當時正帶著妻子和女兒在那裡休假。他在同另一位中央黨黨閥一起散步的時候，遭到了伏擊。在射出的十二發子彈中，有一發擊中頭部，要了他的命。另外那個人，名叫迪茨博士，受了傷，倖免於難。作案之後，兩個兇手大搖大擺地來到附近的小村莊奧佩瑙，在一家客棧喝了咖啡。但是先生們，諸位不知道的是，在拉特瑙一案中同樣進行了抽籤，行刺之前，兇手中的一個還去向牧師懺悔，這位牧師向維爾特總理作了彙報，但是他也維護了所謂懺悔保密的原則，沒有說出任何人的姓名。可是，拉特瑙仍然是既不願意相信這位牧師，也不願意相信我，甚至就連聽了我提供情報的法蘭克福德國猶太人董事會勸他多加小心，他還是聽不進去，拒絕警方的任何保護。6月24日，他從位於國王大道的綠色森林別墅，還像平常一樣，乘坐敞蓬轎車駛往威廉大街。他也不聽他司機的話。因此，發生的一切就像教科書裡寫的那樣。大家都知道，在國王大道上，就是埃德納大街和瓦羅特大街的那個街角，司機不得不緊急煞車，因為有一輛馬車正要橫越國王大道，順便提一下，這個馬車夫並沒有受到審訊。從緊跟在後面的那輛梅賽德斯－賓士觀光車裡射出了九發子彈，其中五發擊中目標。在超車時，又成功地扔了一顆蛋形手榴彈。這些兇手不僅充滿了武士精神，而且對所有非德國的東西滿腔仇恨。特朔夫駕駛這輛梅賽德斯，克恩使用衝鋒槍，在逃跑途中自殺的那個菲舍爾扔手榴彈。然而，所有這一切之所以能夠順利進行，就是因為沒有人願意相信我這個名聲很壞的人，密探布呂迪加姆。領事協會很快就停止付款，在往後的一年裡，二等兵希特勒領導向慕尼黑統帥大廳的進軍行動徹底失敗。我嘗試警告魯登道夫也落了空。這一次我這麼做並沒有要任何報酬，因為我從來就不是只看錢來決定做什麼事的。反正錢也是一天比一天不值錢。只是出於對德國的憂慮……我作為愛國者曾經……但是沒有人願意聽我的，諸位也是如此。

1923年

這些鈔票今天看上去真是漂亮。我的幾個曾孫喜歡用它們玩買房子和賣房子的遊戲，我從柏林圍牆倒塌之前的那個時代保留下來幾張上面有麥穗和圓規的大面額鈔票，但對孩子們來說，因為沒有點綴這麼多個零，所以被認為並不那麼有價值，僅僅當成是零錢。

那些通貨膨脹時期的錢，我是在母親去世之後，在她的家務記事本裡找到的。我現在經常一邊思考一邊翻看這個本子，因為裡面的價格和食譜喚醒了我心中許多傷心而又誘人的回憶。是啊，媽媽一定很不容易。我們四個女孩給她添了很多憂慮，儘管不是故意的。我是老大。那條做家事的圍裙，我在家務記事本裡看到，20年代末，它的價格是三千五百馬克，肯定是買給我的，因為那時每天晚上我都要幫媽媽為那幾個三房客端飯上菜，她總是運用一切想像力為他們做飯。那條八千馬克的少女連衣裙是我妹妹希爾德穿的，她可能已經想不起上面紅綠相間的圖案。希爾德早在50年代就去了西德，她從小就相當固執，反正她早就宣布已經從內心深處與過去的一切脫離了關係。

是啊，這些價格真是令人震驚。我們就是伴隨著它長大的。在開姆尼茨，當然也在其他的地方，我們唱過一首數數字躲貓貓的歌謠，至今我的曾孫們仍然覺得它相當可愛：

「一，二，四，五百萬。我的媽媽煮豆菜。一磅要花一千萬。沒有油花你躲起來！」

每週三次菜豆或扁豆。豆類便於儲存，因此總是越來越貴，大家都像我媽媽一樣及時買來存著吃。牛肉罐頭也是這樣，在廚房的櫃子裡總是堆放囤積著好幾十個。媽媽為我們的三位三房客做野菜卷和發麵團，裡面塞上罐頭牛肉，由於價格飛漲，所以他們必須按天付錢。幸虧有一個三房客還有一小口袋銀幣，我們這些孩子都叫他埃迪叔叔。第一次世界大戰以前，他曾經在幾條豪華客輪上當過服務員。因為埃迪叔叔在父親早逝之後和媽媽走得很近，所以我在家務記事本裡也找到了一些關於美元的提示，最初，一個美元可以買七千五百馬克的東西，後來

可以買兩千萬，甚至更多。最後，當埃迪叔叔的小口袋裡只剩下區區幾枚銀幣發出叮噹響聲時，一個美元竟然等於好幾兆馬克，簡直不可思議！埃迪叔叔負責提供鮮牛奶、魚肝油、媽媽的心臟病藥。有時，如果我們聽話，他就獎賞給我們幾塊巧克力。

但是小職員和低級公務員的經濟情況非常糟糕，那些依靠社會福利的人就更不用提了。守寡的媽媽只靠她應該享有的那份父親的公務員退休金，根本不可能維持我們全家的生活。到處都是乞丐和乞求施捨的殘疾人。住在大樓底層的海因策先生在戰後不久得到了一筆數目可觀的遺產，他顯然是得到了很好的投資建議，用這筆遺產買了四十多公頃耕地和牧場，讓那些租他的地的農民用實物來支付租金。據說他的家裡掛著整板整板的肥豬肉。當鈔票上幾乎都是零的時候，到處都發行代用貨幣，在我們薩克森甚至發行用煤來折算的代用貨幣，這時，他用豬肉換成整匹整匹的布料，即混紡毛料和華達呢，因此，當後來發行地產抵押馬克時，他很快就做起了生意。是啊，他可是發啦！

不過，海因策先生大概並不像人們罵的那樣，是一個發戰爭橫財的傢伙。那是其他的人。當時已經是共產黨員的埃迪叔叔，後來在工人和農民的國家也很有成就，就在這兒，卡爾・馬克思，這是開姆尼茨當時的名字，他可以叫出所有那些「戴著大禮帽的鯊魚」的名字，他總是習慣這樣稱呼資本家。對他和媽媽來說，沒有活到用西德的錢這一天，當然更好；他們不用為歐元來臨時將會發生什麼事而操心。

1924

1924年

定在哥倫布日。我們要在這一天升空。就像那位熱那亞人在西元1492年隨著一聲「鬆開纜繩！」的喊聲，朝著印度，實際上卻是朝著美洲航行那樣，我們也要開始一次冒險行動，當然是借助更加精準的儀器。其實，我們的飛艇早在10月11日淩晨就已經準備完畢，大廳的大門已經敞開。飛艇上的燃料經過精確的計算，正好夠五台邁巴赫發動機和水壓艙使用。負責拉住飛艇的工作人員已經把繩索握在手裡了。但是LZ126不願意漂浮，它變重了，而且始終很重，原因是隨著大量的熱氣，突然出現了煙霧，籠罩了整個博登湖湖面。我們既不能減少水量，也不能減少燃料，所以不得不將升空延到第二天早晨。等候在那裡的人們冷嘲熱諷，簡直讓人無法忍受。12日，我們總算順利升空。

飛艇規定載員二十二人。我被允許作為艇上的機械師參與此行，在很長一段時間裡是頗有爭議的，因為我也被認為是那些出於愛國主義的抗議破壞了我方最後四艘作戰飛艇的人之一，當時這些飛艇正在弗里德里希港進行檢修，準備移交給敵方；就像1919年6月，我們的人在斯卡帕灣故意沉掉我們作戰艦隊的七十多條船那樣，其中有應該移交給英國人的十二艘戰列艦和定期班輪。

協約國立刻要求賠償。美國人要我們支付三百多萬金馬克。齊柏林有限公司建議，藉由提供一艘按照最新技術等級建造的飛艇來抵還所有債務。美國軍方對我們這種可以保證充入七萬立方公尺氦氣的最新款式，表示出非常強烈的興趣，所以達成了這筆骯髒的交易，即LZ126應該被送到萊克赫斯特，著陸之後立刻辦理移交。

我們許多人都覺得這是一種恥辱。我也是。難道我們受到的侮辱還不夠多嗎？強迫簽定的和約加在祖國身上的負擔難道還不夠嗎？我們，也就說，我們中間的幾個人，考慮要抽掉這樁卑鄙交易的根基。很長一段時間，我不得不和自己鬥爭，直到我終於能夠從這項計畫中找出一些積極的意義。在我握著埃克納博士的手，鄭重地保證放棄搞破壞之後，我才被允許參加這次航行，我們大家都很尊重身為艇長的埃克納博士。

　　LZ126真漂亮，無可挑剔，直到現在它仍然不時地浮現在我的眼前。然而，一開始，當我們還在歐洲大陸上空，僅以五十公尺的高度漂過金色海岸的山巒時，我滿腦子仍然還是搞破壞的念頭。飛艇上沒有載客，儘管奢侈的裝備足夠二十四個人使用，只有幾個美國軍人不分畫夜地監視我們。在卡普·奧特加附近的西班牙海岸上空，我們與強烈的下降風搏鬥，飛艇劇烈顛簸，每個人都忙著穩住航向，那幾個軍人也不得不把他們的注意力轉到航行上。想搞破壞，這時是有可能的；扔掉燃料桶，從而被迫提前降落，這就足夠了。當亞速爾群島出現在我們下方時，我再次感覺到這種誘惑。白天和夜晚，我始終在猶豫不決，我覺得自己完全迷惑了，我要尋找機會。當我們在紐芬蘭海灘的濃霧上空升到二千公尺高度時，以及後來有一根固定鐵絲在遇到風暴折斷的時候，我真想阻止這種由我們移交LZ126帶來的日益逼近的恥辱，但是這一切只不過都是想想而已。

　　是什麼讓我猶豫不決呢？當然不是害怕。畢竟我在戰爭期間，曾經在倫敦上空經歷過那種一旦我們的飛艇被探照燈罩住，時刻都會被擊中的危險。不，我沒有任何恐懼。是埃克納博士的意志，讓我完全失去了行動的能力，儘管我並非心服口服。無論那幾個戰勝國如何專橫，他也堅持要為德國的生產能力提供證明，即使是透過我們銀光閃閃的空中雪茄來體現。我終於屈服於這種意志，徹底放棄了破壞的計畫；一次微不足道、也可以說只是象徵性的故障，幾乎沒有留下什麼印象。美國人派了兩艘巡洋艦來迎接我們，我們之間經常保持通訊聯絡。不僅在遇到持續性強烈逆風的時候，而且也會在出現任何微小的破壞活動的時候，它們都會在緊急情況下出手援助。

直到今天我才明白，放棄這次解放行動是正確的。10月15日，LZ126接近紐約，自由女神從晨霧中向我們致意，我們飛進海灣，這座大都會和它那些如高山似的摩天大樓終於出現在我們下方，所有停泊在港口的船隻拉響汽笛歡迎我們，我們以適中的高度，兩次來回飛過百老匯大街的上空，從街的這一頭到那一頭，然後上升到三千公尺，為了讓所有的紐約居民牢牢記住這幅在晨光中閃爍、展示德國生產能力的畫面，然後我們終於掉頭轉向萊克赫斯特方向，我們正好還有時間用水箱裡剩下來的水洗臉修面，為著陸和歡迎儀式作好一切準備。這時，我感到的只有自豪，抑制不住的自豪。

　　在這場悲哀的飛艇移交儀式結束之後，我們引以為豪的飛艇就被改名為「洛杉磯號」。埃克納博士向我表示感謝，他同時還讓我相信，他也經歷了一場和我同樣的內心鬥爭。「是啊，」他說，「面對迫切的道德信條，既要服從命令，又要維護尊嚴，的確很難。」十三年以後，當重新強大起來的帝國最美麗的標誌，注入的可惜不是氦氣而是易燃的氫氣的「興登堡號」，在萊克赫斯特著陸時燃起大火化為灰燼的時候，他可能會有什麼感受呢？或許他也和我一樣確信：這是有人破壞！是那些赤色分子！他們沒有猶豫不決。他們的尊嚴承認的是另外的道德信條。

1925 年

　　有些人把我只看成是一個愛哭愛鬧的孩子。那些傳統的東西是無法讓我安靜下來的。即使是布袋木偶戲也不能把我逗樂，那些彩色的活動隔板和半打木偶玩具都是我爸爸耗費心血親手製作的。我經常哭鬧。任何努力也無法停止這種時強時弱的持續性噪音。不管是奶奶講童話，還是爺爺做「接球」的遊戲，都不能阻止我哼哼嘰嘰，最後哇哇大哭，用始終不變的惡劣情緒讓我的家庭和來訪的客人心情煩躁，使他們俏皮風趣的談話索然無味。雖然我也會被巧克力收買五分鐘，是一種舌頭形狀的巧克力糖，但是，除此之外沒有任何東西能夠像從前母親的乳房那樣讓我安靜更長的時間，我甚至不允許父母之間的爭吵能夠不受妨礙地進行下去。

　　後來，終於還是在我們成為德國廣播協會付費會員之前，我們家總算借助一架帶耳機的礦石收音機把我變成了一個不吭一聲、沉思默想的孩子。這都是發生在布雷斯勞廣播電臺發射區，每天上午和下午，西里西亞廣播電臺股份公司都要播放一套豐富多彩的節目。很快我就懂得如何操控那幾個轉鈕，不受天氣干擾和沒有其他雜音地收聽廣播。

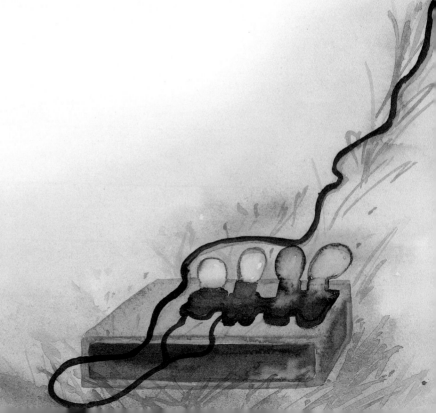

　　我什麼都聽。卡爾‧洛維的敍事謠曲〈鐘點〉，爽朗悦耳的男高音揚‧基普拉，美妙動聽的艾爾娜‧薩克。不管是瓦爾德瑪律‧邦塞爾斯朗讀《蜜蜂瑪雅》，還是現場直播一場緊張的划船比賽，我都聚精會神地聽。關於口腔衛生或者以「了解星星」為題目的報告，讓我在許多方面增長了知識。我每天聽兩次股市報導，也因此了瞭解了工業界的經濟繁榮；我爸爸是做農業機械出口的。我的家庭不必再忍受我的哭鬧，又可以繼續進行他們原則性持續不斷的爭吵，我比他們更早聽到亞伯特去世的消息，不久以後又聽到陸軍元帥興登堡是在第二輪投票時才被選為亞伯特的繼任，當上帝國總統的。還有那些兒童節目，也找到了我這個滿懷感激之情的聽眾，這些故事講的是，神靈山妖在當地的巨人山脈神出鬼沒，嚇唬可憐的燒炭工人。我不太喜歡晚安節目裡的那幾個侏儒神仙，他們是後來在一些熱門電視節目裡出現的那些勤勞小人的前輩，在東部和西部又被稱作「瞌睡神」。我真正喜歡的節目是那些在廣播時代的最初期經過考驗的廣播劇，狂風呼嘯，雨劈劈啪啪地落在屋頂上，白馬騎士的那匹馬嘶鳴長嘯，有一扇門發出刺耳的咯吱聲，一個小孩像我從前那樣又哭又鬧。

春季和夏季的白天，我經常被放在別墅的花園裡，我在那裡借著礦石收音機，同樣感到心滿意足，在大自然中，我漸漸增長知識。無數的鳥鳴並不是從天上或從果樹的樹枝上傳進我的耳朵，而是胡伯圖斯博士，一位天才的動物叫聲口技演員，透過耳機，向我介紹黃雀、山雀、黑烏鶇、蒼頭燕雀、黃鸝、黃鸝、百靈。我父母之間升級為婚姻危機的爭吵，始終離我很遠，也就不足為奇了。他們的離婚也沒有成為一件非常痛苦的事，因為布雷斯勞的這棟帶花園的郊區別墅留給媽媽和我，包括所有的家具，當然還有這架礦石收音機和耳機。

　　我們的礦石收音機裝有一個低頻放大器。媽媽還買了兩個貝殼形保護耳朵的套子，可以減輕那種令人難受的壓迫感。後來，帶喇叭的收音機取代了我心愛的礦石收音機，我們有了一台藍點公司生產的、有五個電子管的手提式收音機。雖然我們這時可以聽到柯尼希斯－武斯特豪森電臺，甚至聽到漢堡的港口音樂會和維也納的童聲合唱，但是卻失去了用耳機收聽的那種專有排他性。

　　順便提一下，是西里西亞廣播電臺最先使用那種悅耳動聽的三和弦作為兩次廣播之間的休息信號，後來在整個德國都很流行。我一直忠於無線電廣播，而且從事這個職業，誰還會感到奇怪呢？戰爭期間，我在無線電技術方面參與播放那些受人歡迎的廣播節目，從北冰洋到黑海，從大西洋牆到利比亞沙漠，耶誕節期間，還要展現前線各地的情形。當我們這裡敲響零點的時候，我正在西北德廣播電臺專門負責廣播劇，這是一種逐漸走向死亡的品種，然而，如今，我童年時代的耳機又在年輕人之間重新受到歡迎：他們塞著耳機，沉靜在自己的世界，心無旁騖，投入了全部身心。

1926 年

　　這些畫線計數的清單都是我親手做的。當皇帝陛下被迫流亡的時候，從一開始，保持整齊劃一就是我的責任：四道垂直的線，一道橫著穿過。在荷蘭的第一個居所，陛下就喜歡親手砍伐樹木，後來到了坐落在森林裡的多爾恩宮，更是天天去砍樹。這種畫線計數的清單是我順便做的，因為我實際上是負責在車棚裡保養馬車的。天氣不好的時候，陛下也在這裡和我，有時也和他的副官，封‧伊爾澤曼先生，把樹幹鋸成大約兩公尺長，儲存起來供主樓和作為客房的巴羅克式花廳裡的壁爐使用。但是小塊的木頭都是由他一個人劈的，當然是用那隻健康的手。一大早，陛下和僕人們一起做過祈禱之後，立刻就去樹林，甚至下雨也照去不誤。每天如此。據說，那年十月底，魯登道夫可以說是被解雇了，格羅納將軍被選為他的繼任者，那個時候，伐木就已經成為陛下在斯巴附近的大本營裡放鬆的一種方式。我還聽見，陛下後來在車棚鋸木頭時罵罵咧咧地說：「這個魯登道夫罪責難逃！」除他之外，誰還對停戰以及停戰以後發生的事情負有責任呢？當然是赤色分子。但是，還有馬克斯‧封‧巴登親王、所有的部長、外交使團，甚至還有王子。他本想收回海軍元帥蒂爾皮茨的那枚大黑鷹勳章，然而他的參謀部，尤其是樞密大臣，則說服他別這麼做，而只是發了一個警告。陛下仍然繼續頒發勳章，請允許我說明一下，經常是過於慷慨大方，比如在剛剛鋸了木頭劈完柴之後有客人來訪的時候，他們中間有許多阿諛奉承的傢伙，後來都拋棄了他。這種情況至少持續了幾個星期，乃至幾個月。

　　都是由我一個人負責做這份畫線計數的清單，所以我可以保證，皇帝陛下在受荷蘭保護之後的一年裡，在阿梅隆根已經砍伐了好幾千棵樹。後來，在多爾恩，當第一萬兩千棵樹倒下的時候，他把這棵樹鋸成許多薄片，每個上面都刻上了一個大大的W，作為送給客人的禮物，很受歡迎的。不過，我可沒有福氣得到這樣一個只贈送貴賓的禮物。

　　當然沒錯！一萬兩千多棵樹。我保存著這些畫線計數的清單。是為了以後，當皇室東山再起，德國最終覺醒的時候。目前國內有一些動靜，所以還是有希望的。所以，僅因如此，陛下也繼續這麼做。最近，關於剝奪貴族財產的投票表

88

決遭到了人民的拒絕，這甚至讓我們有理由滿懷更大的希望，當時我們正在砍木頭，有人呈遞上來這份電報，投票的結果雖然勉強，但畢竟令人高興。皇帝陛下不由自主地表示：「只要德國人民呼喚我，我立刻就準備動身！」

早在3月，著名考察旅行家斯文‧赫定來訪，這位學者被允許參加早上的伐木活動，他曾經以最熱烈的方式鼓勵了皇帝：「誰只用右手砍倒一棵又一棵大樹，他也能夠在德國重新恢復秩序。」接著他講述了他在東土耳其斯坦、赴西藏以及穿越戈壁荒漠的旅行。第二天早上，陛下在樹與樹之間，多次向這位瑞典人保證，他是多麼痛恨戰爭，當然也不想進行戰爭。這些我可以作證。特別是在早上劈木頭的時候，他一而再、再而三地自言自語：「我還在夏天去挪威旅行的途中，法國人和俄羅斯人就已經枕戈待命……我是完全反對戰爭的……我一直想被視為救世主……但是如果迫不得已……我們的海軍分散在各地……英國的海軍卻在斯皮特希德，是的，集結待命，隨時準備啟航……我必須採取行動……」

後來，陛下大多是講瑪律內戰役。他大罵將軍們，特別是痛罵法爾肯海因。他尤其喜歡在劈木頭時發洩怒氣。每次都劈得很準，而且總是用健康的右手。特別是在提到1918年11月的時候。首先是奧地利人和他們那個不忠的皇帝卡爾遭到了一頓臭罵，然後是罵那些躲在後方好吃懶做的傢伙，再來就是逐漸開始不服從命令和插在前線休假列車上的紅旗。在兩次劈木頭之間，他也抱怨政府，尤其是馬克斯親王：「這個革命的總理！」隨著劈柴像小山一樣逐漸增高，陛下也說到了被迫宣布退位。「不！」他高喊。「是自己的人先逼我，然後才是那些赤色分子……這個賽德曼……不是我拋棄了軍隊，而是軍隊拋棄了我……無法再回到柏林……萊茵河上所有的橋都被控制了……真應該冒險打一場內戰……或許我已經落到了敵人的手裡……可能會是一個可恥的結局……或許我只能給自己一顆子彈……只剩下越過國界這一步……」

每天我們都是這麼度過的，我的先生。皇帝陛下似乎從來不知道累。最近他只是不吭一聲地劈木頭。做這種畫線計數的清單，也不再由我負責。但是，在多爾恩附近砍光樹木的空地上，年復一年地又長出了許多新種的樹，等到這些新生林長大之後，陛下也會願意去砍伐的。

1927年

　　直到金色10月的中旬，我媽才生下了我，但是仔細地觀察一下，只有我出生的這一年是金色的，而20年代在此之前和在此之後的其他那些年份，充其量只有一些亮點或者試圖以聲嘶力竭的叫喊使平淡的日子變得五彩繽紛。是什麼使我的這一年光芒四射呢？是因為逐步穩定的帝國馬克嗎？還是因為《存在與時間》？這本書以與眾不同的華麗詞藻印刷上市，每一個寫文藝小品的傢伙很快都開始效法海德格。

　　沒錯，蹲在每一個街角的傷殘人和總體來說變得貧窮的中產階級，都對戰爭、饑荒和通貨膨脹記憶猶新，在此之後，終於可以把生活作為「墮落」來慶賀，或者喝著氣泡酒和馬丁尼，把生活作為「通向死亡的存在」來打發。但是這些一步一步打進存在主義總決賽的華麗詞藻肯定不是金色的。倒是男高音理查・陶貝爾有著一副金嗓子。只要起居室的唱機開始轉動，我媽就從遙遠的地方對他表示熱烈真誠的愛慕之情，在我出生之後以及她的有生之年（她沒有活到很老）都哼唱著當時在所有輕歌劇舞臺備受讚揚的《沙皇之子》：「有一個士兵站在伏爾加河邊……你高高在上忘了一切，也忘了我……獨自一人，又是獨自一人……」一直到結尾的那句又苦又甜的唱詞：「我坐在金色的籠子裡……」

　　但是，一切都只是一層金箔。也只有那些姑娘是金光閃閃的。她們甚至也到過我們但澤，穿著金光閃閃的衣服登臺表演，不是在市立劇院，而是在佐波特賭場。馬克斯・考爾和他的巫師蘇西在各地的雜耍劇場扮演千里眼和魔術師，已經頗有名氣，他可以坐在他的旅行箱上，借助一個個旅館貼花，在腦子裡把歐洲幾個國家的首都梳理一遍，因為他和我爸的兄弟弗里德爾從學校開始就是朋友，所以我後來叫他馬克斯叔叔，每當談起這些「在這裡巡迴演出的姑娘們」，他總是厭煩地不屑一提。「最蹩腳的模仿秀！」

　　媽媽懷我的時候，據說他曾大聲說道：「你們無論如何也一定要去柏林看看。那裡總有好事！」他還用細長的魔術師手指模仿泰勒姑娘，是模仿她們的長腿，同時他也模仿卓別林。他很會描述這些姑娘的「肢體」。他聲稱：她們的肢

體「已經訓練得完美無暇」。然後他又說到「有韻律的整齊」和「海軍上將宮裡的閃光時刻」。還說了一些與伴舞的節目有關的用金子鑲嵌的名字：「這個令人興奮的特魯德‧赫斯特貝格帶著她的這支小分隊，趕走了席勒的強盜，把舞跳得滑稽至極。」人們還聽他如癡如醉地談論在「刻度戲院」或「冬園劇場」經歷的「巧克力小孩」樂隊表演的節目。「據說，約瑟芬‧貝克這個野性十足的熱情女郎不久就要到柏林演出。跳舞的墮落，就像那位哲學家說的那樣⋯⋯」

媽媽願意任憑她的渴望縱橫馳騁，也把馬克斯叔叔的這種熱情傳給了我：「柏林到處都在跳舞，而且只有跳舞。你們一定要去一次，無論如何也要去，看一場原汁原味的哈勒歌舞劇，看一看拉‧亞娜在金色刺繡帷幕前面跳舞。」這時他再次用細長的魔術師手指模仿泰勒姑娘。懷著我的媽媽大概會微笑著說：「要是生意好一些，也許以後去一次吧。」然而，她一直也沒有能夠去成柏林。

只有一次，那是30年代末，當20年代的金色粉末不再閃爍，她把賣殖民地出產的農副產品的小店交給我的父親，在一次「力量來自歡樂的旅行」期間，一直到了高山深處的薩爾茨王室田莊，都是穿著短皮褲，跳的是拍鞋舞。

1928 年

　　您可以慢慢地看這一切。我記下來是為了我的曾孫們以後看的。今天反正也沒有人相信當時在巴爾姆貝克這裡和其他地方發生的事情。讀起來就像是一本小說，但是一切都是親身經歷過的。唉，他父親在費斯曼碼頭第二十五號倉庫當裝卸工，被壓在一大平板甜橙的下面，留下我一個人，全靠一點點退休金拉拔三個男孩。輪船公司說是「自己的責任」，這也就沒辦法要賠償金或一筆適當的補償費。當時，我的大兒子已經在警察局做事，第四十六派出所，您在這裡可以讀到：「赫伯特雖然沒有入黨，但是一直投左派的票……」實際上我們是一個傳統的社會民主黨家庭，我父親和我丈夫的父親就已經是這樣。唉，約亨，就是老二，當這裡發生騷動和刺殺的時候，他突然變成了積極的共產黨員，甚至參加了紅色陣線戰士聯盟。他實際上是一個很文靜的人，以前只是對甲蟲和蝴蝶感興趣；從停滿駁船的碼頭搭船到回歸水道或者去倉庫區的什麼地方捉甲蟲、撲蝴蝶。這會兒一下子變得狂熱偏激。我最小的兒子海因茨也是這樣，當年這裡和其他地方舉行國會選舉時，他就變成一個真正的小納粹，事先沒有向我透露一點兒風聲。唉，突然穿著衝鋒隊的制服回來發表演講。他實際上是一個詼諧幽默的小傢伙，到處惹人喜歡；也在倉庫區做事，批發寄送沒有烘焙過的咖啡。有時偷偷地給我帶一點兒回來自己烘焙。結果，整屋子都是咖啡味，一直到樓梯口。可是一下子……儘管如此，家裡剛開始還是相安無事。星期天，他們三個甚至還一起坐在餐桌旁邊，我在廚房裡忙活。老二、老三這兩兄弟相互都拿

對方尋開心。有時聲音很大，甚至用拳頭砸桌子，老大赫伯特就出面讓雙方平靜下來。他們倆都聽他的話，儘管他並不在執勤，也沒有穿警服。唉，以後這裡就只剩下爭吵了。您可以讀一下，我對5月17日記下了些什麼，那天我們的兩位同志喪了命，兩人都是國家旗幟協會的成員，這是社會民主保護聯盟的一個下屬組織，他們是負責維持集會和投票站的秩序時中彈的。一個是在我們巴爾姆貝克，另一個是在艾姆斯比特遭到謀殺的。共產黨人從他們的宣傳車上開槍殺掉蒂德曼同志。衝鋒隊在聯邦大街和高山牧場路拐角覆蓋其他廣告招貼時，正巧被海多恩同志碰上，他們乾脆就殺了他。這就是我們家餐桌上大吵大鬧的內容。「不是這樣！」約亨大聲說道，「是那些社會法西斯分子先向我們開的火，並且還誤傷了他們自己的人，就是這個蒂德曼……」海因茨大聲爭辯：「這是緊急自衛，對我們來說純屬緊急自衛！是那些對國家整天抱怨的傢伙先動手的……」我的大兒子從警方報告裡已經了解詳細情況，這時，他把《國民日報》啪地一聲摔在桌上。上面有報導，您可以看看，我已經剪貼在這裡：「這個被槍殺的蒂德曼，職業是木匠，頭部前顳側面中了一顆子彈，根據子彈射入的部位和穿出口的深度，可以確定子彈是從一個較高的位置射出的……」唉，這已經很清楚，共產黨從上面朝下射擊；也很清楚，在艾姆斯比特是衝鋒隊先動的手。但是，搞清楚了也毫無用處。餐桌上的爭吵仍然繼續，我的海因茨扮演的是衝鋒隊員，他罵我的大兒子是「警察豬」，而我的二兒子在這一方面也正好為他幫腔，極其卑鄙地當面衝著我的赫伯特喊出了那個實在惡劣的罵人話：「社會法西斯分子。」可是，我的大兒子一直很鎮靜，這是他的一貫風格。他只說了我在這裡記下來的這些話：「自從那些來自莫斯科的人用共產國際的決議把你們搞得又癡又呆之後，你們甚至不會區分紅色和棕色……」他還說了幾件事情，工人們之間相互爭鬥，資本家則幸災樂禍地在一邊偷笑。「就是這麼一回事。」我在爐臺旁邊大聲地說道。唉，最後也的確就是這麼過來的，我今天仍然要這麼說。在巴爾姆貝克和艾姆斯比特的流血之夜後，至少在整個漢堡就再也沒有過安寧之日。在我們家的餐桌上反正也早就沒有安寧。直到我的約亨被共產黨開除出黨，那還是在希特勒上臺之前，就是因為他突然失業，去皮納貝格找衝鋒隊，在那兒很快就在糧庫重新找到一份工

作，這以後家裡才漸漸平靜下來。我的小兒子雖然對外仍然還是納粹分子，但是卻變得越來越沉默寡言，一點也不再詼諧幽默。後來，打起仗來的時候，他就去艾克恩費德加入海軍，當了潛艇水兵，在戰爭中永遠地留在遠方。唉，我的二兒子也是如此。他去了非洲，再也沒有回來。我只收到過他的幾封信，全都貼在這裡了。我的大兒子一直在警察局做事，只有他活了下來。他曾經隨同一支員警部隊去了蘇聯，一直到了烏克蘭，肯定也一塊做了一些壞事。他對此從來沒有說過，戰後也沒有。我也從來沒有問過。我大概也能知道，我的赫伯特到底是怎麼回事。一直到最後，1953年的秋天，他從警察局退役，因為得了癌症，只能再活上幾個月。給他的莫妮卡，就是我的兒媳婦，留下了三個孩子。唉，全是女孩。她們早就已經結婚，而且也有了後代。我就是為了他們記下這一切的，為了以後，即使這些事很讓人傷心，我指的是記下這些的時候，所有這些曾經發生過的一切。但是，您儘管看吧。

1929 年

一下子突然我們大家都成了美國人。是啊，他們乾脆把我們買了過去。因為老亞當‧奧佩爾已經不在了，奧佩爾的新主人們又不願意再要我們。但是我們這些人早就熟悉流水線上的活兒，也都是按班組計件拿工資。我本人過去還為生產「雨蛙」拿過計件工資……就是這麼叫的，因為當這種全身漆成綠色的雙座轎車進入市場之後，大街上的孩子們都是這麼叫：「雨蛙」。是啊，大約在1924年開始批量生產。我做的是所謂的制動偏心輪，就是用在前軸上的。當我們大家在1929年變成美國人的時候，就只是拿班組計件工資，仍然是生產「雨蛙」，因為它迅速地從流水線的傳送帶上跳了下來。但是，不再是過去那麼多人一起幹活，因為就在耶誕節前夕，他們解雇了一些人。真是惡劣啊！在我們企業報《奧佩爾無產者》內部的情況是，美國人像在他們國內那樣實行一套所謂的福特方式：每年開除一批人，然後再廉價地新招一批新手。這種情況對於流水線和實行班組計件工資是完全行得通的。但是「雨蛙」當時已經了不得了，賣得比什麼都快。是啊，行業圈內有人開始說壞話：都是從法國人的雪鐵龍那裡偷看來的，只不過人家的是黃色罷了，據說就是這樣。法國人已經告到法庭，要求賠償損失，但是什麼也沒得到。「雨蛙」卻蹦啊蹦啊，遍布德國各地。因為它便宜，甚至適合普通老百姓，而不是只為了那些所謂的在比賽時駕駛自備汽車的人或者擁有私人司機的人。不，我可沒有。有四個孩子和尚未還清貸款的房子。但是，我兄弟卻從他的摩托車換成了我們的雙座轎車，他是縫紉機線和其他縫紉用品的代理商，無論天氣如何，總得在外面奔波。十二匹馬力！您感到很驚奇，對吧，百公里只用五升油，時速可以到六十公里。最初的價格是四千六，我的兄弟花了兩千七，因為到處都在降價，而且隨著失業增多，情況越來越糟。不，我的兄弟開著「雨蛙」，帶著他的樣品箱又繼續奔波了很久。總是在路上，是啊，一直到下面的康斯坦茨。也帶著他的未婚妻埃爾斯貝特做過一天的旅行，去了海爾布隆，或是卡爾斯魯厄。在那個困難的時期，他算是過得好的。在我們

所有的人變成美國人之後，又過了一年，我也不得不去領失業救濟金，呂塞斯海姆和其他地方的很多人都是這樣。時代不同了，對吧！我的兄弟曾經帶我一起去過幾次代理商推銷旅行，也就是在司機旁邊的座位上坐著。有一次我們開著「雨蛙」一直到上面的比勒費爾德，據說他代理的公司就在那裡。我看見了威斯特法倫山口，德國是多麼美麗啊！在當年切魯斯克人曾經痛打古羅馬人的托伊托堡森林，我們吃了午後點心。真漂亮。但是，除此之外，我沒有什麼事可以做。有一次為園林局做了點兒活，另一次是在水泥廠當臨時工。直到阿道夫上臺後才發生了變化，奧佩爾廠重新又有了空缺，我剛開始在採購部當索賠員，後來轉到試車廠，因為我開了這麼多年的車，而且還是從亞當‧奧佩爾時就做起了。我的兄弟開著他的「雨蛙」繼續跑了好多年的代理，後來甚至開上高速公路，直到他去服兵役為止。這輛「雨蛙」停在我們的工具棚裡，一直到戰爭結束。它今天仍然停在那裡，因為我的兄弟永遠留在俄羅斯，而我又捨不得離開它。他們把我派到里加去服兵役，那裡曾經有我們的修理廠。是啊，我和我們那批人戰後又重新開始在奧佩爾幹活。我們曾經是美國人，這也挺好。先是只遭到很少的轟炸，後來也沒有拆卸設備。是有一些運氣，對吧？

1930 年

在薩維格尼廣場附近，格羅爾曼大街，離城際輕軌地下通道很近的地方，坐落著這家特別的酒館。身為偶爾才去的客人，我靠在弗蘭茨·迪納爾的酒檯旁邊，旁聽老顧客們一邊開懷暢飲、一邊談論大小事，這些固定餐桌每天晚上都坐得滿滿的。人們可能都會以為，肯定還有幾位正式拳擊運動員也是弗蘭茨那裡的常客，因為弗蘭茨在20年代末一直是德國重量級拳擊冠軍，直到馬克斯·施梅林經過十五輪將他的王冠打落在地。但是並非如此。在50年代和60年代初，聚在他那裡的有話劇演員，有演卡巴萊和廣播劇的，甚至還有作家和一些冒充知識分子的，確切地說，是些形跡可疑的人。話題不是布比·舒爾茨的勝利，也不是他在比賽中敗給了約翰森·特馬，而是劇場的流言蜚語，諸如大膽推測古斯塔夫·格呂德根斯為何死在菲律賓的原因，或是自由柏林廣播電臺的某一個陰謀。這一切都是在桌前大聲談論。我還記得，對霍赫胡特的《代理人》曾經頗有爭議，然而卻始終無人談論政治，儘管此時阿登納時代顯然已經快到盡頭了。

弗蘭茨·迪納爾臉上露出拳擊運動員的威嚴而憂鬱的表情，儘管他強調自己現在只是一個誠實的酒館老闆。人們很願意擠到靠近他的地方。從他的身上以有節制的方式散發出一些神祕的悲劇性氣息。過去也一直就是這樣：藝術家和知識分子都被拳擊運動所吸引。不僅是布萊希特偏愛有戰鬥力的男人；馬克斯·施梅林去美國並在那裡引起轟動之前，在他的周圍就聚集著一些有名的人物，其中有演員弗裡茨·科爾特納，電影導演約瑟夫·封·斯特恩貝格，人們也見過海因里希·曼曾經和他在一起。因此，在弗蘭茨·迪納爾的酒館裡，在酒館前廳和酒檯後面的牆上，不僅可以欣賞到擺出各種姿勢的拳擊運動員照片，而且可以看到大量鑲在鏡框裡曾經有名的或者仍然一直有名的文化界名人的照片。

弗蘭茨屬於少數一些懂得將自己從事拳擊的收入，進行比較穩妥投資的職業拳擊運動員。至少他的酒館總是爆滿。老顧客們的固定餐桌經常一直到午夜之後仍然坐滿了人。他親自招待顧客。即使有時破例地談起拳擊比賽，也幾乎從來不提迪納爾對諾伊塞爾或豪伊塞爾的比賽，弗蘭茨總是過於謙虛，絕口不提自己的勝利，談論的總是施梅林在1930年和1932年與夏凱的第一次和第二次比賽，施

1930

梅林獲得了重量級世界冠軍，但不久就又交還了這一稱號。此外，還談到在克利夫蘭對揚‧斯特里普林的勝利，在第十五回合時，斯特里普林被擊倒。然而，涉及到那些年的政治，這些上了年紀的人的回憶就好像在真空裡進行一般：對於布呂寧的政府及納粹在國會選舉中一下子以第二大黨脫穎而出造成的震驚，一句也沒提及。

我不記得是那位以演《魔鬼的將軍》出名的演員O. E. 哈塞，還是當時已經頗有名氣，而且偶爾也到柏林排演劇本的瑞士作家狄倫馬特所說的那句關鍵字；或許是我自己從酒檯後面說的。完全可能，因為當時主要爭論的是1930年6月12日那次引起轟動的廣播電臺實況轉播，透過美國的短波發射臺，我們這裡可以在13日凌晨三點開始收聽；我當時在策倫多爾夫的國家廣播電臺當技術員。憑藉我們最新設計的短波接收器，我保證最佳的接收效果，在此之前，即使有電波干擾，我還轉播過施梅林對保利諾的比賽，另外也在第一次飛艇在萊克赫斯特著陸時當過轉播助理。當LZ126飛艇從曼哈頓上空飛過，進行表演的時候，成千上萬的聽眾收聽廣播。然而，這一次的娛樂活動在半個小時之內就結束了：夏凱以他準確的左勾拳在前三回合中一直領先，在第四回合，他一記重勾拳擊中了施梅林的胃部，施梅林當場倒在地上，但是位置太低，夏凱因此被取消比賽資格。當馬克斯還痛得滿地打滾的時候，他就已經被裁判宣布為新的世界冠軍，人們為他歡呼，甚至在紐約的洋基體育館，施梅林也是觀眾的寵兒。

在弗蘭茨‧迪納爾的老顧客中間，有幾個人對那次廣播還記憶猶新。「夏凱明顯表現得更好！」「沒的事。馬克斯是後發制人。他總是從第五回合才開始進入狀態……」「沒錯，兩年以後，他在和夏凱激戰了十五回合之後被裁判按點數判輸，所有的人，甚至包括紐約市長，都表示抗議，因為施梅林按點數明顯表現得更好。」

以後的幾次同「棕色轟炸機」的比賽，只是順帶有人提到，馬克斯在與喬‧路易士的第一次比賽中經過十二回合以擊倒對方獲勝，但是第二次比賽，喬‧

路易士在第一回合就贏了，也是擊倒對方獲勝；我們廣播電臺的轉播品質不斷得到提高，也同樣只是提到一句而已。談論更多的是關於「施梅林的傳奇」。實際上，大家都說，他根本就算不上是一個特別了不起的拳擊運動員，最多只是一個贏得同情的傢伙。他身上真正出類拔萃的東西，是透過他的個人形象而不是他拳頭的力量表現出來的。當年那些該詛咒的政策幫了他的忙，一個可以讓人炫耀的德國人，儘管他自己並不願意這樣。戰後，他在漢堡和柏林敗給諾伊塞爾和弗格特之後，再也不可能重振旗鼓，也就不足為奇。

弗蘭茨・迪納爾一直站在吧檯後面，很少對拳擊比賽發表評論，這時說道：「我一直感到驕傲的，就是把我的冠軍稱號輸給了馬克斯，即使他今天只是經營著一家養雞場。」

然後他又繼續喝啤酒，把鹹水蛋或加了一勺芥茉的煎肉餅放在盤子裡，斟滿了一輪又一輪燒酒。老顧客們的固定餐桌又開始談起戲劇界的風言風語，直到弗里德里希・狄倫馬特以伯恩的方式，慢吞吞地向這時驚愕得沉默不語的這夥人講解包括星系、星雲和光年在內的宇宙。「我們的地球，我說的是在這上面有些人爬來爬去，自以為了不起，只不過是一小團麵包屑！」他大聲說道，又向酒吧要了一輪啤酒。

1931 年

「向哈爾茨堡進軍，向布勞恩斯魏克進軍，這就是口號……」

「他們來自各個省黨部。大部分是乘火車，我們弗格特地區的同志是分乘數輛汽車來的……」

「被奴役的時代終於一去不復返了！新的分隊將接受洗禮！他們甚至從沿海各地，從波莫瑞沙灘，從弗蘭肯地區，從慕尼黑，從萊茵蘭地區，滾滾而來，坐卡車，乘公共汽車，騎摩托車……」

「所有的人都穿著褐色的禮服……」

「我們第二摩托化分隊從普勞恩出發，總共二十輛車，一路高歌：讓腐朽的骨頭顫抖吧……」

「我們分隊在黎明時就離開了克里米喬。越過阿爾騰堡之後，在秋高氣爽的天氣中向萊比錫方向行駛……」

「是的，戰友們！我頭一次體會到這座紀念碑的整個壓力，我看見那些支撐在刀劍之上的英雄形象，我知道，在萊比錫大會戰過去了一百多年的今天，解放的鐘聲再次敲響了……」

「結束被奴役的時代！」

「就該這樣，戰友們！不是在國會的那些喋喋不休、早就應該燒掉的小屋裡，而是在德國的大街上，整個民族終

於找到了自我⋯⋯」

「我們在省黨部主席紹克爾的率領下，離開了風景秀麗的蒂賓根，經過哈勒和路德的故鄉艾斯萊本，進入了普魯士的阿舍斯累本，然後我們必須脫下褐色的襯衫，換上白色的襯衫，即所謂中立的⋯⋯」

「因為那兒的社民黨人仍然一直禁止⋯⋯」

「還有那個豬狗不如的公安部長。你們要記住這個名字：舍末林！」

「在巴特哈爾茨堡，已經到了布勞恩斯魏克的地段，我們又擺脫了任何約束：成千上萬的人穿著褐色的禮服⋯⋯」

「一星期之後，在布勞恩斯魏克，那裡一直還是我們的人充當員警，十萬多穿著褐色襯衫的人有秩序地集會⋯⋯」

「我親眼見到元首。」

「我也見到了，在列隊受閱的時候。」

「我也見到了，只有一秒鐘，不，這是永恆⋯⋯」

「是啊，戰友們！再也不存在我，而只有一個偉大的我們，高舉著右手，致德國式的禮，一個小時又一個小時地列隊走過。所有的人，我們所有的人，都把他的目光留在自己的身上⋯⋯」

「我覺得，他的眼睛似乎在為我賜福⋯⋯」

「一支褐色的軍隊列隊經過。他的目光停留在我們每一個人的身上⋯⋯」

「他事先親自視察了這四百多輛整齊列隊的運輸人員的卡車、公共汽車和摩托車，因為只有摩托化的隊伍才擁有未來⋯⋯」

「然後他在弗蘭茨空地上講話，為新的分隊洗禮，總共二十四個，就像是鑄出的一尊尊青銅像……」

「他的聲音從擴音器裡傳來。當時就好像命運在推動著我們。就好像那個有紀律守規矩的德國，要想從戰爭的槍林彈雨中光耀大地。就好像天意在透過他來說話。就好像這些新的東西，是用青銅鑄成的……」

「也有一些人說，這一切都是墨索里尼的法西斯聯盟為我們作了示範。瞧，他們的黑襯衫，他們編成小組的做法，衝鋒隊員的身分……」

「簡直是胡說八道！誰都看得出來，我們身上沒有一點拉丁國家的色彩。我們的祈禱是德國式的，我們的愛是德國式的，我們的恨也是德國式的。誰要是擋著我們的道路……」

「但是我們暫時還需要幾個結盟者，就像在前一星期策畫哈爾茨堡陣線那樣，這個胡根貝格和他的那些德國民族主義的愚蠢傢伙……」

「這些戴氈帽和禮帽的市儈和財閥……」

「這畢竟是昨天的事，總有一天，所有的人都應該被清掃到一邊去，也包括那些戴鋼盔的……」

「是的，我們，只有我們，才能代表未來說話……」

「當摩托化衝鋒隊從萊昂哈德廣場分成無數縱隊，將褐色的人群從獅子海因里希的城市重新帶到我們分散在四面八方的省黨部，我們所有的人都帶著那種由元首的目光在我們心中點燃的火焰，燃燒吧，燃燒……」

1932 年

　　一定要出點兒什麼事。至少不會再這樣繼續下去，一道又一道緊急命令和一次又一次選舉。然而，從原則上來講，直到今天也沒有發生多少變化。好吧，當時的失業和現在的失業，看起來稍微有一些不同。那時沒有人說「我沒有工作」，而是說「我去領失業救濟金」。聽起來不知怎麼的總是比較主動。沒有人願意承認自己失業。這被認為是一種恥辱。當我在學校或在講授基督教教義的問答課上，被瓦策克神父問到的時候，至少我總是說：「父親去領失業救濟金。」而我的孫子則再一次心安理得地「依靠援助生活」，這是他自己的說法。不錯，當布呂寧還在臺上的時候，差不多有六百萬人失業，要是準確地計算，我們現在也快要到五百萬了。因此，今天也要向當年那樣節省用錢，只買最必需的東西。原則上來說，什麼也沒有改變。只不過在1932年，當時我父親領失業救濟金已經到了第三個冬天，早就已經超過領失業救濟金的最長期限，他的社會福利金也經常遭到縮減。他每週得到三點五馬克。我的兩個哥哥也在領失業救濟金，只有我的姐姐在蒂茨的店裡當售貨員，為家裡賺來一份正常的工資，因此我的母親每週的家用錢不到一百馬克。這當然根本就不夠用，但是在我們那裡到處都是這樣。要是誰得了流感或其他什麼疾病，那可就慘了。僅僅為了一張病假單就得花上半個馬克。鞋子換個底，也會把家裡的錢箱撬開一個窟窿。五十公斤煤餅差不多要二馬克。但是在礦區，廢煤山卻不斷地增高。當然是有人看守，甚至很嚴格，圍上了鐵絲網，還有狼狗。冬季的馬鈴薯供應情況更糟糕。肯定是出了什麼事，因為整個系統都有毛病。原則上來說，今天也沒有什麼不同。也是在勞工局

等待。父親帶我去過一次：「為了讓你瞧瞧這種事到底是怎麼進行的。」在勞工局的外面有兩名員警把守著，不讓任何人破壞領失業救濟金的秩序，外面的人大排長龍，裡面的人也都站著，因為沒有足夠的座位。但是外面和裡面都很安靜，所有的人都在靜靜思考。因此，可以清清楚楚地聽見領完救濟金之後蓋章的聲音。這是一聲單調、短促清脆的響聲。蓋章的窗口有五、六個。這種聲音今天還在我的耳邊迴響。也有人遭到拒絕，我清楚看見他們的臉。「期限已過！」或者「證件不全！」父親把所有證件都帶在身邊：申請表格、最後一份工作證明、貧困證明、郵局付款卡。因為自從他只能領社會福利金之後，貧困情況必須經過調查，甚至要到家裡來看。要是家裡新添了家具或買了一台收音機，那可就糟了。是啊，全是濕衣服的味道。因為外面的人是站在雨裡排隊的。不，沒有人擁擠，

也沒有人吵鬧，更沒有人談論政治。唉，因為每個人都感到厭煩，大家也都明白：不能再這樣繼續下去。現在必須出點什麼事。父親後來又帶我去了工會大樓裡的失業自助中心。那裡貼著一些呼籲團結的廣告傳單和標語口號。還有一些可以用勺子吃上幾口的東西，大多數是一盤一盤的和一鍋煮出來的飯菜。不能讓母親知道我們去了那裡。「我會帶領你們大家度過難關的。」她每次在給我上學帶的夾心麵包塗上一些動物油時，總是這麼說。即使只有乾巴巴的麵包，她也會笑著說：「今天只好啃乾麵包吧！」唉，今天還沒有這麼糟糕，但是也會有這種可能的。不管怎樣，那時候就已經對這些所謂的福利失業者做了參加義務勞動的規定。在我們雷姆沙伊德必須到攔水壩參加修路。因為我們是靠社會福利生活的，所以父親也必須去。因為馬匹太貴，所以差不多二十個人拉著一個上千斤重的滾筒，一聲「駕」，大家就開始向前拉。不讓我去看，因為曾經當過工段長的父親在自己兒子的面前感到害臊。回到家裡，當他在黑暗中躺在母親身邊的時候，我聽見他在哭泣。母親從來沒有哭過，甚至在最後，也就是納粹奪權的前夕，她仍然總是說：「總不會更糟的。」每當我的孫子又對今天所有的事情挑東西挑時，我總是安慰他說：這種事今天不會發生在我們身上的。「你說得不錯，」這小子卻說，「就業情況看起來如此之差，股票卻漲個不停。」

109

1933 年

　　任命的消息讓我們感到非常意外。中午，我正和年輕的同事貝恩特在畫廊裡吃速食，有一搭沒一搭地聽著收音機。其實，我也並不感到意外，在施萊歇爾辭職以後，一切都指望著他，也只有他合適，即使是老態龍鍾的總統也不得不屈服於他的權力欲。我試圖開一個玩笑表示對此的反應：「現在這個曾經當過畫家的油漆匠將會給我們帶來幸福。」但是，平時對政治就像他自己說的那樣「毫無興趣」的貝恩特，卻認為他個人受到了威脅，大聲喊道：「離開！我們必須離開！」

　　雖然我嘲笑他過度敏感，但同時也覺得我的預防措施是很正確的：早在幾個月之前，我就把一部分繪畫轉移到阿姆斯特丹去了，由於隱隱約約可以感覺到他將奪取政權，這些繪畫可能也會被認為名聲特別不好：基爾希納的畫、佩希施泰因的畫、諾爾德的畫等。只有出自大師之手的，還有幾幅留在畫廊，如後期的幾幅色彩豔麗的花園風景。它們肯定不屬於「墮落」這一類型。他唯一受到威脅的是，他是猶太人，他的夫人也是，儘管我試圖說服我自己和貝恩特：「他已經八十多歲了。他們不敢加害於他。充其量，他將不得不辭去藝術學院院長的職務罷了。反正，要不了三、四個月，這種鬼名堂也就結束了。」

然而，我的惶恐一直沒有消失，甚至有增無減。我們關了畫廊。在我終於把親愛的貝恩特（他當然是淚流滿面）安慰下來之後，在傍晚時，我動身上路。車很快就幾乎開不動了。我真應該乘坐城際輕軌。從四面八方湧來一支支隊伍。已經到了哈爾登貝格大街。他們六個人一排，向勝利大街行進，一支衝鋒隊緊跟著一支衝鋒隊，目標明確。似乎是有一種誘惑在指引他們方向，把他們領向大星廣場，那裡顯然是所有隊伍的會合地點。每當遊行隊伍被堵塞的時候，他們都在原地踏步，焦急難忍，煩躁不堪，但是從來沒有停下腳步。唉，這些被鋼盔護帶勒著的年輕臉龐露出可怕的嚴肅神情。看熱鬧的人越來越多，他們擠來擠去，漸漸開始堵塞了人行道。這種音調一致的唱歌蓋過了一切……

　　我在某種程度上可以說是趕緊溜之大吉，選擇穿過已經黑漆漆的動物園和公園裡面的那條路，但我並不是唯一選擇岔路小道努力向前移動的人。最後，在快到達目的地的時候，才發現勃蘭登堡門已被封鎖，禁止正常的交通往來。我不記得當時向一位員警說了些什麼，全靠他的幫助，我才被允許來到勃蘭登堡門後面的巴黎廣場。我們過去多少次滿懷期望地驅車來到這裡！這是一個多麼高雅且著名的地方啊！多少次在畫室裡拜訪大師，每次談話總是充滿智慧，有時也很風趣。他的那種乾巴巴柏林式的幽默。

　　幾十年來，他家就住在這裡，管家站在這棟大戶人家的樓房前面，就好像正在等著我似的。「主人們都在屋頂平臺上。」他說完就領著我上樓梯。這時，那種已經練習了好幾年，仿佛就是為了這一時刻精心組織的火炬遊行好像已經開始了，因為當我爬上屋頂平臺的時候，人們正向走近的隊伍發出歡呼。令人噁心，這些烏合之眾！然而這種一浪高過一浪的狂喊亂叫也使人感到激動。今天我也不得不承認，確實很有魅力，儘管只有一場陣雨那麼短暫。

　　可是，他為什麼要和平民百姓捲在一起呢？大師和他的夫人瑪爾塔站在屋頂最靠外面的一側。後來，當我們坐在畫室裡的時候，我們聽見他說，他早在1871年就從那兒看過從法國凱旋歸來的軍團穿過這個大門，然後是1914年那些開往前

線還戴著尖頂頭盔的步兵，接著是1918年造反起義的水兵隊伍的入城式，現在他想從上面再看上最後一眼。對此還可以再胡説瞎扯一大堆。

先前在屋頂平臺上的時候，他站在那裡不吭一聲，嘴裡叼著一支已經熄滅的哈瓦那雪茄。兩個人都戴著帽子，穿著冬天的大衣，就像是準備出門旅行。黑暗之中，面朝天空。一對雕像似的男女。勃蘭登堡門灰濛濛的，時而有幾道員警的探照燈掃過。這時，火炬遊行隊伍漸漸靠近，就像一條由火山熔岩匯成的寬闊河流滾滾湧來，因為遇到門柱而短暫分開，然後又重新聚合，全無間斷，不可阻擋，氣氛莊嚴，天意所定，照亮了黑夜，照亮了勃蘭登堡門，照亮了四轅馬拉戰車，照亮了女神的頭盔和勝利的象徵；甚至就連我們站在利伯曼家的屋頂平臺上，也被那種令人討厭的光芒所照射，同時也被數十萬支火炬的煙霧和臭氣所包圍。

真丟臉啊！只是我不願意承認，這幅景象，不，應該説這幅逼真的繪畫，雖然使我感到驚恐，但同時也讓我激動萬分。從他那裡產生了一種意志，而且人們似乎正在遵循著這種意志行事。任何東西都不能再阻止這種勇往直前的厄運。這是一股捲走一切的洪流。假如不是馬克斯・利伯曼説出後來在這個城市的每個角落作為低聲細語的口號流傳甚廣的那句話，那麼，這種從下面四面八方傳上來的歡呼，大概也會誘使我喊出一聲表示贊同的「勝利萬歲」，即使只是試探性的。他從這幅孕育歷史的畫面，就像是從一幅巨大的油彩未乾的歷史油畫，轉移目光之後，用柏林方言説道：「我實在吃不下這麼多東西，我真想吐。」

當大師離開他家的屋頂平臺時，瑪爾塔攙扶著他的胳膊。我開始尋找合適的字眼，想説服這對老人逃走。但是，説什麼都沒有用。他們不想遷居，甚至不可能去阿姆斯特丹，我和貝恩特很快就逃到了那裡。當然是帶著我們喜歡的繪畫，其中有幾幅是出自利伯曼之手。沒過幾年，瑞士才是相對安全的地方，即使那裡並不怎麼可愛。貝恩特離開了我……啊……這已經是另外一個故事了。

1934 年

我們私下説：這個案子必須做得更漂亮一些。我做事一直太受個人的主觀動機所驅使。這件棘手的事是從呂姆暴動引起的突然調動工作開始的：我們在達豪接到調令，於7月5日接管了奧拉寧堡集中營，在此之前不久，一支由元首的貼身衛隊組成的小分隊替換了原來的那幫真正的衝鋒隊，此外，幾天之前，他們的戰友還在維斯湖等地，對呂姆集團採取了斷然措施。他們看上去還顯得筋疲力盡，報告了「長刀之夜」的經過，向我們移交了工作，還有幾名衝鋒隊的低級軍官，據說這幾個人在辦理換防的官僚手續這方面幫了點小忙，這也正好證明他們是一些不中用的傢伙。

這些打手型的傢伙中的一個，他的名字也很能説明他的特點，叫施塔科普夫，他讓那些移交給我們的犯人排隊集合點名，並且命令他們中間的猶太人單獨列隊。

大概十一、二個人，其中有一個人特別引人注意。我立刻就認出他是米薩姆。他的那副嘴臉是不會認錯的。在勃蘭登堡的監獄裡已經把這個過去的蘇維埃

114

假革命者的鬍子剃掉了，並且還適當地對他做了一番壓縮，但是他身上剩下來的肉還是不少。我們私下說：他是一個感覺敏銳的無政府主義分子，再就是一個典型的泡咖啡館的文人，我在慕尼黑的最初幾年，他充當的是一個滑稽的角色，作為主張絕對自由的作家和煽動家，他當然也是特別主張自由愛情的。他站在我面前，一副苦相，幾乎無法與他說話，因為他已經聾了。他指了指自己正在流膿但已經結疤的耳朵，咧開嘴，抱歉地笑了笑。

我向艾克旅長作了彙報，我當時是他的副官，一方面說埃里希‧米薩姆沒有危害，另一方面也說他特別危險，因為就連共產黨人也害怕這個善於宣傳鼓動的傢伙。「要是在莫斯科，他早就已經被解決了。」

艾克旅長說，我應該關心一下這個案子，建議我進行特別處理，這話的含義已經夠清楚了。畢竟是特奧羅爾‧艾克本人親自解決了呂姆。在點名之後，我立刻就犯了第一個錯誤，我指的是，把這件髒活兒交給了施塔科普夫那個衝鋒隊的白癡。

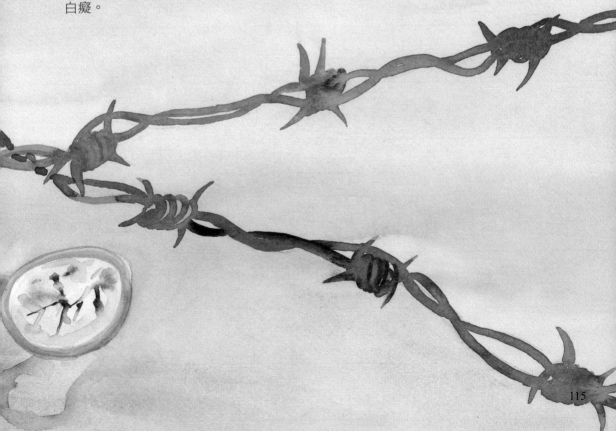

我們私下說：近距離地與這個猶太人打交道，我會有一種莫名其妙的畏懼感。在審訊時，他鎮靜得簡直令人吃驚。對每一個問題，他都用詩句來回答，顯然有的是他自己的詩，也有席勒的詩：「……你們不要冒著生命危險……」雖然他缺了好幾顆門牙，但是引用詩句熟練得就像背誦台詞。這一方面有些滑稽，但是另一方面……還有一點，他的猶太人鼻子上面的夾鼻眼鏡也讓我感到厭煩，兩塊玻璃上已經有很多裂紋。在每一次引用詩句之後，他都要微微一笑，一點兒也不受外界影響……

不管怎樣，我給了米薩姆四十八小時，建議他在這期限之內自己動手做個了結。如果那樣就會是最乾淨的解決。

可是，他沒有幫我們這個忙。因此，施塔科普夫只好動手。他顯然是在一個抽水馬桶裡把他溺死的。我不想知道具體細節。嚴格來說，這純屬敷衍了事。事後當然也很難再偽造成上吊自殺。雙手痙攣的樣子很不自然。我們也沒辦法再把舌頭弄出來。那個結打得也太內行了。米薩姆絕不可能打成這樣。施塔科普夫這個笨蛋還繼續幹蠢事，他在早上點名時下達了他那道「猶太人出列去割斷繩子」的命令，從而使這件事公諸於眾。這些猶太先生，其中有兩個是醫生，當然立刻就看穿了這個拙劣的小把戲。

果然，我受到了艾克旅長的訓斥：「喂，艾哈特，天曉得，您真該做得更漂亮一些。」

不得不贊同他的意見，說句知心話，這件難堪的事很長時間一直壓在我們的頭上，因為我們也沒能讓這個耳聾的猶太人閉口無言。到處都在傳說，國外還把米薩姆當成烈士來紀念，甚至就連共產黨人……我們不得不關閉奧拉寧堡集中營，犯人們也只好分散到其他的集中營。我現在又回到達豪，我自己認為是被留下察看。

1935年

　　透過我們「日耳曼人」大學生聯誼會，我父親也是它的「老會員」，我在結束了醫科學業之後，才有可能在同樣也是老「日耳曼人」的布呂辛博士那裡實習；也就是說，我在勞工營的醫務所當他的助手，這些勞工營是為了修築從美茵河畔的法蘭克福到達姆斯塔特的第一條國家高速公路在空地上建起來的。那裡極其簡陋，這也符合當時的情況，在築路工人中間，特別是那些鏟土大軍中間，引人注目地混雜著各種人，他們不合群的行為舉止經常導致矛盾衝突。「大吵大鬧」和「到處弄得亂七八糟」是每天都要發生的事。所以，我們的病人不只是在修路時出事故的工人，還有一些在打架鬥毆中受傷的聲名狼藉的暴徒。布呂辛博士處理刺傷，從來不問原因。我最多就是聽見他總是說同一句話：「我的先生們，在大廳裡打架的時代早就應該結束了。」

　　絕大多數工人還是守規矩的，而且一般都心懷感激，因為元首的這項偉大決策為成千上萬的年輕男人帶來工作和薪水，早在1933年5月1日，他就宣布要建立一條貫穿整個德國的高速公路網。對於年紀稍大的人來說，持續數年的失業就此結束。雖然這種不同尋常的重活對許多人來說並非易事。在過去的日子裡，惡劣單調的飲食大概是身體不支的原因吧。布呂辛博士和我在高速公路飛速向前延伸的過程中，被迫面對一種迄今不為所知、因此也沒有做過研究的勞動傷殘現象，他習慣把它叫作「鏟土病」。布呂辛博士雖然是一位保守的開業醫生，但並非沒有幽默感。他有時也叫它為「鏟土損傷」。

　　總是相同的情況：涉及到的工人，不管是年輕的，還是上了一定年紀的，當身體負重的時候，都會感覺到肩胛骨之間有上述提及的損傷，尤其是在持續不斷用鏟子掀起大量土塊的時候，緊接著是劇烈的疼痛迫使人們停止工作。布呂辛博士在X光片上為這種他所給予合適命名的疾病找到了證據：脖頸和胸腔交界處的脊椎骨棘突出現撕裂，通常這種撕裂都是出現在第一胸椎棘和第七頸椎棘。

　　實際上應該立刻宣布這些人失去工作能力，並且讓他們出院。但是，平時似乎對政治毫無興趣的布呂辛博士一直延遲讓他們出院，以至於臨時搭起來的木板

病房總是一直超員，他把這種施工指揮部規定的速度說成是「不負責任的」，在我面前甚至說成是「殺人害命的」。他簡直是在收集病人，或許是為了研究「鏟土病」，或許為了引起人們對這種不良狀況的關注。

因為並不缺少自由的勞動力，所以國家高速公路的第一期工程最終按期完成。5月19日舉行隆重的開通典禮，元首及一些地位很高的黨內同志親自到場，參加的還有四千多名築路工人。可惜的是天氣很糟，又是下雨又是下冰雹，太陽只是偶爾露臉一下。儘管如此，元首仍然驅車開過建好的整個路段，他站在敞蓬的梅賽德斯轎車上，向十幾萬看熱鬧的人一會兒伸直右手致禮，一會兒揮動右手示意。萬眾歡騰。巴登魏爾進行曲一直響個不停。從公路總監托特博士到那些鏟土大軍，所有的人都意識到這個偉大的時刻。在元首簡潔的對「拳頭和額頭的工作者」表示感謝的致詞之後，開機器的路德維希・德羅斯勒代表全體築路的參與者，向這位尊貴的客人表示歡迎，他主要說了下面這段樸實無華的話：「親愛的元首，您透過建設高速公路，開啟了一項在幾百年後仍然具有生命力且彰顯這個時代偉大精神的事業……」

後來，天氣逐漸好轉，這一路段向一隊彩車開放，為了讓看熱鬧的人高興，參加的有轟隆轟隆嘎答嘎答老掉牙且式樣很陳舊的老式車輛，布呂辛博士也開著他那輛已經開了整整十年的奧佩爾雙座轎車，它過去很可能是綠色的。但是他認為沒有必要參加正式的慶祝活動。對他來說，更重要的是在傍晚時查看那些簡陋的木板病房，然而我卻獲准，按照他的說法，去參加那種「千篇一律的胡說八道」。

可惜他沒有獲准在任何專業刊物上發表他的那篇關於所謂「鏟土病」的醫學報告；據說甚至就連我們聯誼會的小報《日耳曼人》也拒絕刊登，但是也沒有說明任何理由。

119

1936 年

　　從來就不缺少帶來希望的事。在我們埃斯特魏根集中營，這裡由於那首在副歌中重複「鐵鍬」的〈沼澤戰士之歌〉而小有名氣，從1936年初夏開始就有人私下傳說，在奧運會開幕之前將有一次大赦，從而結束我們作為害人蟲和挖泥炭工在埃姆斯蘭德的窮苦生活。這個謠傳基於虔誠的假設：希特勒也一定會考慮國外的反應，威懾恫嚇的恐怖時代已經結束，而且挖泥炭這種原始德國人的工作應該留給那些自願的青年義務勞動軍。

　　後來，五十名犯人，全是熟練的工匠，被派往柏林附近的薩克森豪森。我們要在那裡，由駐紮當地的骷髏頭部隊黨衛軍士兵的監視下，建造一個大型集中營，在這片圍上鐵絲網大約三十公頃的地方，初步計畫關押兩千五百名犯人，這是一個有發展前景的集中營。

我作為繪圖員也是這些被派遣的挖泥炭工的一員。因為這些簡陋木板房的預製零件都是由柏林的一家公司提供，所以我們和外界有了一些接觸，這在平時是嚴格禁止的，我們也就多少了解了一些在奧運會開幕之前就已經在首都開始鬧哄哄的情況：來自世界各地的遊客擠滿選帝侯大街、弗里德里希大街、亞歷山大廣場和波斯坦廣場。但是沒有透露進來更多的消息。直到在已經蓋好同時也是作為施工指揮部的司令部木板房的警衛室裡，安裝了一台收音機，我們才能夠偶爾享受到這個玩意的好處。它每天從早到晚都開著，先是播放極為渲染的開幕式報導，接著也報告最初幾項比賽的結果。我必須頻繁地單獨或者和其他幾個人一起去施工指揮部，所以對於奧運會比賽初期的情況，我們還是比較了解的。在宣布最初幾項比賽的決賽結果時，收音機調到最高音量，甚至在集合點名的廣場和附近的工地也都能聽見，所以我們很多人都經歷了這場恩賜獎牌的好事。除此之外，我們還同時聽見哪些人在貴賓席就坐：都是國際知名人士，其中有瑞典王位繼承人古斯塔夫‧阿道夫、義大利王子烏姆貝爾托、一位姓範西格特的英國副部長，還有一大堆外交官，其中有一些來自瑞士。因此，我們之中的一些人相信，在柏林附近的這座正在形成的大型集中營不可能完全瞞得住這麼多外國人。

但是世界絲毫沒有注意到我們。「世界的體育青年」自己就忙得不可開交。我們的命運沒有觸動任何人。我們壓根就不存在。如果撇開警衛室裡的那台收音機，集中營裡的生活就和平時一樣。這台軍灰色、顯然是從軍方借來的收音機所傳播的消息，全是來自發生在鐵絲網外面的現實。8月1日這一天，德國就在鉛球和鏈球比賽中獲得了金牌。當收音機裡報導獲得第二塊金牌、旁邊一間房間裡的不在值勤的骷髏頭士兵立刻高聲歡呼的時候，我正和弗里特約夫‧圖辛斯基在施工指揮部裡修改設計圖紙，他是一個「綠色倒三角」，這是我們按照犯人身上的標記對刑事犯的稱呼。圖辛斯基以為可以一塊歡呼，這時卻看見正在歡呼的施工負責人、衝鋒隊大隊長艾塞爾的目光，嚴厲而又適度。大聲一起歡呼，對我來說肯定會受到嚴厲懲罰，作為身上有一個紅色倒三角標記的政治犯，他們對我要比對這個綠色的犯人更加嚴格。圖辛斯基被罰完成五十個下蹲，而我則被趕到外

面，一動也不動地待在那裡聽候發落，幸虧有極為嚴格的紀律，而我內心裡則在為德國的這一項和下面的幾項勝利感到高興；畢竟幾年以前我還是馬格德堡的斯巴達克俱樂部的正式中長跑運動員，在三千公尺項目上甚至還有很好的成績。

禁止一起歡呼，艾塞爾明確表示，我們不配對德國的勝利公開表示喜悅，但在奧運會比賽的過程中，也幾乎無法避免出現犯人和看守在幾分鐘裡自發的親近現象，比如，當萊比錫的大學生魯茨·隆格在跳遠項目上和美國人傑西·歐文斯展開一場緊張競爭時，這個黑人已經是一百公尺的冠軍，在不久以後的比賽中又獲得了二百公尺的金牌，最後他以八公尺零六獲得這場競爭的勝利，並且創造了奧運會紀錄。八公尺一三的世界紀錄也是由他本人保持的。但是所有站在收音機旁邊的人都為隆格的銀牌歡呼；當中兩名一向嗜血成性的黨衛軍小隊長，一個戴綠色倒三角標記的牢頭，他一向鄙視我們這些政治犯，利用任何機會找碴刁難，還有我這個共產黨的中層幹部。我經歷了這一切和更多的苦難僥倖活了下來，如今用滿口鑲得很差的假牙咀嚼著這些模糊的記憶。

也可能正是因為希特勒紆尊降貴地和這位獲得多項金牌的黑人握手，促成這次短暫的敵友之間的友誼。接著又重新保持距離。衝鋒隊大隊長艾塞爾向上級作了彙報。犯人和看守都受到了違紀懲罰。那台違反紀律的收音機也消失了，因此我們錯過了奧運會後面的比賽。我只是道聽塗說地得知我們的女選手運氣不好，在四百公尺接力賽中，交接棒時把接力棒掉落在地上。奧運會比賽全部結束之後，再也沒有任何希望了。

1937 年

　　我們利用課間休息在校園裡玩的遊戲不是以響鈴為結束，而是在栗子樹下和兩層被稱作撒尿棚的廁所前面，從這次課間休息到下堂課間休息，一直繼續進行。我們玩打仗的遊戲。緊靠著撒尿棚的體操房被稱為托雷多的城堡。雖然這件事發生在一年之前，但在我們這些學生的夢裡，長槍黨仍在繼續英勇地捍衛那座破房子。赤色分子也一直在發動徒勞無功的進攻。他們的失敗也只能歸結於沒有人對他們感興趣：沒有

人願意扮演赤色分子，我也不願意。所有的學生都不怕死地把自己歸到佛朗哥將軍這一邊。最後，我們幾個初中生只好透過抽籤決定：我和其他幾個初一生抽到紅色，當時並不可能猜到這次偶然事件對於未來的意義；未來的事情顯然在課間休息的校園裡就已經呈現出來了。

這樣就由我們來圍攻撒尿棚。在進行過程中並不是沒有妥協的，因為負責監督的老師們要求保證讓那些中立的和交戰的學生小組至少可以在規定的停火期間撒尿。交戰過程中的一個高潮是城堡的指揮官莫斯卡爾多上校和他的兒子路易士之間的那次電話，赤色分子抓住了他的兒子，如果這座要塞不準備投降，就威脅要把他槍斃。

初三生赫爾穆特·庫雷拉長著一副天使般的面孔，聲音也像天使，他扮演路易士。我被迫裝扮成赤色民兵的代表卡巴羅，把電話聽筒交給路易士。在課間休息的校園裡響起了像吹號一樣清亮的聲音：「喂，爸爸。」接著是莫斯卡爾多上校說話：「出了什麼事，我的兒子？」「沒出什麼事。他們說，如果城堡不投降，就槍斃我。」「如果真的這樣，我的兒子，那麼就把你的靈魂託付給上帝吧，高呼『西班牙萬歲』，像一個英雄那樣赴死。」「再見吧，父親。最熱情地吻你！」

這些都是天使般的赫爾穆特扮成路易士大聲說的。在這之後，一個高中生朝我高喊一聲：「死亡萬歲！」我這個赤色民兵的代表就必須在一棵正在開花的栗子樹下，槍斃這個勇敢的男孩。

不，我不敢肯定，是我還是另外一個人執行了這次處決；很有可能是我。接著，戰鬥繼續進行。在下一次課間休息的時候，要塞的鐘樓被炸掉了。我們都是用聲音來模仿的。但是守軍仍然不肯放棄。後來被稱作西班牙內戰的事情，則作為一次孤立事件，在但澤市朗富爾區的康拉迪文理中學課間休息的校園裡，始終不變地重複進行。最後當然是長槍黨獲得勝利。圍攻要塞的包圍圈被從外部擊潰。一大群低年級的學生表現過火地猛打猛衝，然後是大家互相擁抱。莫斯卡爾

多上校高呼那句已經出了名的口號「安靜（Sin novedad）」，歡迎解救他們的人，這句口號的含義有一點類似於「無可奉告」。接著，我們這些赤色分子就被全部處決。

在快要結束的時候，又可以正常使用撒尿棚，在下一個上學的日子，我們再次重複這個遊戲。這種情況一直持續到1937年的暑假。實際上我們也可以玩轟炸巴斯克人的城市——格爾尼卡的遊戲。德國的每週電影新聞已經在電影院放映正式影片之前，向我們展示了志願軍的這次行動。4月26日，這座城市被炸成一片廢墟。今天我仍然可以聽見那種為馬達的轟鳴聲所配的音樂。但是能夠看見的只是我們的那些海因克爾飛機和容克斯飛機在飛行、俯衝和返航。看上去就好像他們是在訓練。沒有任何可以在課間休息的校園裡重新排演的英雄事蹟。

1938 年

　　跟我們歷史老師的麻煩，是從我們大家在電視裡看見柏林圍牆突然倒下之後開始的，所有的人，其中也有我住在潘科夫的奶奶，可以簡簡單單就這麼來到西德。參議教師赫斯勒先生肯定是好意，他不僅說到柏林圍牆倒塌的事，而且向我們大家提出了一個問題：「你們還知道11月9日在德國發生的其他事情嗎？比如在五十一年之前？」

　　所有的人只是略有了解，卻誰也不知道詳情，他就給我們講了那個「帝國水晶玻璃之夜」。之所以這麼叫，是因為這件事發生在德意志帝國的全國各地，那天夜裡許多猶太人的玻璃器皿被打碎了，其中特別多的是水晶玻璃花瓶。人們還用鋪路的石塊砸碎了所有猶太人老闆的商店櫥窗。許多貴重的東西也就這樣被毫無意義地毀掉。

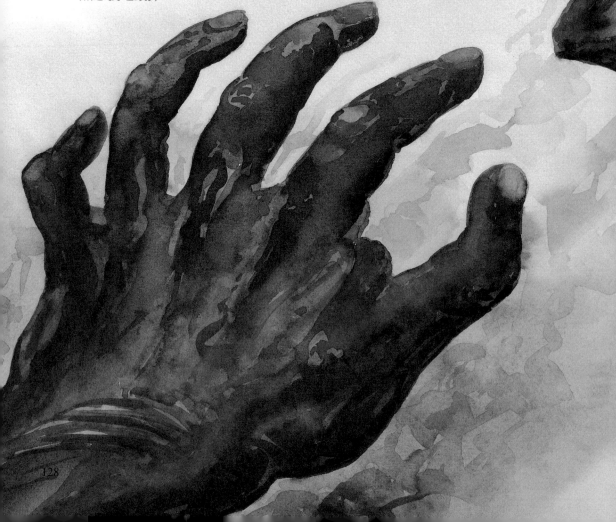

1938

　　也許這是赫斯勒老師的一個失誤，他沒有就此打住，而是在許多節歷史課上仍然對我們講這件事，還給我們讀了一些歷史文獻資料，諸如燒毀了多少座猶太教堂，謀殺了九十一個猶太人。全是悲慘的故事，而這時在柏林，不對，是在德國各地，到處都是一片歡呼，因為全體德國人現在終於可以團結起來了。但是他仍然只講那些陳舊的關於怎麼會發展到這一步的故事。的確，他用這些當時在這裡發生的事，搞得我們大家心煩意亂。

　　不管怎樣，在家長會上，他的這種「對過去的著魔」（這是大家的說法），受到幾乎所有在場家長的指責。我父親其實很願意講從前的事，比如他總是講他自己是在建柏林圍牆之前從蘇聯占領區逃出來的，來到施瓦本這裡，很長一段時間總是感到人地生疏，甚至他也跟赫斯勒先生講了下面這番話：「當然一點兒也不反對讓我的女兒了解衝鋒隊這幫烏合之眾是怎麼到處燒殺搶掠、無惡不作，也包括在我們埃斯林根這裡。但是畢竟要在合適的時機，而不是正好選擇在現在這個終於有一次機會高高興興、全世界都向我們德國人表示祝賀的時候……」

我們這些學生比較感興趣的，是當年在我們這個城市發生的事情，比如在以色列人的孤兒院「威廉養育院」發生了什麼事。所有的學生當時不得不到校園裡去；所有的課本、祈禱書，甚至《摩西五誡》都被扔了出來，堆成一堆全部焚燒；目睹這一切的孩子哭了起來，他們害怕自己也被一塊燒掉；弗里茨・薩姆埃爾老師被打得失去知覺，而且用的是體操房裡的健身棒。

　　但是謝天謝地，在埃斯林根還有一些人設法幫助他們，比如一位計程車司機把幾個孤兒帶到斯圖加特。不管怎樣，赫斯勒先生給我們講的事情，都還是比較讓人激動的。我們班的男生，這一次甚至在課堂上也一起參與，也有土耳其的男孩，還有我的女朋友西林，她家是從伊朗來的。

　　在開會的家長們面前，我們的歷史老師為自己做了很好的辯護，我父親也承認這一點。據說，他是這樣向家長們解釋的：任何一個孩子，假如他不知道這種不公正是從什麼時候、在什麼地方開始的，最後又是什麼導致了德國的分裂，就不可能正確理解柏林圍牆時代的結束。據說幾乎所有家長都點頭表示贊同。但是赫斯勒先生此後不得不暫時中斷繼續在歷史課上介紹「帝國水晶玻璃之夜」，只好以後再說吧。真是有些遺憾。

　　我們現在了解更多一些了。比如，當孤兒院發生這些事的時候，幾乎所有埃斯林根的人只是不吭一聲地看著或乾脆就連看也不看。因此，幾週以前，當一個叫亞西爾的庫爾德同學必須和他的父親一起被遣送回土耳其的時候，我們想出了給市長寫一封抗議信的主意。所有的人都簽了名。但是我們聽從了赫斯勒先生的建議，沒有在這封信裡提到以色列人的孤兒院「威廉養育院」裡的那些猶太兒童的命運。現在所有的人都希望允許亞西爾留下來。

1939 年

島上住三天。在主人向我們保證威斯特蘭及其附近肯定有空的旅館房間，並且寬敞的門廳可以為我們聊天提供足夠的空間之後，我向他表達了感謝，他也是一位從前的同行，後來在出版界做事，相當富有，所以才能在濟耳特島上買得起這樣一棟蘆葦屋頂的弗里斯蘭風格的房子。我們的聚會是在2月。受到邀請的人來了超過一半，甚至還有幾個當時在廣播電臺或其他地方作主編說話算數的人物。打的賭也算是贏了：一家發行量很大的畫報的老闆真的來了，雖然珊珊來遲，而且也只待了很短時間。大多數從前的同行，戰後都在自己所屬的編輯部找到了賺錢的位置，或是像我一樣當自由撰稿人。他們，也包括我在內，都有一個既是污點同時也是傳奇的優質證明，即曾經作為宣傳機構的人員，充當過戰地記者。我在這裡很想提醒一下，粗略地估計，約有一千名我們的戰友遇難身亡，不管是坐在He-111轟炸機裡在英國上空採訪，或是在最前線當記者。

現在，聚會的願望在我們這些倖存者間越來越迫切。就這樣，我在猶豫了一段時間之後擔負起組織工作。約定只能有所保留地作一些報導，不提任何人的名字，不允許任何私人之間清算報仇。希望是一次完全正常的戰友之間的聚會，可以與之比較的是那種戰後最初幾年的集會，從前獲得騎士十字勳章者，這個師或那個師的戰友，也有過去集中營的犯人，都在這種集會上重逢。我當時是個毛頭小夥子，從波蘭戰役一開始起就參加了，而且從來沒有在宣傳部裡坐過辦公室的嫌疑，所以我享有某種威信。另外，許多戰友還能想起我在戰爭爆發之後最早寫的那幾篇報導，寫的是第二裝甲師第七十九工兵營在布楚拉戰役期間的情況，他們冒著敵人的炮擊架設橋樑，我們的坦克一直推進到華沙城下，從一個普通步兵的角度敘述了轟炸機參加作戰的場面。我基本上總是報導部隊的情況，報導那些可憐的前線豬玀，更確切地說，報導他們那種沉默無聲的英勇精神。這名德國步兵每天在波蘭塵土飛揚的道路上不斷行軍。穿著短靴行軍的士兵啊！總是跟在賓士的坦克後面，滿身是泥，曬得黑黑的，但始終情緒高昂，即使是在短暫的交戰之後，一些熊熊燃燒的村莊讓人看見了戰爭的真實一面。我並非無動於衷的目光，也落在那一隊隊看不見盡頭、完全被打垮的波蘭俘虜的身上……

是啊，我報導裡的這種有時引人深思的基調大概是為了增加可信度。新聞審查機關也喀嚓一下剪掉了一些。例如，我把我們的坦克先頭部隊在莫斯蒂維爾基與俄羅斯人的會合寫得具有太多的「戰友情誼」。另外，我對那些上了年紀、穿長袍的猶太人的描寫也過於溫柔、過於滑稽。幾位從前的同行在我們聚會的時候也證明，我報導波蘭的文章與那些我在前一段時間為一家銷量很大的畫報寫的東西，不管是寫老撾、阿爾及利亞還是近東地區，它們在鮮明生動、形象逼真的特點上毫無本質區別。

在安排好住宿之後，我們不拘禮節地進入同行式的交談。惟獨天公不作美，在沙灘上漫步或者朝著小島有淺灘的一側散步，都是不可能的。我們雖然已經習慣應付任何氣候，但歸根究柢仍是一些更喜歡待在屋裡的人，圍坐在開放式的壁

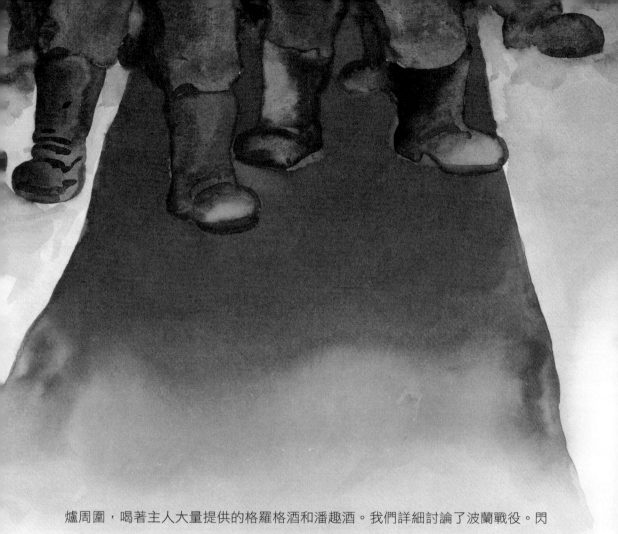

爐周圍，喝著主人大量提供的格羅格酒和潘趣酒。我們詳細討論了波蘭戰役。閃電戰，只用了十八天。

當波蘭被攻克，只剩下一堆廢墟之後，一位從前的同行，據說他是藝術品收藏家，而且生意也做得不錯，換了另外一種慢吞吞且聲音越來越響的語調。他為我們讀了他在一艘潛艇上寫的報導的幾個片段，這些報導後來集結成書，以《世界海洋裡的獵人》的書名出版，一位海軍元帥寫了前言：「五號炮準備完畢！命中敵艦中部！再次裝填魚雷……」這當然要比我筆下那些渾身是土、在波蘭無邊無際的田間小路上的步兵能夠提供更多的東西……

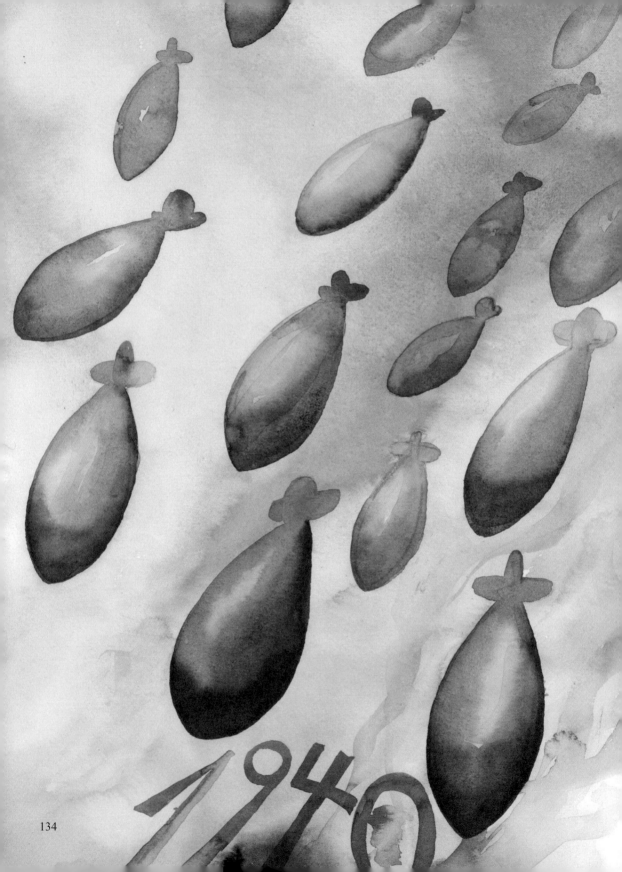

1940 年

我沒有看到多少濟耳特島上的東西。前面已經說了，天氣充其量只能允許在沙灘上短時間地走一走，朝著里斯特或相反方向的赫爾努姆。我們這個由過去的同行組成的協會，名聲不太好，抽著煙、喝著酒，圍坐在壁爐四周，就像當年自從潰退下來之後腳走痛了那樣。每一個人都在記憶裡搜尋。這個曾經在法國成績卓著，那個則帶著英雄事蹟從納爾維克和挪威的狹灣歸來。就好像每一個人都必須再把這些文章咀嚼一遍似的，它們曾經刊登在空軍的刊物《雄鷹》或者《信號》上面。後者是德國國防軍出版的一份裝幀豪華的畫報，彩色印刷，版式時尚，當時很快就要發行到全歐洲。有一個姓施密特的人，在《信號》擔任負責人，決定辦刊方針。戰後，他顯然是改了名，主編施普林格的刊物《水晶玻璃》。他始終在場，也算是賞賜我們一種不太正當的娛樂。我們不得不聽他關於「白白斷送的勝利」的說教。

他說的是關於敦克爾克的事，整個英國的遠征軍團全都逃到了那裡：將近三十萬人必須以最快的速度用船運走。這位從前姓施密特的人（他最新的姓名不得透露），一直還氣憤得要命地說道：「假如希特勒沒有讓克萊斯特的坦克軍團在阿貝維爾停止前進，假如他允許古德里安和曼施坦因的坦克一直推進到海邊，假如他下命令從側面向沙灘發起進攻，紮緊口袋，那麼英國人失去的就是整整一個軍，而不只是他

們的武器裝備。戰爭也就完全有可能提前決定勝負。是啊，英國人恐怕幾乎沒有能力抵抗一次入侵。但是，最高統帥白白地斷送了這個勝利。他也許是認為必須愛惜英國。他相信談判。是啊，假如我們的坦克當時⋯⋯」

從前的施密特就這樣悲嘆抱怨了一陣，然後把目光投向壁爐裡的火焰，陷入了沉思。其他人講的關於成功的鉗形運動和大膽的戰術，一點也沒有引起他的興趣。例如有一位，他50年代曾在巴斯台‧呂貝出版社發行士兵小冊子維持生計，現在又把自己的靈魂出賣給一些形跡可疑的報紙，也就是人們說的那種「彩虹新聞」；他當年在《雄鷹》寫空軍作戰的報導，可是大出風頭。這會兒他向我們解釋Ju-88和Ju-87相比的優點，簡稱都是轟炸機，他用兩隻手轉來轉去，生動而逼真地描述了俯衝投彈的過程；也就是說，把整個飛機對準目標，再把飛機拉平，投下炸彈，在連續性投彈時縮短按動開關的間隔，轟炸正在行駛、以蛇形移動避開炸彈的船隻時，則採用側面曲線進攻。他坐過容克斯飛機，也坐過He-111飛機，而且從駕駛艙的玻璃窗看過倫敦和考文垂。他幹得相當專業。人們只能相信，他在倫敦的空戰中倖免於難，僅僅是純屬偶然。不管怎樣，他成功地向我們演示了編隊飛行機群連續投下炸彈的情形，給人留下深刻的印象，還說了那個專門術語「徹底擦掉」，以至於盟軍反擊的那段時間又重新出現在我們的眼前，當時，呂貝克、科隆、漢堡、柏林在毀滅性轟炸中變成了一片廢墟。

在此之後，壁爐周圍的情緒漸漸低落。這一圈人試圖藉由那種常見的新聞記者式的私下議論，調劑一下氣氛。誰又讓哪一位主編丟了職位、誰的座位正在開始晃動、施普林格或者奧格施坦因付誰多少錢。最後，我們的藝術兼潛艇專家前來救援。他按照各類風格繪聲繪影地大談表現主義和他積攢的那些繪畫珍品，或者是突然大吼一聲：「準備下潛！」把大家嚇了一跳。我們仿佛立刻就能聽見深水炸彈的響聲。「⋯⋯還有一段距離，監聽定向在六十度。」然後是「調整潛望鏡⋯⋯」。這時，我們看見了危險：「右舷發現一艘驅逐艦⋯⋯。」我們坐在乾燥的地方，真舒服啊，而外面的陣陣狂風則匯合成一曲風格一致的樂曲。

1941 年

　　在我的記者生涯中，無論是在蘇聯或者後來在印度支那和阿爾及利亞，對我們這些人來說，戰爭一直都在繼續，我只有少數幾次成功地報導了轟動一時的事件，因為就像在波蘭戰役和法國戰役時一樣，我在烏克蘭也是大多數時間和步兵部隊一起，跟在我們的坦克先頭部隊後面：最初是一個圍殲戰役接著一個圍殲戰役，越過基輔一直到斯莫棱斯克，當泥濘季節開始的時候，我報導了一支工兵營，他們用截成一段一段的圓木頭鋪設道路，以便保障供給，他們還負責拖走損壞的車輛。就像已經說過的，是一些對穿著短靴、打著綁腿行軍的士兵的稱頌文章。我的同行們在這些方面要比我出名。有一個人在1941年5月曾經隨同我們的傘兵一起從克萊塔上空跳傘下來，他後來從以色列那份為我們所有人辦的大眾報紙，報導了「閃電式的勝利」，就好像這場六日戰爭是「巴巴羅薩行動」的延續。「……馬克斯·施梅林扭傷了腳……。」還有一個人，從「歐根王子號」巡洋艦上目擊了「俾斯麥號」在和一千多名將士一起沉沒的三天之前，如何擊沉英國「胡德號」戰艦的全過程：「要不是一枚空投魚雷擊中了駕駛艙，使得『俾斯麥號』喪失了行駛能力，也許它還不至於……。」其他的故事也是遵循了這條座右銘：「假如這條狗沒有去拉屎，它就會抓住那隻兔子……」

　　壁爐戰略家施密特也是如此，他的《水晶玻璃》系列後來在烏爾施坦因出版社出成厚厚一大本，他撈了好幾百萬。這時，他已經想明白，巴爾幹戰役本來應該給我們帶來在俄羅斯的最終勝利：「只是因為一個名叫西莫維奇的塞爾維亞將軍在貝爾格勒發動了政變，我們不得不先把當地整頓好，這使我們失去了五週寶貴的時間。假如我們的軍隊不是在6月22日，而是在5月15日就向東邊發動進攻；假如古德里安將軍的坦克不是在11月中旬，而是在五週之前，即在道路變得泥濘和嚴寒降臨之前，就向莫斯科發動進攻……那麼會怎麼樣呢？」

　　他又沉默不語地盯著壁爐裡的火焰，繼續思考「白白斷送的勝利」，他試圖事後再贏回那些輸掉的戰役，史達林格勒和阿拉梅因後來也提供了機會。他獨自在那裡推測空想，但是沒有人敢表示異議，我也不敢，除了他以外，還有兩、三個忠實的納粹分子坐在我們這夥資深的記者中間，他們當時和現在都是主編一級的人物。誰敢主動去惹自己的東家生氣呢？

1941

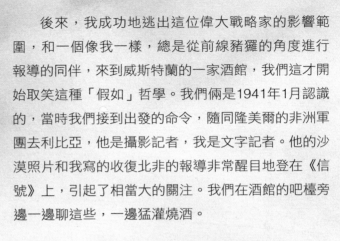

　　後來，我成功地逃出這位偉大戰略家的影響範圍，和一個像我一樣，總是從前線豬玀的角度進行報導的同伴，來到威斯特蘭的一家酒館，我們這才開始取笑這種「假如」哲學。我們倆是1941年1月認識的，當時我們接到出發的命令，隨同隆美爾的非洲軍團去利比亞，他是攝影記者，我是文字記者。他的沙漠照片和我寫的收復北非的報導非常醒目地登在《信號》上，引起了相當大的關注。我們在酒館的吧檯旁邊一邊聊這些，一邊猛灌燒酒。

　　後來，我們醉醺醺地來到威斯特蘭的沙灘，迎著海風，身子搖搖晃晃的。開始我們還大聲唱歌：「我們熱愛狂風和翻滾的巨浪……」後來便默默地注視著大海，浪花單調地拍擊著岸邊。在穿過沉沉黑夜的回程路上，我試著用諷刺的口吻模仿那位從前的施密特先生（最好還是不要提他的新姓名）：「想像一下，邱吉爾在第一次世界大戰剛剛開始的時候，就成功地實行了他的計畫，把三個師空降到濟耳特島上，那會怎麼樣？難道一切不是早有定局了嗎？歷史不是也就會有另外一種進程了嗎？沒有阿道夫，也沒有後來所有倒楣的事情。沒有鐵絲網，也沒有橫穿全城的柏林圍牆。今天我們大概還會有一個皇帝和幾個殖民地。我們也可能會過得更好，更好……」

1942 年

　　第二天上午，我們猶豫地聚在一起，可以說有些進退兩難。雲層透出幾縷陽光，朝凱圖姆方向溜躂溜躂還是有可能的。但是，門廳裡的壁爐已經又燃起來，或許一直就是燒著的，門廳的鄉下式樣的房樑屋架保準可以支撐好幾百年。我們的主人用大腹茶壺送上茶水。談話的熱情已經減弱。現實生活也沒有提供新的話題。這些人圍坐在一起卻懶得開口，只有耐著性子才能從那些毫無關聯的話語中找出幾個關鍵字，它們最多只是提了一下沃爾朔夫包圍圈、列寧格勒周圍的包圍圈或者北冰洋前線，而不是把它們作為重要事件。有一個人從旅遊的角度報導了高加索地區。另一個人也像是度假似的，參加了占領法國南部的整個過程。畢竟還是占領了卡爾科夫：偉大的夏季戰役就此開始。大量的特別報導。形勢慢慢緊張起來。一位記者對拉多加湖畔凍傷者的報導和另一位對羅斯托夫缺少補給的報導，都被撤掉了。接著，在一次偶然出現的間隙，我才說上了幾句話。

在此之前，我一直成功地克制自己。也可能是這幾位名聲顯赫的主編有點震住了我。因為這一行人，連同那位藝術兼潛艇專家這會兒都還沒有來，他們也許是在濟耳特島周圍的名人城堡找到了更有吸引力的聽眾，所以我就利用這個機會說幾句，不，是結結巴巴地自言自語，我的口頭表達能力一直就不行：「我從塞瓦斯托波爾回科隆休假。住在新市場附近我姐姐家。一切看上去都很太平，幾乎和從前一樣。我去看了牙醫，請他為我鑽左邊一顆痛得要命的齲齒。本來應該兩天後再去補牙。但是我再也沒有去成。因為在5月30日到31日的夜裡……是個滿月……就像掄起錘子錘似的……近千架英國皇家空軍的轟炸機……先是密集轟炸我們的高炮部隊，然後投下大量燃燒彈、爆破彈、空中開花彈、裝滿磷化物的鉛皮桶……不僅是投在市區，而且也投在郊區，甚至包括萊茵河另一側的道伊茨和米爾海姆……沒有固定的目標，地毯式的轟炸……整個城區……我們家的房子

只是屋架著了火，隔壁的卻被正好擊中……我也經歷了一些從未有過的事……幫助住在我們樓上的兩位老太太滅火，她們臥室的窗簾和兩張床鋪著了火……我剛撲滅了火，一位老太太就問：誰給我們派來清掃房間的人手呢？這都是根本沒法敘述的。也沒法敘述那些被埋在下面的人……和燒焦的屍體……我看見在弗里森大街上，軌道電車的高架線掛在冒煙的廢墟之間，唉，就像平時過狂歡節時用紙紮出來的長蛇。寬街上的四家大商店只剩下一些鐵支架。有兩個電影放映廳的阿格里帕之家被燒得一乾二淨。環形大道上的維也納咖啡館，我和後來成為我配偶的小希爾德曾經在那裡……警察局大樓最上面的幾層全被炸飛……聖耶穌信徒教堂就像被一把斧頭劈成了兩半……但是，科隆大教堂仍然立在那裡，冒著煙，而它的周圍，包括通向道伊茨的那座橋……是啊，我的牙醫在裡面開設診所的那棟房子完全地消失了。如果不算呂貝克，這是第一次大規模的毀滅性轟炸。其實是我們先從鹿特丹、考文垂開始的，華沙還沒有計算在內。這樣一直到德雷斯頓。總是有人先開頭。上千架轟炸機，其中有近七十架是配置四個發動機的蘭開斯特……我們的高炮部隊雖然擊落了三十幾架……但是飛機越來越多……直到四天之後火車才恢復運行。我中斷了休假，即使我的齲齒一直仍在疼痛。我想返回前線。我至少能知道下面會發生什麼事。我從道伊茨方向朝科隆望去，不禁放聲大哭起來，我跟你們説吧，真的是放聲大哭。仍然還在冒煙，只有大教堂依然矗立……」

大家都在聽我説。這種情況並不常見，不僅是因為我的口頭表達能力不行。然而這一次，敝人我卻定了基調。然後有幾個人講了達姆斯達特、維爾茨堡、紐倫堡、海爾布隆等地發生的事。當然還有柏林、漢堡。大量的廢墟……都是同樣的故事……真是無法描述……快到中午的時候，我們的這個圈子漸漸擴大了，開始提到史達林格勒，就剩下史達林格勒，儘管我們中間沒有人被困在包圍圈裡。所有的人都很幸運……

1943 年

　　我們的主人像上帝一樣置身於我們的談話之外，他善於安排，使我們廢話連篇的交談大致跟隨著戰爭的進程，因此在史達林格勒和阿拉梅因之後幾乎只能談撤退了，或者按照當時的說法，叫拉直戰線。絕大多數人抱怨寫作的困難，不僅是因為新聞審查機構刪剪、篡改他們的文章，而是整體性的困難：寫包圍戰、在大西洋受到重創的護航艦隊和香榭麗舍大街上的勝利閱兵，實在要比寫凍瘡、撤出整個頓內次盆地或者非洲軍團的餘部在突尼斯投降順手得多。充其量只有蒙特卡西諾保衛戰提供了一些英雄事蹟。「是啊，解救領袖的行動被視為奇襲大肆炒作，但是其他還有什麼呢？」因此，要求那些報導鎮壓華沙猶太人居住區的起義和想把這次大屠殺也視為勝利的人，必須事先提出申請，這種申請發言的作法讓人覺得有些難堪，雖然這樣做並非不合時宜。

　　有一位先生一直沒有開過口，長得胖嘟嘟的，穿著一身羅登縮絨厚呢的獵人裝，1943年5月，在用圍牆隔離起來的猶太人居住區裡用炮擊和火焰噴射器處決五萬多名猶太人時，他正帶著萊卡照相機在場，我後來聽說，他拍攝的許多出色的動物照片和非洲旅行的圖片報導，曾經愉悅了很多熱衷打獵的讀者。在此之後，華沙猶太人居住區幾乎消失得無影無蹤。

　　作為德國國防軍一支宣傳隊的成員，他被派去當攝影記者：只是在清洗的這段時間。除此之外，或者換個更好的說法：在業餘時間裡，他用他拍的照片做成了那本黑色、用有凹紋的皮革裝訂起來的攝影集，而且將三冊樣本分別贈送給黨衛軍的帝國首腦希姆萊，克拉考的黨衛軍指揮官兼警察局局長克呂格，以及華沙的司令官、黨衛軍的旅長于爾根·施特羅普。後來它被作為「施特羅普報告」，提交給紐倫堡的軍事法庭。

　　「我拍了將近六百張照片，」他說，「但是只選了五十四張收入攝影集。所有的照片都漂漂亮亮、整整齊齊地貼在布里斯托爾優質紙板上。實際上這是一件悠閒的工作，尤其適合那些追求細節的人。那些手寫的照片說明文字，只有一部分是我寫的。有一些是施特羅普的副官卡勒斯克提議的。在前面用花體字寫的題

詞：「華沙不再有任何猶太人居住區！」這是施特羅
普的創意。最初只是為了清理猶太人居住區，據說是
為了防止瘟疫流行。因此我用美術字體在這些照片下
面寫道：『從工廠裡出來！』然而我們的人遭到了抵
抗：有武器裝備很差的小夥子，也有女人，其中有一
些是惡名昭彰的先鋒運動的成員。我們這邊投入戰鬥
的，是武裝黨衛軍和國防軍一支攜帶火焰噴射器的工
兵分隊，也有特拉夫尼基的人，都是一些自願報名的
拉脫維亞人、立陶宛人和波蘭人。當然，我們也有一
些損失。但是我沒有用照相機把它們記錄下來。總而
言之，出現在照片上的只有少數幾個死人。比較多的
是集體照片。有一張後來很出名的照片是『用武力從
地下室裡弄出來』。另一張同樣出名的是『去轉運中
心』。所有的人都來到轉運裝卸平臺。然後就出發去
特萊布林卡。這個地名，我當時是第一次聽說。將近
十五萬人被疏散。也有一些照片沒有文字說明，因為
內容一目了然。有一件事很有趣，當時我們的人曾經

和一些拉比親切地交談。戰後最有名的一張照片是婦女和兒童高舉著雙手的；右側和背景是我們的幾個人端著槍，前景是一個可愛的小男孩，戴著一頂歪向一側的鴨舌帽，穿著一雙到膝蓋的長襪。你們肯定見過這張照片。被轉登了數千次，國內國外都登過，甚至還被做過圖書的封面。一種真正的頂禮膜拜，一直都還是這樣。但是，沒有一次提到過拍照的人……我也沒有得到過一分錢……沒有一點辛苦費……更甭提什麼著作權……根本沒有稿酬……我曾經推算一下……要是每刊登一次，我能得到五十馬克，那麼就因為這一張照片，我的帳戶上就會……不，我沒有放過一槍，雖然總是在前線。你們當然也都知道。只有那些照片……當然還有手寫的照片圖說文字……都是用舊體德文字寫的……人們今天認為，都是重要的歷史文獻……」

他又自說自話地瞎扯了很長時間。沒有人認真聽他講。外面的天氣終於好轉起來。大家都盼望呼吸一點新鮮空氣。我們大膽地結伴或單獨出去走走，迎著仍然凜冽的狂風。沿著被人們踩出來的小徑，穿過一個個被風吹成的沙丘。我答應過我的小兒子，撿幾個貝殼帶回去。我的確也撿到了一些。

1944 年

　　總有發生爭吵的時候。不是因為有人醞釀爭吵，而是這種形式的聚會本身就帶著這種可能性。可以談的只剩下撤退：「基輔陷落，列姆貝格失守，伊凡已經兵臨華沙城下……」涅圖諾周圍的防線全面崩潰，羅馬不戰而降，盟軍登陸讓那道牢不可破的大西洋牆淪為笑柄，國內也是一個城市接著一個城市被炸成廢墟，再也沒有什麼可以吃的東西，充其量只能拿那些偷煤人剪影和敵人在竊聽的廣告傳單來開開玩笑，即使是我們這夥資深記者也只能事後在一些堅持到底的笑話上賣弄一番，這時，有人說出那個頗有刺激的詞：「神奇武器。」他是那些當年從來沒有下過部隊的宣傳機構的人，他們只會在輕鬆的崗位上，像坐在辦公室裡的公馬一樣嘶鳴狂叫，然後又以略有變化的風格製造出一些暢銷書。

　　狂叫代替了回答。那位暢銷畫報的大老闆大聲喊道：「請您不要給自己丟臉了！」甚至有人吹起了口哨。但是，這位已經上了年紀的先生並沒有退讓。在挑釁的微笑之後，他表示相信那個「希特勒神話」擁有未來。他列舉了薩克森屠夫卡爾、腓特烈大帝和「猛獸拿破崙」作為證人，從而為「領袖的原則」建造了一座未來的紀念碑。他的那篇關於神奇武器的文章，發表於1944年夏天，沒有刪去一個詞，刊登在《人民觀察家》上面，曾經轟動一時，而且這也是明擺著的，增強了那種堅持到底的意志。

　　他現在背朝著壁爐，挺直腰桿站在那裡，說道：「是誰有預見性地為歐洲指明了道路？是誰一直到最後都在抵制布爾什維克的洪水，從而拯救了歐洲？是誰通過遠端武器對發展能夠攜帶核彈頭的運載系統邁出了開創性的第一步？惟獨他一人。這些經得起歷史考驗的偉大業績，也只有和他聯繫在一起。至於我發表在《人民觀察家》上的那篇文章，我想問問所有在場的人：即使只是以這支可笑的聯邦國防軍的形象出現，我們作為士兵難道不也很受歡迎嗎？難道我們不是既是矛尖又是堡壘嗎？如今我們不是也在證明，即使有些遲了，實際上，是我們，是德國贏得了這場戰爭嗎？整個世界懷著嫉妒和欽佩，注視著我們正在開始的建設。在徹底失敗之後，從我們剩餘的能量中，產生了強大的經濟實力。我們又成為人物了。很快我們將居於領先地位。日本也同樣成功地……」

下面的話被狂喊、大笑、講話和反駁淹沒。有人衝著他的臉大聲呼喊：「德國高於一切！」這也正好就是他那本已經暢銷好幾年的書的書名。那位大老闆大聲抗議著，挪動著他的高大身軀，離開了我們這個圈子。這位在場的作家對他的挑釁產生的效果，感到高興。他又坐下，裝出一副頗有先見之明的樣子。

　　我們的主人和我白費力氣地企圖引導大家開始一場比較有秩序的討論。有幾個人一定要為撤退承擔責任，還想再次經歷一下明斯克包圍戰的失敗，另一些人對「狼穴」的行刺行動作出各種推測：「假如成功了的話，與西方盟國的停火一定會穩住東部前線，這樣就可以和美國人一起對付伊凡……。」然而，絕大多數人則在抱怨失去了法國，緬懷「巴黎的那些美好時光」，尤其是優越的「法國生活方式」，他們把諾曼第海灘的登陸看成是如此遙遠、神話仙境裡的事；仿佛他們直到戰後，而且是從美國的寬螢幕影片中，才得知了盟軍大舉登陸的消息。當然也有人瞎聊幾個有關女人的故事，比如我們的那位潛艇兼藝術專家，就曾經是衝著那些法國碼頭新娘的背影哭泣，再下潛到海裡，開始追尋敵艦的航行。

但是，那個心裡一直惦記著「希特勒神話」的老傢伙，堅持要讓我們回憶諾貝爾化學獎頒發給一位德國人的事。消息是從壁爐邊的長椅傳過來的，看來他是在那兒打了一個盹：「諸位，這是發生在亞琛陷落之後不久，就在我們發動最後一次攻勢，即阿登山脈攻勢的前幾天，中立的瑞典頒獎給傑出的科學家奧托‧哈恩，因為他是第一個發現原子核裂變。當然這對我們太遲了。不然我們可以在美國之前，即使是在最後一刻，擁有這種決定一切的神奇武器……」

　　沒有任何喧鬧。只有沉默，呆呆地沉思這個失去的可能性所造成的後果。嘆息、搖頭、輕聲咳嗽，但是沒有人發表有分量的見解。即使我們那喜歡吵吵嚷嚷、容易得罪人的潛艇水手，這會兒也想不出一段海員的天方夜談。

　　然而，主人這時送來按照佛里斯蘭方式調製的格羅格酒。喝了酒，大家的情緒漸漸又挑起來了。我們擠坐在一起。沒有人願意出去，闖進早早降臨的黑夜。預報將有暴風雨。

1945年

聽我們的主人講，一個颶風低壓區正在從冰島向瑞典方向移動。他聽了天氣預報。氣壓驟然下降。預計會有十二級的狂風。「但是，不用害怕，夥計們，這座房子頂得住任何狂風暴雨。」

在那個星期五，1962年2月16日，剛剛過了晚上八點，汽笛大作，就像是戰爭爆發。颶風以排山倒海之勢席捲整個小島。當然，這個露天劇場也讓一些人格外活躍。在前線的那些年已經把我們訓練得擅長參與，而且盡可能是在最前列。畢竟我們都是專家，我也是。

不顧主人的警告，一夥從前的戰地記者離開了這座不受任何氣候影響的房子，正如主人向我們保證的那樣。我們好不容易才從老威斯特蘭來到了沙灘，費了很大的勁，蜷縮著身體，幾乎是在匍匐前進，我們在那裡看見了折斷的旗杆、連根拔起的樹木、掀掉的蘆葦房頂，供人休息坐的長椅和柵欄在空中迴旋飛舞。

透過飛濺的浪花，我們預感到的要比我們可以看見的更多：像房子一樣高的巨浪沖向小島的西岸。我們後來才知道，這次颶風引起的漲潮隨著易北河向上，在漢堡，尤其是在威廉斯堡區造成了什麼後果：高出正常水位3.5公尺。好幾處的堤壩決口，缺少沙袋，死了三百多人。聯邦國防軍投入抗洪。有一個人在那裡發布命令，防止發生最壞的事情，他後來當上了聯邦總理……

不，濟耳特島上沒有死一個人。但是，西岸被沖低了近十六公尺。甚至在島上的淺灘一側，據說也出現了「土地下陷」，就連凱圖姆的峭壁也受到海水的沖刷。里斯特和赫爾努姆危在旦夕。火車已經無法經過興登堡大壩。

在颶風減弱之後，我們看見損壞的情況。我們想進行報導。這是我們學過的東西。在這一方面我們都是專家。當戰爭臨近結束的時候，能夠報導的只剩下損失和失敗，最多還有堅持到底的呼籲還能受到歡迎，這種情況一直持續到最

後。我寫過東普魯士的難民遷徙隊伍，他們想從海利根拜爾經過結冰的潟湖趕到新岬，但是沒有人刊登我這篇關於苦難的報告，更別説《信號》。我看見超載的船隻帶著平民、傷患、黨閥從但澤的新航道啟程，我還看見三天後沉沒的那艘「威廉‧古斯特羅夫號」。我對此沒有寫過一個字。當後來但澤所見之處全是處於大火之中的時候，我也沒有成功地寫出一篇令人震驚的哀歌，我擠在潰散的士兵和逃難的平民中，艱難地逃往維斯瓦河入海口。我看見如何騰空斯圖特霍夫集中營，犯人們只要是在前往尼克斯瓦爾德的長途行軍中倖存下來的，都像牲口一樣被趕上平底駁船，然後又被裝上停泊在河口外面的輪船。沒有寫過一篇恐怖的散文，沒有再次演奏眾神的末日。我看見這一切，但一個字也沒有寫。我看見在騰空的集中營裡留下的屍體成堆地被燒掉，我看見來自艾爾賓和蒂根霍夫的難民們，帶著全部家當住在那些空蕩蕩的簡陋木板房裡。但是卻沒有再看見任何看守。現在來的是波蘭的農民。經常發生搶劫。一直還有戰鬥，因為維斯瓦河入海口的橋頭堡一直堅守到5月。

這一切都發生在最美麗的春季。我躺在海灘的松樹之間，曬著太陽，但沒有把一行字寫在紙上，儘管所有的人都沒完沒了地向我述說他們的苦難：那個失去了幾個孩子、來自馬祖里的農婦；一對從弗勞恩堡歷經艱辛來到這裡的白髮蒼蒼的夫妻；一位波蘭教授，他是少數倖存的集中營犯人中的一個。描述這一切，是我沒有學過的。我找不到合適的詞語。我就這樣學會了隱瞞。乘坐最後幾艘海岸巡邏艇中的一艘，我逃離了危險，這艘海岸巡邏艇從希文霍斯特出發向西航行，儘管遇到幾次深水炸彈的襲擊，仍然在5月2日抵達了特拉維明德。

　　我現在站在這些同樣是僥倖脫險的人之中，他們也和敝人一樣經過訓練，只報導進軍和勝利，隱瞞其餘的東西。我也和其他人一樣試圖記錄風暴在濟耳特島上造成的損失，一邊記錄，一邊傾聽那些水災受害者的抱怨。我們還能做些什麼呢？我們這些人畢竟是靠寫報導為生的。

　　次日，很多人都偷偷地溜走了。我們這些從前同行中的老闆們，反正都住在島上名人住宅區那些堅固的海濱別墅裡。最後，我終於還是在開始降霜的冬陽天裡，經歷了一次無法描述的日落。

　　當火車恢復行駛之後，我也經過興登堡大壩溜走了。不，我們再也沒在任何地方聚過。

　　我的下一篇報導是在遠離德國的阿爾及利亞寫的，經過七年持續的大屠殺，法國和阿爾及利亞的戰爭到了最後階段，卻仍不願意停戰。這說明了什麼：和平？對我們這些人來說，戰爭從來就沒有停止過。

1946年

碎磚屑，告訴您吧，到處都是碎磚屑！空氣中，衣服裡，牙縫之間，無處不在。但是，我們女人對這些根本就不在乎。重要的是，終於和平了。今天他們甚至要為我們建造一座紀念碑。是真的！還有一個真正的立法動議：柏林廢墟婦女！當年，到處都是廢墟，在踏出來的小路之間有大量瓦礫，我還記得，每小時也就六十一芬尼。有一種比較好的食品證，叫二號證，是發給工人的。家庭婦女的證每天只有三百克麵包和七克板油。我問問您，就這麼一點點，夠做什麼？

清除廢墟，真是苦差事啊！我和洛特，就是我的女兒，我們分在一個小組敲磚頭：柏林中區，那裡幾乎成了平地。洛特總是推著嬰兒車去。小傢伙叫菲力克

斯，得了肺結核，我想，就是因為這種沒完沒了的碎磚屑。1947年小傢伙就死了，還是在她丈夫從戰俘營回來之前。父子倆就沒見過面。是一種借助長途電話辦手續的戰爭婚禮，因為他先是在巴爾幹，然後又在東部前線作戰。這椿婚姻也沒有維持多久。唉，因為他們彼此在精神上都很陌生。他什麼事都不願意幫忙，就連去動物園撿樹墩都不肯去，總想躺在床上，眼睛直盯著天花板上的幾個窟窿。我想，他在俄羅斯，一定經歷了不少相當惡劣的事。他總是訴苦，就好像那些轟炸之夜對我們女人來說純粹是娛樂似的。訴苦抱怨是沒有用的。我們行動起來：衝進廢墟，衝出廢墟。有的時候，我們要清除被炸毀的閣樓或是整個樓層的廢墟。瓦礫裝在提桶裡，上下五層樓，因為我們那時沒有運輸滑道。

我還記得，有一次我們清理一個只受到部分破壞的無人居住住宅。那裡什麼也沒有，只有撕成碎片的糊牆紙。洛特在角落裡找到一個泰迪熊。上面全是灰塵，等她拍打乾淨之後，看上去就跟新的一樣。我們大家都問自己，那個曾經擁有這個泰迪熊的孩子究竟怎麼樣了？我們這個小組沒有一個人願意要它，最後是洛特把它帶回去給了她的菲力克斯，當時這個小傢伙還活著。我們用鏟子把大部分瓦礫裝上翻斗小推車，敲掉那些完好的磚瓦上的灰泥。起初是把瓦礫倒進炸彈坑，後來就用卡車運到廢墟山上去，現在那裡已經是一片綠色，可以眺望美麗的景色。

說得對！那些完好的磚瓦都被垛成堆。洛特和我做的是計件活：敲打磚瓦。我們這個小組很棒。其中有的女人肯定也曾經有過好日子，也有公務員的遺孀，甚至還有一位真正的伯爵夫人。我還記得，她姓封·土爾克海姆。我想，她曾經在東部擁有貴族領地。我們看起來是什麼模樣？褲子全是軍用床單做的，套頭衫是用毛線頭織的；所有的人都用一條頭巾在頭上打一個結，是為了減少灰塵。據說，柏林就有近五萬人。不，這僅僅是廢墟婦女，沒有男人。有也很少。那些男人即使在場，也只是站在一邊，或者去搞黑市交易。他們可不是幹這種髒活的人。

有一次，這我還記得，當我們剛來到一堆廢墟前，正要把一個鐵支架抽出來的時候，我抓到了一隻鞋子。真的，那裡掛著一個男人。但是，臉已經認不出來了，只能從他的大衣上面的一個臂章知道他是國民突擊隊的。這件大衣看上去完全還可以穿。純毛的，是戰前的東西。「喔唷！」我大叫了一聲，在這個男人被運走之前，就順手牽羊地拿走了這件好東西，甚至鈕扣也一個不少。在大衣口袋裡裝著一支霍納爾生產的口琴。我把它送給我的女婿，為了讓他高興一些。但是他不願意吹。即使吹的話，也盡是些悲傷的曲子。洛特和我完全是另外一種樣子。不管怎麼樣總要往前走，即使是一步一步地來……

　　完全正確！我在遜內貝格區政府的食堂得到了一個工作。洛特在戰爭期間當過助理報務員，當廢墟清除乾淨之後，她在業餘大學學會了速記和打字。她離婚之後，很快也找到一個職位，就跟祕書差不多。我還記得，勞伊特，就是當時的市長，曾經如何表揚我們大家。每次廢墟婦女聚會，我基本上都會去，在陶恩齊恩大街的席林咖啡館喝咖啡、吃點心，總是很有趣。

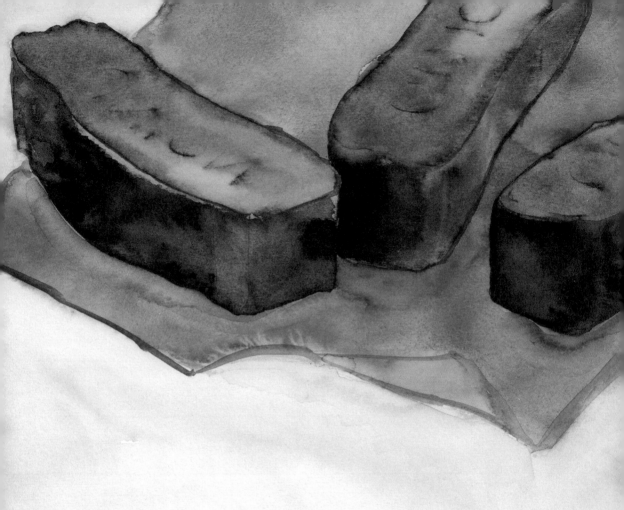

1947 年

　　在那個前所未有的冬天，我們忍受著零下二十度的嚴寒，由於易北河、威悉河、萊茵河的水道全部結冰，在整個西方占領區內部，用船運輸魯爾區的煤炭已經是不可能的，我當時擔任漢堡市供電局的局長。正如布勞爾市長在廣播講話中強調的那樣，局勢還從未這麼毫無希望，甚至在戰爭的年代也沒有到這種地步。在持續不斷的霜凍期間，共有八十五人被凍死。請您不要問我因流感而死亡的人數。

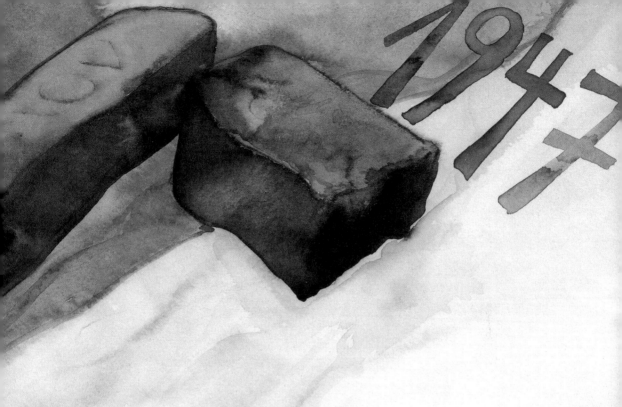

　　由市政府方面建立的幾個供取暖用的大廳，不管是在艾姆斯比特、巴爾姆貝克，還是在朗根霍恩和萬德斯貝克，多少也提供了一些幫助。因為我們去年積攢下來的煤炭儲備都被英國占領當局沒收交給了軍隊，而漢堡的幾家發電廠的庫存煤炭只夠再用幾個星期，所以必須作出強制性限制用電的決定。在所有的城區實行拉閘斷電，城際輕軌限制運行時間，有軌電車也同樣如此。所有的餐館晚上七點就關門打烊了，而劇院和電影院則全部關閉。一百多家學校被迫停課。那些不是生產生活必需品的企業，則減少工作時間。

　　是啊，確切來說，情況越來越糟，甚至醫院也受到限制用電的影響。衛生局不得不把在布萊納大街的免疫中心進行的X光檢查停了下來。另外，由於前一年的油料作物產量很低，本來就含熱量很低的食品供應，實際上就僅僅停留在紙上：每人每月分配七十五克人造黃油。德國參加國際捕鯨船隊的願望，遭到英國當局的拒絕，因此，從當地的幾家隸屬於荷蘭烏尼萊維爾集團的人造黃油加工廠那裡，也就沒希望得到援助。沒有人提供幫助！到處都是饑餓和嚴寒。

您要是問我，誰是最大的受害者？我今天只能說，是那些房子被炸毀的人和從東邊來的難民，他們不得不棲身在廢墟堆中的地下室，或者住進棚屋式的職工宿舍和尼森式活動房，對那些當時境況已經好轉的人不能不進行譴責。雖然我這個局長不是主管住房事務的，但是我也一定要親自去檢查一下，這些匆匆忙忙、用彎成拱形的波紋白鐵皮在水泥地上搭起來的臨時應急住處，還有瓦特斯霍夫的那些棚屋式職工宿舍。那裡的情況簡直無法用語言來表達。刺骨的寒風呼嘯著從所有縫隙鑽進屋裡，絕大多數的圓鐵爐卻都沒有生火。老人們不再離開床鋪。誰還會感到奇怪呢？如果窮人之中最窮的人在黑市交易中，再也沒有任何可供交換的東西，像是在黑市中用一個雞蛋或三根香煙可以換到四塊煤球，那麼他們就會絕望或者走上違法的道路；那些房屋被炸的人和被趕出家園的人的孩子，參加搶劫運煤火車的特別多。

　　我願意承認，我當時就作出一個並不符合規定的決定。我和一些高級警官一起，在蒂夫斯塔克火車編組站，親眼看見了這些違法的活動：在夜幕的掩護下，這些身影不怕任何危險，他們中間有青少年和小孩；他們帶著口袋和背簍，利用每一個暗處，只是有時也被弧光燈照住；有一些人從車廂上往下扔，另一些人在下面撿。他們很快就消失了，可以設想，準是背著沉重的貨物，高高興興的。

　　我請求鐵路警察局主管這次行動的那位負責人，這一次就不要採取行動了。但是，大搜捕已經開始。探照燈把這塊地方照得通明，擴音器增強了下命令的聲音，警犬狂吠。直到現在我彷彿還能聽見吹哨子的聲音，看見那些孩子們憔悴的面孔。他們哪怕是哭也好啊，可是他們甚至就連哭也哭不出來。

　　不，請您不要問我當時的心情如何。對您的報導，還可以說的是：大概也沒有別的辦法。市政機構，尤其是警方，有義務，不能袖手旁觀。直到3月，嚴寒才開始減弱。

1948年

我和我妻子安內莉澤實際上是第一次真正想去度假。我們這些領退休金的小小老百姓必須省吃儉用，即使帝國馬克已經幾乎不值什麼錢了。我們倆一直都不抽煙，所以我們可以用香煙票透過黑市為自己換點東西，甚至還能略有結餘，當年什麼東西都要憑票。

就這樣我們去了阿爾高地區。但是一直都在下雨。我妻子後來為此，也為我們在山區的經歷以及所發生的其他事情，作了一首平仄押韻的詩，而且是用道地的萊茵蘭方言，因為我們倆都出生在波恩。這首詩的開頭是這樣的：

「雨三天三夜下個不停。看不見天，看不見山，看不見星……」

當時旅店裡和外面到處都在議論終於要發行的新錢，也就是說，在兩天之後正式發行！

「這是一次美好的度假。偏偏又突然來了新貨幣……」

這就是我妻子作的詩。雖然還不到理髮的時候，我也趕緊讓村裡的理髮師替我理了髮，付的是舊的帝國馬克，而且理得比平時要短一些。我妻子也讓人把頭髮染成栗褐色，還新燙了長波浪，要多少錢就給多少錢。然後就不得不打點行裝，結束度假！無論是去哪兒的火車，尤其是去萊茵蘭地區的，全都擠得滿滿的，幾乎就像倉鼠在囤積食物的旅途中，因為人人都想儘快回到家，安內莉澤為此作了下面兩句詩：

「火車擠得滿又滿。人人都為貨幣發了瘋。」

回到波恩，我們就迅速趕到儲蓄所，把剩下的那一點錢取出來，因為在下一個星期天，即6月20日，正式開始兌換；也可以說，開始排隊。而且是在雨中。那是一個到處都下雨下個不停的日子，不僅僅是在阿爾高。我們排了三個小時，隊伍可真長啊。每個人可以兌換四十馬克，一個月之後再兌換二十馬克，不再是帝國馬克，而是德國馬克，因為帝國的一切反正都已經結束了。這本來應該是一

件公平的事，但卻不是這樣。肯定不是為了我們這些領退休金的小小老百姓。我們第二天看見的東西，完全可以讓任何人頭昏眼花。就像是有人念了一句咒語，突然之間，所有的櫥窗都變得琳琅滿目。香腸、火腿、收音機、不是木頭鞋跟的普通鞋、各種尺寸的男式西裝，而且是精紡全毛的。當然這一切都是囤積物品。都是那些貨幣投機商幹的，他們像倉鼠一樣囤積物品，直到真正的錢面市。後來人們都說，這一切我們應該感謝那個抽粗雪茄的艾哈德。還有那些美國佬，是他們祕密地印製了這些新錢。他們還負責管理，讓這種德國馬克只在所謂的三國占領區內流通，不得流入蘇聯占領區。因此，蘇聯人馬上也在那邊印製了自己的馬克，關閉了所有通往柏林的道路，這樣就出現了空中橋樑，我們德國從此也從錢上也被分成了兩個。東、西很快就變得緊張起來。對領退休金的小小老百姓本來就是如此。因此安內莉澤作了兩句詩：

「他們給我們的絕對不是這個比率。沒有錢的生活真不好過……」

毫不奇怪，赫爾曼同志在我們地方協會罵罵咧咧地說：「這麼多東西突然間從何而來？私有經濟不是為了滿足需求，而只是為了利潤……」他說得有道理。即使後來情況漸漸有所好轉，但是對領退休金的小小老百姓來說，永遠都是捉襟見肘。我們也就只能站在琳琅滿目的櫥窗前面發出歎息，其他什麼也幹不了。真正不錯的只有一件事，那就是新鮮水果蔬菜上市的時候，櫻桃每磅五十芬尼，花菜每顆六十五芬尼。儘管如此，我們還是必須精打細算。

幸好我妻子把她的這首標題是〈逃出阿爾高〉押韻的詩寄給了科隆廣播電臺，參加有獎比賽。真應該為「我最美好的度假經歷」寫上一首讚美詩。我該怎麼說呢，她獲得了二等獎，這就意味著二十個新馬克到手。在《評論報》上發表，又是十個馬克。我們全部存進了儲蓄所。總而言之，我們總是盡可能想辦法存點錢。然而，在這之後的這麼多年，我們一直也沒有存夠一筆錢再去度一次假。我們的確是就像當時人們說的：「貨幣的受害者。」

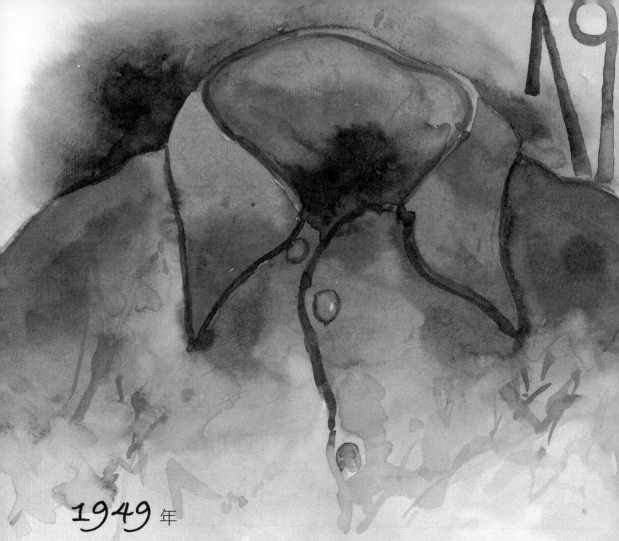

1949年

　　……你想像一下，我親愛的烏利，世上還真是有徵兆和奇蹟。前不久，在我的晚年還會有一次特別的相遇：她還在，那個美麗的英格，當年，或者我是否應該說在希特勒的時代，她每次冷靜地出現（自然而又優美），總是極大地刺激了我們這些斯德丁的小夥子，讓我們激動萬分，有的連話都說不出來，反正是把我們搞得神魂顛倒；我現在甚至可以自我吹噓，我當年曾經戰戰兢兢地來到離她只有一臂之隔的地方。不，不是在潟湖邊上露營的時候，而是在我們一起為冷得發抖的東部前線組織冬季援助的時候：在堆放和包裝內褲、套頭衫、保暖腕套和其他羊毛製品的時候，我們撲向了對方。但是最後只是一場充滿痛苦的擁抱狂吻，躺在毛皮大衣和羊毛衫上。事後我們渾身都是樟腦丸的臭味。

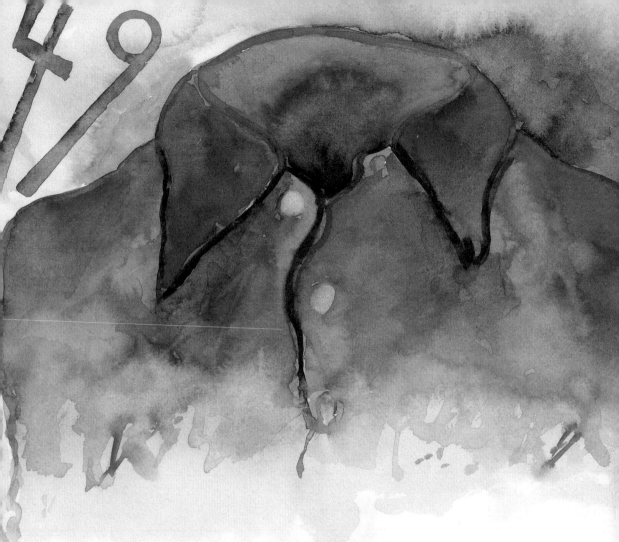

　　重新回到現在的英格。儘管我們都已經滿臉皺紋，銀絲縷縷，年齡在她身上
也發生了作用，然而，在這位施特凡博士的身上，仍然流動著那股受青年運動影
響的力量，當年正是這股力量把她帶到了很高的位置。你一定還記得：一次接著
一次地提拔。最後她在德意志女青年聯盟擔任了大隊長，我們倆則只是我當了少
年團小隊長，你當了中隊長。後來，當我們穿上了空勤人員制服時候，那個褐色
襯衫、領巾、職務綬帶（也被叫作猴子的鞦韆）的時代已經一去不復返了。然而
英格卻一直到戰爭的最後幾天都把她的那些姑娘們團結在一起，她羞答答地在我
的耳邊說道：照料後波莫瑞的難民，在野戰醫院唱歌。直到蘇聯人來了以後，她
才脫離了德意志女青年聯盟，並未受到任何肉體上的傷害。

不要再苛求你閱讀這封信的耐性了吧：我們是在萊比錫圖書博覽會期間相遇的，依照圖書博覽會的框架計畫，在一次杜登協會得到工農國家允許的專業會談，協會的會員中兩個德國的人都有，我也是會員，（像你一樣）不久也要成為退休教授，而我在語言學方面發表的鑽牛角尖的意見，在杜登西方陣營還是很受人關注。我們同杜登東方陣營的合作基本上沒有任何問題，所以才有了這次聚會。英格作為成就卓著的語言學家，也是全德語言改革協會的成員，在這個協會裡，奧地利和瑞士德語區也有發言權。我不想用我們在改革書寫規則上的爭執來煩你；這座大山早就在陣痛，總有一天會生下那隻人盡皆知的小老鼠。

　　有趣的只是我和英格的幽會私語，我們彬彬有禮地約好一起在梅德勒商業長廊喝咖啡、吃點心，是她請客，我要了一份名叫「雞蛋薄餅」的薩克森地區特產，小口小口地啃了起來。在簡短地扯了幾句專業問題之後，我們談起了什切青的青少年時代。開始只是那些中學生之間的平常事。她猶豫不決地在我們共同的希特勒青少年時代的那些記憶殘片中翻尋，費力地找出一些隱喻，比如「在那些騙人的黑暗年代……」她還說：「我們的理想遭到了玷污，我們的堅定信念被人濫用了。」然而，當我提到1945年以後的時候，她毫不費力地把她轉入社會主義陣營的體系變化、同時也是色彩變化，解釋成「痛苦的皈依反法西斯主義」，而這種轉變在僅僅一年半的時間內得以完成。在自由德意志青年聯盟的時候，她也是很快就青雲直上，因為她在各方面水準都很高。她講起參加民主德國成立慶典，那是在1949年，眾所周知，是在戈林當年的帝國空軍部舉行的。然後她又參加了世界青年文藝匯演、五一節遊行，勤奮地對固執的農民進行過宣傳鼓動，甚至還參加了農業集體化運動。然而在這種勉強的，按她的話來說，「全靠擴音喇叭進行的宣傳鼓動」中，她漸漸產生懷疑。儘管如此，我們美麗的英格一直到現在仍然是德國統一社會黨的黨員，她向我保證，這個黨員她會一直當下去的，同時努力「用建設性的批評去面對黨的失誤」。

　　我們接著談起各自家庭的逃難路線。她家是從陸路到了羅斯托克，在那兒扎了根，經過證實她是工人的孩子，英格的父親曾經是火神造船場的電焊工，很

快地她就能夠進大學讀書，為後來的黨內仕途鋪平了道路。你知道，我的父母從水路先到了丹麥，然後流落到了石勒蘇益格－荷爾斯泰因，準確地説，是皮納貝格。我對英格説：「是啊，幸好易北河把我沖到了西邊，讓英國人抓住了我。」我向她列出了我的幾個階段：蒙斯特軍營的戰俘生活、哥廷根的姨媽、補做的中學畢業考試、在哥廷根大學的最初幾個學期、在吉森當助教、獲得美國的獎學金等。

在我們閒聊的時候，我突然發現，我們西邊的發展過程，既有吃虧的一面，也有優惠的一面：褐色襯衫沒有了，但藍色襯衫也不適合我們。「這都是表面現象，」英格説，「我們還有信仰，而你們在資本主義社會早就失去了任何理想。」我當然進行了反駁：「從前也不缺少信仰，當年，我穿著褐色襯衫，你穿著雪白的襯衫和到膝蓋的裙子，你可是深信不疑啊！」「我們當時都是孩子，上了當受了騙！」這就是她的回答。在這之後，英格變得很固執。她過去也總是這樣。她不會容忍我把手放在她的手上，這也是可以理解的。她更像是在對自己説話，低聲道出了她的自白：「不知道是在什麼時候，我們那裡出現了偏差。」我的反應就像是沒有經過任何考慮：「我們那裡也一樣。」

然後我們只談專業，談到了杜登協會及其全德的爭執，最後談到了書寫規則的改革。我們倆的觀點相同：這種改革必須徹底，否則根本不會見效。「只是不要搞任何半途而廢的東西！」她大聲説道，臉上的紅暈延伸到髮際。我點了點頭，陷入對我青年時代愛情的沉思……

1950 年

　　科隆人都把我叫作「一塊狂歡節的小餅乾」，因為我曾經當過麵包師，那還是戰前好多年的事。沒有任何惡意，因為按照偉大的威利・奧斯特曼的說法，我在所有其他人之前，就成功地創作出幾首最好的供人們手挽手搖來晃去的圓舞曲。1939年，當我們最後一次慶祝狂歡節，高喊「科隆萬歲」的時候，「你這頭活潑的小鹿，你……」是最受歡迎的歌，直到今天還能聽見有人在唱「哈囉哈囉，船長先生……」，就是靠這首歌，我讓那條「小小的米爾海姆擺渡船」永世留芳。

然後就沒希望了。直到戰爭結束之後，我們可愛的科隆只剩下一片廢墟，占領國當局嚴格禁止我們慶祝狂歡節，未來的一切都顯得凶多吉少，這時我靠〈我們是三國占領區的原住居民〉這首歌一下子出了名，因為科隆狂歡節的小丑們絕對不會聽從別人的禁令。越過廢墟，用剩下的破衣爛衫打扮一下：紅色火星，全是孩子，甚至還有王子衛隊的一些殘疾軍人，就這樣從雄雞大門出發。1949年，戰後第一次狂歡節的三顆星，就是王子、農夫、少女，親自動手開始清除完全倒塌的居爾策尼希裡面的垃圾。這具有象徵性的意義，因為最美好的聚會總是在居爾策尼希舉行的。

　　直到次年我們才得到許可，正式慶祝狂歡節。恰逢建城一千九百周年紀念。古羅馬人在西元50年建立了我們這座城市，命名為科隆。因此，主題詞是「科隆的現在與過去，自1900年以來」。可惜這次狂歡節的主題歌不是我作的詞，而且也不是我們這些專家作的詞，不是尤普·施呂塞爾，也不是尤普·施密茨，而是一位名叫瓦爾特·施坦因作的，據說他是在刮鬍子的時候想出了〈誰錢多，誰就該付錢〉這首歌。必須承認，這正好符合當時的氣氛：「誰有這麼多錢，誰有這麼多錢……」也有人在廣播電臺傳播這支供人們手挽手搖來晃去的歌曲，他姓費爾茨。真是一個聰明的鬼靈精，因為那個施坦因和這個費爾茨實際上是同一個人。雖然是一個惡意製造的道地騙局，而且是一幫真正的科隆小集團，但是，〈誰就該付錢〉這首歌一直唱啊唱啊，因為這位施坦因或者說費爾茨找到了適當的調子。在貨幣改革之後，大家的口袋裡都沒有什麼錢，至少普通老百姓沒有。然而，我們的狂歡節王子彼得三世，他總是有足夠的錢，他是經營馬鈴薯批發的；我們的農夫在艾倫費爾德區經營一家大理石加工場；我們的少女威廉明妮，根據章程必須是一個男人，也是家境殷實，他是珠寶商兼黃金飾物製造商。在市場大廳和女小販們一起慶祝女人狂歡節時，這三顆星也正在向周圍撒錢……

　　我想講的是星期一的狂歡節遊行。雨下個不停。儘管如此也來了一百多萬人，甚至有從荷蘭和比利時來的。就連占領軍也一起慶祝，因為這時差不多什麼都允許做了。如果在想像中乾脆就把那些到處都陰森可怕地闖入視野的廢墟撒

開，整個情況幾乎就跟從前一樣。這是一支歷史的遊行隊伍，有古代日耳曼人和古代羅馬人。最前面是烏比爾人，據說科隆人就是起源於這個部落。然後是跳踢大腿舞的和為火神伴舞的小瑪麗們，都有音樂開道。總共差不多有五十輛彩車。如果說前一年，「我們又來了，做我們可以做的事」只是說說而已，實際上並沒有多少事「可以」做，這一次則從彩車上給孩子們和小丑們扔下來大量的糖果，大約有一千二百五十公斤。4711公司從一個移動式自動噴泉裡，朝觀眾噴灑幾千升真正的「科隆香水」。人們開心地手挽手地搖來晃去：「誰就該付錢……」

這首流行歌曲風行了很久。在玫瑰星期一的狂歡節遊行時，沒有多少跟政治有關的內容，因為有占領國當局在盯著。只是在遊行隊伍中有兩個假面具大頭娃娃格外引人注目，而且總是緊貼在一起。甚至還相互親吻，抱在一起跳舞。真可以說是情投意合，這當然也有些令人作嘔，純屬惡作劇，一個假面具大頭娃娃真真切切地勾畫了上了年紀的阿登納，另一個假面具大頭娃娃則是東邊的山羊鬍子，就是烏布利希特。人們當然對狡猾的印第安酋長和西伯利亞的山羊開懷大笑。這也是在玫瑰星期一的狂歡節遊行中，唯一出現的有關整個德國的東西。反對阿登納的人很多，科隆狂歡節的小丑們從來就不喜歡他，因為戰前他在科隆當市長時曾經發表過反對狂歡節的講話。他們真希望能夠禁止他當聯邦總理，而且是永久性的。

1951 年

大眾汽車公司敬啟者：

　　我不得不再次申訴，因為我們一
直沒有得到您的任何答覆。難道只是因
為命運決定讓我們居住在德意志民主共和國
嗎？我們的小屋在瑪林波恩，緊靠著邊境，可惜
自從必須建起防護牆之後，我們就再也過不去了。

　　您不回信，這是不公正的！我丈夫從一開始就待在貴
公司，我是後來才進去的。早在1938年，他就在布勞恩斯魏克
學習為大眾公司製作工具。後來當了冶煉電焊工，戰爭快要結束的
時候，還去幫助清除廢墟，因為幾乎一半都被炸掉了。後來，諾德霍夫先生當了
領導之後，重新開始裝配，他甚至還是品質保障部門的檢查員，而且還進了企業
工會。在隨信寄去的這張照片上，您可以看見，1951年10月5日，當第二十五萬
輛大眾汽車從流水線上下來，我們舉行慶祝，當時他也在場。諾德霍夫先生作了

一次很棒的演说。我們大家都站在這輛甲殼蟲的周圍，當時還沒有像第一百萬輛那樣噴成金黃色，在四年後也為第一百萬輛舉行了慶祝活動。這一次的慶祝活動要比三年前為第五萬輛舉行的要好得多，當時沒有足夠的玻璃杯，我們使用的是一種用某種合成材料做成的簡易杯，許多來賓和職工都感到胃不舒服，有的甚至就在車間裡或者外面嘔吐起來。這一次全是真正的玻璃杯。遺憾的是，這一年，波舍爾教授在斯圖加特去世了，因此沒能一起參加慶祝活動，他才是大眾汽車真正的創始人，而不是那個希特勒。波舍爾教授要是看見我們從前的儲蓄簿，他肯定會給我們回信的。

我是戰爭期間開始在沃爾夫斯堡的大眾汽車廠工作的，就在史達林格勒戰役之後不久，大家都必須去工作。您一定也知道，當時製造的不是甲殼蟲，而是為德國國防軍大量生產軍用吉普車。在我工作的鐵皮衝壓車間，還有許多俄羅斯婦

女在那裡幹活，她們不按工資表拿錢，也不准和我們說話。真是一個糟糕透頂的年代。我也經歷過飛機轟炸。重新開工之後，我在裝配流水線上得到了一份比較輕鬆的工作。我就是在那時認識了我的丈夫。1952年，我親愛的母親去世了，她把那棟位於瑪林波恩附近有花園的房子留給了我們，這時我才搬到蘇占區。我丈夫又待了將近一年，直到他遇到那場嚴重的事故。也許這是我們犯的一個錯誤。因為命運就是希望我們和一切都斷絕關係。就連我們的信，您也沒有回。這是不公正的！

去年，我們準時遞交了要求加入大眾汽車儲蓄調解的申請，並寄給您所有證明資料。首先，證明我丈夫貝恩哈德·艾爾森從1939年3月起每週至少存入五個帝國馬克，在儲蓄簿上面貼了四年之久，為了一輛藍黑相間的「力量來自歡樂」牌轎車，這是大眾汽車當時的叫法。我丈夫總共存了一千二百三十馬克。這是當時的出廠價。其次，寄給您一份由納粹組織「力量來自歡樂」的全省汽車管理員出具的證明。當時規定在戰爭期間生產的少量大眾汽車只供給黨的幹部們，所以我丈夫什麼也沒有得到。因此，我們也因為他現在殘廢了，要求得到一輛甲殼蟲，而且要一輛淡綠色的大眾1500型，不要增加任何特殊裝置。

現在，當五百多萬輛甲殼蟲從流水線上開下來，貴廠甚至已經為墨西哥人建了一個汽車廠的時候，大概會有可能滿足我們用儲蓄購買大眾汽車的要求，即使我們的永久住址是在民主德國。難道我們不再被視為德國人了嗎？

最近，你們的聯邦法院在卡爾斯魯厄與前大眾汽車儲蓄人員援助協會達成一項調解，因此，我們也有資格得到六百德國馬克的降價優惠。餘款我們願意用我們的貨幣支付。這大概也是可以的吧，或者不可以？

期待著您的回覆。順致敬意！

艾爾弗麗德·艾爾森

1952年

　　要是有客人問我們，我總是説：不僅僅是在《傾聽》雜誌上，還有這個魔鏡（這是最初對電視機的叫法）先把我們聚在一起，而愛情則是後來一點一點產生的。那是在1952年的耶誕節。到處都有人擠在收音機商店的櫥窗前面，從螢光幕上觀看第一次真正的電視節目，在我們呂納堡也是這樣。我們站的那個收音機商店，只有唯一的一台電視機。

　　不過，也不是特別吸引人：先是講了一個故事，與〈平安夜・聖誕夜〉這首歌和一位名叫梅修爾的教師和木頭聖像雕刻工匠有關。然後是一個舞劇，根據威廉・布希的作品自由改編，馬克斯和莫里茨在劇中蹦來跳去。全是根據諾貝特・舒爾策的音樂，我們這些從前的士兵不僅感謝他的〈莉莉・馬蓮〉，而且也感謝他的〈倫敦上空的炸彈〉。是啊，開始的時候，西北德意志廣播電臺台長還嘮叨了一些表示祝賀的話，電視評論後來為這位普萊斯特博士找到一個和他的名字押韻的詞：「胡扯蛋」。有一位女播音員穿著有花朵圖案的裙子，剛露面的時候有些害羞，她朝著大家，特別是朝著我微笑。

　　她叫伊蕾娜・科斯，正是她以這種方式把我們倆撮合在一起，因為貢德爾也站在收音機商店前面的人群中間，而且正巧就在我的旁邊。她對魔鏡呈現的一切都很喜歡。那個耶誕節的故事令她感動得流下眼淚。她毫無拘束地為馬克斯和莫里茨搞的每一個惡作劇鼓掌叫好。在每日新聞結束之後，我已經不記得除了教皇的福音之外還有什麼新聞。我鼓起勇氣，主動跟她説話：「小姐，您注意到了嗎？您長得和這位播音員非常像。」她只是楞頭楞腦地説了一句：「這我可不知道。」

　　儘管如此，我們第二天又見了面，事先並沒有約好，還是在擠滿人的櫥窗前面，而且是剛過了中午。儘管轉播聖保利足球俱樂部和漢博恩07足球俱樂部的足球比賽讓她感到很無聊，她卻仍然待在那裡。我們看晚上的節目，僅僅是為了那位女播音員。在此期間，我的運氣還不錯：貢德爾接受了我的邀請，「為了暖暖身子」，去喝了一杯咖啡。她向我介紹自己是來自西利西亞難民的女兒，在「蠑

蝦連鎖鞋店」當售貨員。我當時雄心勃勃，立志要當劇院經理，至少也要當個演員，我如實供認自己不得不在我父親那家勉強維持的飯店裡幫忙，其實就是失業，但是卻又有許多想法。我申明：「這些想法並不只是空中樓閣。」

在每日新聞之後，我們站在收音機商店的櫥窗前面看了一個我們覺得很滑

稽的節目，全是和製作聖誕糕點有關的事。以和麵團為主，配合了一些彼得‧弗朗肯費爾德寫的幽默文章，此人後來靠他的發現人才節目《心想事成》而大受歡迎。在此之後，我們還欣賞了伊爾澤‧維爾納邊吹口哨邊唱歌的表演，特別喜歡的是童星科內莉亞‧弗羅貝斯，這個柏林的小女孩因那首名叫〈收起你的游泳褲〉的流行歌曲而家喻戶曉。

　　就這樣繼續下去。我們總是在櫥窗前見面。很快地我們就手牽手站在那裡看電視。也就僅此而已。直到第二年的年初，我才向我父親介紹貢德爾。他喜歡這個和播音員伊蕾娜‧科斯長得很像的人，她也喜歡這家坐落在森林邊上的飯店。簡而言之：貢德爾為營運每況愈下的「海德飯店」帶來了生機。她想辦法説服了我那位自從我母親去世以後整天垂頭喪氣的父親，設法弄到了貸款，在大餐廳裡安裝了一台電視機，不是那種臺式的小玩意，而是飛利浦公司生產的那種裝在木頭箱子裡的大傢伙，設置這玩意是一項很值得的投資。從5月起，每天晚上，「海德飯店」沒有一張餐桌、一把餐椅再是空著的。有些客人是從很遠的地方來的，因為擁有私人電視機的人數在很長時間之後仍然微乎其微。

　　很快我們就有了一批忠實的固定顧客，他們不只是看電視，而且也花錢好好地吃上一頓。當電視裡的廚師克萊門斯‧維爾門羅德大受歡迎的時候，貢德爾就採納他的食譜，把它們列入「海德飯店」以往十分單調的菜單，這時，貢德爾已經不再當鞋店售貨員了，而是成了我的未婚妻。從1954年秋天起，這時我們已經結了婚，電視連續劇《遜勒曼一家》吸引了越來越多的觀眾。我們和客人一起經歷了螢光幕上高潮起伏的劇情，就好像電視裡的這個家庭也影響了我們，讓我們也變成了遜勒曼一家，就好比經常可以聽見有人輕蔑地説德國平均水準的家庭。是的，説得很對。我們已經有兩個孩子，現正懷著第三胎。我們倆都要忍受一點超重的痛苦。我早就已經把那些雄心勃勃的計畫收收疊疊壓在箱底了，如今對自己當配角也不會不滿意。正因為貢德爾一邊看著《遜勒曼一家》，一邊經營著現在還兼作公寓的「海德飯店」，就像許多不得不從頭開始的難民一樣，她做什麼事都充滿了緊迫感。我們的顧客也總是説：貢德爾知道自己想要什麼。

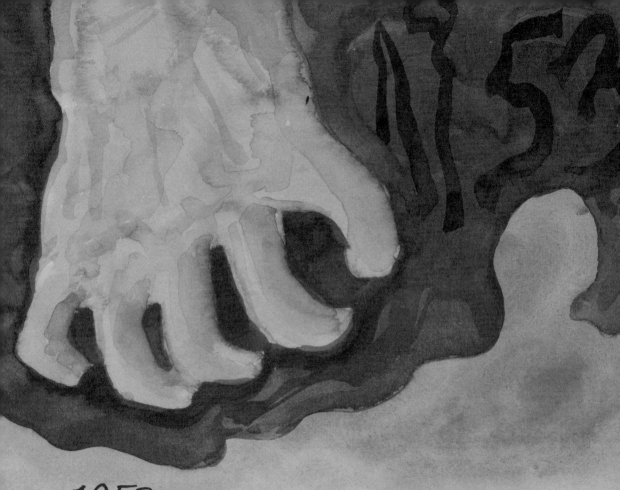

1953 年

　　雨漸漸小了。颳起風來，碎磚屑在牙縫間嚓嚓作響。有人告訴我們，這就是典型的柏林。安娜和我已經在這裡住了半年。她離開了瑞士，我經歷了杜塞爾多夫的生活。她師從瑪麗・維格曼，在達雷默區的一座別墅裡學跳赤腳的表現性舞蹈，我則在施坦因廣場旁邊的哈通工作室，一直還在夢想當雕塑家，但在我站著、坐著或者和安娜躺在一起的時候，也開始寫一些短詩和長詩。然後發生了一些和藝術毫不相干的事。

　　我們乘坐城際輕軌來到勒爾特火車站。鐵支架仍然矗立在那裡。經過國會大廈的廢墟和勃蘭登堡門，在勃蘭登堡門的頂上缺了那面紅旗。一直到了波茨坦廣場，我們才從占領區邊界的西邊一側，看見到底發生了什麼事情，以及這時或者

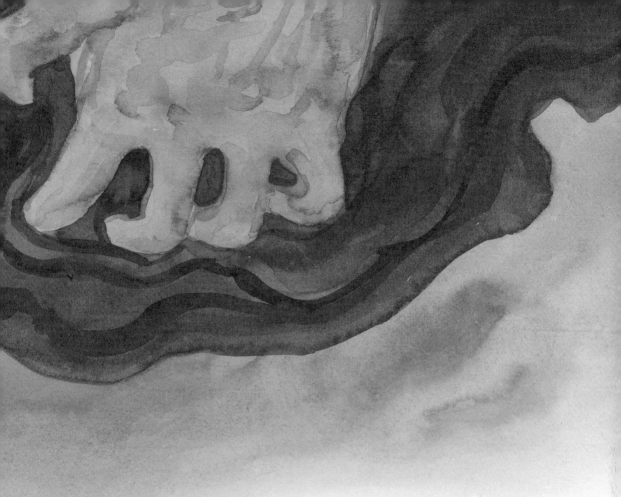

是從雨漸漸小了之後，正在發生的事情。哥倫布之家和祖國之家冒著濃煙。一個街頭售貨廳正在熊熊燃燒。燒成灰的廣告傳單被風捲著濃煙扶搖直上，然後又像一片片黑色的雪花從空中紛紛揚揚地落下。我們看見人群沒有目標地湧來湧去。沒有民警，但是有幾輛蘇聯製的T-34型坦克被夾在人群中間，我認識這種型號。

在一個牌子上面寫著警告：「注意！您正在離開美國占領區。」然而，幾個半大的孩子騎著自行車或者沒騎自行車，仍然大膽地過去。我們留在西邊。我不知道，安娜是不是還看見了別的什麼，或者看見的比我多。我們倆看見那些蘇聯士兵的娃娃臉，他們正在沿著邊界挖溝。我看見遠處有人扔石頭。到處都有足夠的石頭。把石頭扔向坦克。我真應該把扔石頭的姿勢畫下來，站著寫一首詩，或

長或短，為這種扔石頭的行為寫點什麼，但是我一筆也沒有畫，一個字也沒有寫，扔石頭的姿勢卻始終銘記在心。

　　直到十年以後，安娜和我已經當了父母，被幾個小孩折磨得很辛苦，我們看著波茨坦廣場變成了真空地帶，並且用牆隔開，這時我才寫了一個劇本，這齣名叫《平民排練起義》的德國悲劇讓兩個德國的主流評論家們都很生氣。在這齣四幕劇裡涉及了權力和軟弱無能、有計畫的和自發的革命、對莎士比亞是否允許改動的問題、標準的提高和一塊撕碎的紅布片、講話和反駁、傲慢者和懦弱者、坦克和扔石頭的人，這是一次陰雨綿綿的工人起義，剛被鎮壓下去，日期是6月17日，被歪曲成人民起義，被美化成一個節日，在西邊，每一次過節總是有越來越多的人死於交通事故。

　　然而，東邊的死者卻是被槍殺、處決和拷打致死的；此外，還有一些人被判處有期徒刑；鮑岑監獄嚴重超員。這一切都是後來才公諸於世。安娜和我只看見一些昏倒在地、扔石頭的人。我們從西區看過去總隔著一段距離。我們倆相愛，也都非常熱愛藝術，我們不是那些朝坦克扔石頭的工人。從此以後，我們知道這場戰鬥會經常重演的。有的時候，扔石頭的人甚至也會獲得勝利，即使是遲了好幾十年。

1954 年

　　雖然我當時不在伯恩現場，但是我從收音機裡收聽到舍費爾把球從邊線長傳到匈牙利隊的禁區。那天，在慕尼黑我那間學生宿舍裡，收音機旁邊圍滿了我們這些學經濟的年輕大學生。是啊，即使是在今天，作為一家總部設在盧森堡的諮詢公司經理，上了年紀卻仍勤奮工作，我感到彷彿看見被大家稱為「老闆」的赫爾穆特·拉恩在奔跑中接球的情景。這會兒他一邊跑一邊正要射門，沒有射，晃過了兩個上前阻截的對方隊員，又繞過幾名後衛，從十四公尺遠的地方用左腳一記猛射，將球踢進了球門的左下角。格羅西斯沒有撲住。離比賽結束還有五、六分鐘，比分是三比二。匈牙利隊猛烈反攻。科克西斯長傳到前場，普斯卡斯搶到落點，但是進的一球不算。抗議也無濟於事。據說當時這位匈牙利人民軍少校站在越位的位置。在最後一分鐘時，齊波爾控制住球，從七、八公尺的地方射向球門近角，但是被托尼·圖雷克用雙拳擊出邊線。匈牙利人又發了一次界外球。然後，林格先生就吹響了終場的哨聲。我們是世界冠軍，我們向全世界表明我們又回來了，不再是被打敗的。撐著雨傘在伯恩體育場載歌載舞。我們也在慕尼黑我那間小屋裡圍著收音機怪聲怪氣地高唱「在全世界高於一切」。

　　我的故事並沒有到此結束。實際上是從現在才剛開始。我那些1954年6月4日的英雄，不叫齊波爾或拉恩，也不叫希德格奎蒂或莫洛克，幾十年來我一直作為經濟學家和投資顧問，從我的所在地盧森堡照顧管理我崇拜的偶像弗里茨·瓦爾特和費倫茨·普斯卡斯的經濟利益，即使都是白忙一場。他們不願意別人幫忙。我所有的民族主義沒有得到利用，一直只是停留在消除障礙的鋪路架橋的工作上面。在那次重大比賽之後，這兩個人立刻就成了死對頭，這個匈牙利少校硬說那個德國的足球運動員具有條頓人的狂妄自大，甚至還使用了興奮劑。據說他是這麼說的：「他們踢球的時候口吐白沫。」直到一年之後，他這時已經和皇家馬德里俱樂部簽了約，然而仍然被禁止在德國境內參加比賽，他終於勉強地寫了一封道歉信，因此，實際上已經沒有任何東西阻礙瓦爾特和普斯卡斯之間進行一次業務聯繫；我的公司也立刻著手居間斡旋提供諮詢。

　　白辛苦了一場！雖然弗里茨·瓦爾特獲得了勳章，被稱為「貝岑貝格的國

王」，但是他為愛迪達和一家香檳酒釀造廠做廣告被估價過低，以致一直拿很低的報酬，這家釀造廠甚至還獲准用他的名字作商標，比如「弗里茨・瓦爾特榮譽飲料」；直到他的幾本關於國家隊塞普教練和瓦爾特率領的十一名隊員軟磨硬纏得來世界冠軍的暢銷書，給他帶來豐厚的收入，他才能夠在卡爾斯魯厄緊靠著古堡廢墟的地方建起了一家簡陋的電影院，休息廳裡還有代售彩票的販賣部。實際上收入很可憐，因為這一行沒有多少利潤。50年代初，他本來可以在西班牙交上好運的。競技馬德里俱樂部派出了一個說客，文件箱裡裝了二十五萬訂金。可是，謙虛且總是過分客氣的弗里茨拒絕了，他願意留在普法爾茨，在那裡而且只是在那裡當國王。

　　普斯卡斯則完全不同。在流血的匈牙利革命之後，他留在西方，他當時正和國家隊在南美比賽，他放棄了自己在布達佩斯的一家經營良好的飯店，後來入了西班牙國籍。他在佛朗哥專制政權下沒有麻煩，因為他從匈牙利帶來了一些與此有關的經驗，在匈牙利，執政黨曾經把他頌揚為「社會主義的英雄」，就像捷克人對他們的查托佩克那樣。他為皇家馬德里踢了七年之久，撈了好幾百萬，他把這些錢投進一家生產義大利式香腸的工廠，「普斯卡斯香腸」甚至還出口到外國。同時，這個食量很大且一直在與超重抗爭的傢伙，還經營了一家品位很高的飯店，名字叫作「普斯卡斯飯店」。

　　當然，我崇拜的這兩個偶像都走向了市場，但是他們卻不懂得把他們的利益綁在一起；也就是説作為雙料產品出售。例如，把普斯卡斯少校的義式香腸配上「弗里茨‧瓦爾特的加冕」高級香檳酒一起出售，但是，即使是我和我這家專門搞企業合併的公司，也沒有能夠促成這個來自布達佩斯郊區的前工人子弟，和那個來自普法爾茨、前銀行學徒成為業務夥伴，讓這個鄉下的英雄和那個世界公民在雙方都有利可圖的基礎之上和解。兩個人都懷疑任何形式的合併，表示拒絕或者讓人表示拒絕。

　　人民軍少校大概還一直認為，當時在伯恩不是越位在先射進的那一球，而是被扳成了平局：三比三。他可能會認為，那個裁判，林格先生，是在進行報復，因為前一年匈牙利成功地在神聖的溫布利球場注定了英國的第一場主場失利：匈牙利人以六比三獲勝。弗里茨‧瓦爾特的女祕書甚至拒絕接受我親自轉交的一份作為禮物的「普斯卡斯義式香腸」，她不給一點情面地保護著那位貝岑貝格的國王。這是一次我一直還在咀嚼的失敗。也許就是這樣，我有時才會產生這個想法：要是裁判在普斯卡斯射進那個球之後沒有吹「越位」，我們在延長時間裡比分落後或者輸掉了那場應該進行的複加賽，最後又是被打敗而不是贏得世界冠軍離開球場，那麼德國的足球會怎麼樣呢……

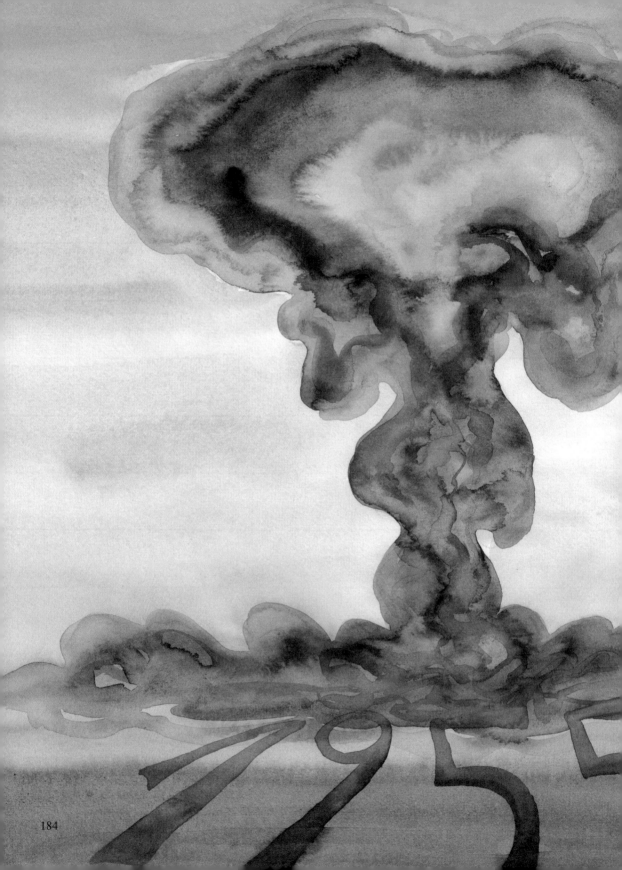

184

1955年

　　早在前一年我們那棟獨門獨院的房子就蓋好了，一部分是由建房儲蓄協定提供貸款，我想是和威斯滕羅特簽訂的。爸爸是公務員，他認為同這家公司簽這種協議，按照他的說法，還是「相對有保障的」。這棟房子有五間半房間，即使沒有防空洞，我們三個女孩，還有媽媽和奶奶，很快地都感到很舒適，但是爸爸總是一再強調，他是不惜為此額外花錢的。還在制定建房計畫的時候，他就一封接著一封地寫信給施工的那家公司和官方主管建築的機構，裡面還附寄了一些美國核子試驗區上空的蘑菇雲照片，還有廣島和長崎的「（按照他的說法）相對沒有受到損害的應急防空洞」的照片。他甚至還寄了一些沒多少用處的設計草圖，供他們參考：一個可以容納六至八個人的地下室，閘門式進口，外推式的門以及一個緊急出口。當這些「（按照他的說法）在原子時代對於相當大一部分平民百姓絕對必要的防護措施」沒有得到重視時，他的失望相當之大。據官方主管建築的機構說，是因為沒有國家方面的規定。

　　爸爸一向不是特別反對原子彈。他承認原子彈是一種不可或缺的壞東西，只要世界和平受到蘇維埃勢力的威脅，人們就必須認可原子彈。他肯定會熱情地對聯邦總理後來為了禁止任何關於民防的討論所作的各種努力吹毛求疵。「這都是選舉策略上的花招，」我聽見他說，「不想讓人民感到不安，把原子彈僅僅看成是炮兵的繼續發展，還自以為很狡猾，這個老狐狸。」

　　無論如何，我們的那棟小房子立在那裡，鄰居們很快就把它叫作「三個女孩之家」。花園也可以訂製。我們被允許幫忙栽種水果樹。不僅是媽媽，還有我們幾個孩子也注意到，爸爸設法在園子裡背陰的地方留出了一塊相當大的正方形。直到奶奶按照她的一貫作法嚴厲地對他進行盤問，爸爸才洩露了他的計畫，他承認，要按照從瑞士民防機構獲得的最新知識，建造一個地下的、「（按照他的

說法）成本相當低」的防空洞。夏天，好多報紙披露了一次核演習令人吃驚的細節，1955年6月20日，所有西方強國都參加了這次代號為「白色卡片行動」的演習，整個德國，不只是我們聯邦德國被作為核戰場，根據粗略估計列出的清單，會有將近兩百萬人死亡，三百五十萬人受傷，當然，東德的人還沒有計算在內。這時，爸爸開始行動起來。

可惜，他不讓別人幫忙完成他的這項計畫。與官方主管建築機構會產生許多麻煩，這導致他只願意相信「（按照他的說法）自己的力量」，就連奶奶也無法阻止他。後來又公布了這些年來哪些危險是由圍繞地球飄遊的雲層帶來的，這些雲層懷疑被染上了放射性的塵埃，預計隨時都有可能突然爆發，即所謂的「脫落」，更糟糕的是，早在1952年就在海德堡及其周圍地區的上空發現了這種受到污染的雲層；也就是說，正好在我們的頭頂上。這時，對爸爸來說，再也沒有任何原因可以阻止他了。這時甚至奶奶也對這種她稱之為「沒完沒了的挖掘」深信不疑，而且還出錢買了好幾袋水泥。

爸爸在土地登記局當處長，他沒有找人幫忙，自己利用下班後的時間挖出了一個4.5公尺深的洞。他也沒有找人幫忙，又利用一個週末用混凝土澆鑄了圓形的地基。他也會用混凝土，把進口、出口與閘門室澆灌在一起。平時不怎麼喜歡表揚別人的媽媽，也過分地對他大加讚揚。也許正因如此，他後來在給我們的「（按照他的說法）相對防原子輻射的家庭防空洞」加上一層木板的頂，再澆上一層新和的水泥時，也放棄了找人幫忙。看上去已經大功告成了。事故發生的時候，他正在這個圓形建築裡面檢查防空洞的內部情況。木板的頂塌了下來。他被大量的水泥壓在了下面，任何幫助對他來說都太遲了。

不，我們沒有完成他的計畫。不僅僅是奶奶反對。我從此以後一直參加復活節的反核遊行，這肯定是爸爸不願意看到的。很多年來我一直反核，甚至成年之後，我還帶著幾個兒子在穆特朗根和海爾布隆參加過反對部署潘興導彈的活動。但是，大家都知道，這也沒有幫上多少忙。

1956 年

在那個悲傷的一年的3月，我在克萊斯特墓地遇到了這兩個人，他們倆同一年相繼去世，這一個在7月，剛度過七十歲的生日，那一個是在8月，還不到六十歲，我感到世界空落落的，舞臺空蕩蕩的，我當時正在大學攻讀日耳曼語言文學，在這兩位巨人的陰影下勤奮地寫詩，從墓地那個偏僻的地方可以眺望萬湖，在這裡曾經有過一次方式罕見的會面，不管是偶然的，還是事先約定的。

我假設他們是祕密地約定了地點和時間，也可能是靠那些居間安排的女人們。只有我是偶然在那裡的，我這個沒有露面的可憐大學生，認出了這個像菩薩似的光頭和那個弱不禁風、從第二眼就可以看出有病在身的人。我很困難地與他們保持一定的距離。那是3月的某一天，出太陽但卻很冷，沒有一絲風，因此，他們的聲音傳得很遠，一個聲音柔和，嘮嘮叨叨，另一個聲音洪亮，有一點假聲假氣。他們話不多，時常出現冷場。兩人一會兒彼此靠得很近，就像是站在同一個基座上，一會兒又只是關心那個為他們規定的空隙。這一個被城市的西半部視為文學的無冕之王，那一個則是在城市的東半部隨時可以求援的主管人物。那些年裡，東邊和西邊之間正在交戰，即使只是冷戰，而人們把他們倆也弄得矛盾尖銳。只有憑藉雙倍的狡猾，才能為他們在這種戰爭制度之外的會面找到一個地點。我崇拜的這兩個偶像大概也很高興能夠將他們的角色擺脫一個小時吧。

可以看見他們倆，也可以聽見他們倆的說話。我聽見的那些完整的句子和連聽帶猜自己補上的那些半個句子，都不帶有敵意，也不是針對對方的。兩個人引用的話，都不是要求自己而是要求別人信守諾言。他們的選擇從雙重含義上來說，是在尋找消遣。這一個隨口說出那首名為〈後代〉的短詩，津津有味地背誦了結束的那幾句，就好像這首詩是他自己寫的：

「當錯誤耗盡的時候，虛無坐在我們的對面，作為最後的一個股東。」

那一個則有一些漫不經心地背誦了對方早期的詩歌〈男人和女人穿過癌症病房〉裡的最後幾句：

　　「這裡農田膨脹，已經圍住了每一張床。肉體平展入土。炎
熱消退。汁液正要流淌。土地在呼喊。」

　　兩位行家就這樣饒有興致地相互引用對方的詩句。他們在引文之間
也相互讚揚，有時也開玩笑地濫用一些我們大學生耳熟能詳的詞句。這一個大聲
說道：「您成功地表現了陌生化效果。」那一個則假聲假氣地說：「您的那個西
方的屍體陳列室，以獨白的方式，從辯證法方面，支援了我的敘事劇。」還有一
些相互取笑和諷刺挖苦。

　　然後他們又取笑前一年去世的湯瑪斯・曼，他們諷刺地模
仿他的「結實耐用的主題」。下面輪到貝歇爾和布洛內恩，用他們
的名字來玩語言遊戲。對於他們政治過錯的衍生物，他們只是進行了短
暫的相互攻擊。這一個嘲諷地引用了那一個的一首偏袒的讚美詩中的兩行詩句：
「……蘇維埃人民的偉大總指揮，約瑟夫・史達林，談論穀子，談論肥料和季
風……。」那一個則將這一個對元首國家的短暫熱情，與他的宣傳文章〈多立克
式的世界〉和向法西斯的未來主義者馬里內蒂表示敬意的一次講演聯繫在一起。

這一個再反過來用諷刺的口吻讚揚那一個的〈措施〉是「一個真正的托勒密的表達世界」，為的是立刻以引用那首名詩〈致後代〉的詩句，來減輕兩個在克萊斯特墓地碰面的有罪之人的罪責。

「你們，你們將從洪水中浮出水面。我們已經沉沒。思念吧。當你們提到我們的弱點，還有那個你們已經逃離的黑暗時代的時候。」

這個「你們」大概指的是我這個後來出生、正在一邊偷聽的人。這個告誡對我肯定就足夠了，雖然我期待著我所崇拜的偶像能夠對他們為人指路的錯誤，有更加清醒的認識。然而沒有更多的了。兩個人都在隱瞞方面經過訓練，這時開始談起他們的健康。這一個作為醫生很擔心那一個，一位姓布魯格施的教授前不久還建議那一個去醫院住上一段時間，因此那一個邊解釋，邊捶著自己的胸脯。這一個很關心隨著他的七十誕辰慶典即將來臨的「公開的熱鬧」，「對我來説，一杯冰鎮啤酒足矣！」那一個堅持預先安排遺囑：任何人都不允許把他公開安葬，即使是國家也不行。他的墓前不要任何人講話……這一個雖然對那一個表示贊同，但是他卻也有顧慮：「預先安排固然好。但是誰在我們的子孫後代面前保護我們呢？」

根本沒有談論政治局勢。沒有一句話提到西邊的國家和東邊的國家的重新武裝。最後幾個關於死者和生者的笑話引起哈哈大笑，然後兩個人離開了克萊斯特墓地，沒有提到這位被注定要在這裡永垂不朽的作家或者引用他的詩句。在萬湖火車站，住在遜內貝格區巴伐利亞廣場附近的這一個乘的是城際輕軌；有一輛轎車等候著那一個，還有司機等候著，可以相信，司機是要把他送到布科夫區或是送到造船工人大壩街。夏天來到的時候，兩位都在不久前相繼去世，我決定，燒掉我的那些詩，放棄日耳曼語言文學，從此以後在工業大學勤奮地學習機械製造專業。

1957年

親愛的朋友：

在這麼長時間從事同一種工作之後，我迫切地要寫這封信給你。即使我們已經各走各的路，但是基於你我之間一直延續的戰友情誼，我也相信，我這封說知心話的信會到你的手上；可惜的是，這種小心謹慎的做法在我們分裂的祖國是不可或缺的。

現在借此機會友好地向你通報一下：在你們那一邊的聯邦國防軍和我們這一邊的國家人民軍組建完畢之後，我在這一年的5月1日被授予國家人民軍的銅質功勳獎章。在隆重褒獎我的工作的時候，我意識到這一榮譽有不小的一部分也是屬於你的，即我們曾經共同為發展德國的鋼盔作出了貢獻。

令人遺憾的是，在慶祝活動時卻忘了提到M-56型鋼盔以前的發展情況（出於可以理解的原因）；我們倆在上一次世界大戰期間就已經在塔勒股份鋼鐵廠負責製造鋼盔，身為主管工程師的我們加強完善了由弗萊教授和亨塞爾博士研製、後來通過射擊試驗的B-1型和B-2型鋼盔。你肯定還記得，最高軍事統帥部不准我們淘汰M-35型鋼盔，儘管這種鋼盔的缺陷（即兩邊的內壁太硬，著彈點的角度接近九十度）已從大量士兵傷亡得到了證明。上述兩種新型的鋼盔，1943年就已經在杜伯利茨步兵學校試用，改為平坦的傾斜角，證明可以提高射擊強度，在操作二十毫米反坦克槍和被稱為「煙囪筒」的八十毫米火箭筒時，也被證明完全可靠，在使用潛望鏡和「朵拉」報話機時也是如此。除此之外，還有其他一些通過專家鑑定證明的優點：鋼盔自重很輕，在使用任何武器和器械時，頭部有更大的活動空間，略去其他雜音不計，提高了聽覺能力。

可惜的是，你也知道，一直到戰爭結束仍然是用M-35型鋼盔。直到現在，隨著國家人民軍的建設，我才獲准在塔勒國營鋼鐵廠繼續研製經過多次試驗的B-1型和B-2型，並且作為國家人民軍的M-56型鋼盔投入成批生產。我們預計第一批生產的數量為十萬。鋼盔內部的充填工作，委託給陶莎國營皮革馬鞍飾品廠。我們的鋼盔完全可以拿出來展示，在這件事上我駁斥了有些地方某些人的嘲笑，說是很像捷克的幾種型號，這完全是偏見。

192

恰恰相反，親愛的朋友，你也看見了，在我們的共和國（即使並不那麼明顯），人們在鋼盔的造型以及軍裝的樣式方面，是以普魯士為榜樣，甚至繼承了久經考驗的士兵短筒靴和軍官長筒靴，而你們那邊名聲不佳的「布朗克局」則顯然更願意告別任何傳統。因此就乖乖地認可了一種美國的鋼盔式樣。軍灰色的制服也被洗到褪了色，變成了波恩的藍灰色。如果我在這裡強調說明，但願不會傷害你：這支聯邦國防軍雖然對外竭力以隨意的、盡可能是親民的方式出現，但是仍然不可能將它的侵略意圖隱藏起來，而且它的偽裝也顯得非常可笑。然而，在軍隊的指揮人選方面，總還是不得不動用那些有功勳的納粹德國國防軍的將軍們，我們這邊也是這麼做的。

現在我還想再提一下給予我的榮譽（原則上來說同時也是給予你的），因為在五一勞動節慶祝活動期間頒發給我銅質勳章的時候，我想起了我們漢諾威工業大學的施威爾德教授。畢竟是他在1915年研製成功了那種首先在凡爾登，然後在所有前線投入使用的鋼盔，接著用它取代了那種低劣的尖頂頭盔。我們在當他的學生時就相處得很好。當給予我（同時也是祕密地給予你）這麼多榮譽的時候，至少我的心裡是充滿感激之情。然而，我的快樂並不是純潔的：可惜的是，我們兩支德國的軍隊相互對峙。我們的祖國遭到分裂。外來的統治者希望這樣。只好寄望於在不太遙遠的某一天，我們肯定會重新獲得國家統一。那時，我們又可以像年輕時那樣一起漫遊哈爾茨山，再也不受任何邊界的阻礙。那時，我們聯合起來的士兵將戴上在兩次世界大戰中已經發展成為一種可以最大限度地彈開射來的槍彈、同時也繼承了德國傳統式樣的鋼盔。親愛的朋友和戰友，我們有幸為此作出了貢獻！

你的埃里希

1958 年

　　這些是肯定的：就像在美食熱潮之後是旅遊熱潮一樣，隨著經濟奇蹟也出現了德國小姐奇蹟。最早出現的是哪些封面女郎？誰在1957年就已經成了《明星》週刊的頭條新聞？當小姐奇蹟漂過大西洋，《生活》雜誌用大幅照片把「來自德國的轟動」登在封面時，在許多正在成長的美女中間，哪些名字被提到了？

　　作為最早的觀眾，我在50年代就看上了這一對孿生姐妹，她們當時剛從對面的薩克森過來，利用放假的時間看望她們那個並沒有娶她們母親的父親。經我的介紹，她們倆開始在「帕拉丁雜要劇院」表演雜要，她們留在西方，但是對她們萊比錫的芭蕾舞學校還是有一些念念不捨，因為愛麗絲和艾倫有更高的追求，夢寐以求的是有機會在杜塞爾多夫歌劇院表演《天鵝湖》什麼的。

　　很有魅力，滑稽有趣，就像她們說起薩克森方言一樣，每次我領著穿著紫丁香色長襪的姐妹倆漫步，從國王大街的櫥窗前面經過的時候，起初是引人注目，很快就引起了轟動。因此，她們被兩位四處旅行尋找人才的麗都劇場的經理發現，然後多虧我向孿生姐妹的父親說情，她們才能應聘前往巴黎。因此，我也打點了行裝。杜塞爾多夫的大驚小怪本來就煩死我了。因為我在媽媽去世之後不願意和我們繁榮興旺的洗滌劑生產企業的監事會結盟，公司就通融地付給我一筆錢，這樣從此以後我任何時候都有錢花，可以出門旅行，住得起最好的飯店，買一輛克萊斯勒，再雇一個司機，稍後在靠近聖特羅佩茨的山上買了一個牧人小屋，也就是說，可以過一種典型花花公子的生活；其實，我是因為凱斯勒這對孿生姐妹才鑽進這種只有外表上看來很有趣的角色。她們雙份的美麗吸引著我。這兩個薩克森的優良品種把我給迷住了。她們的極端單調無聊也給了我這個無用的存在提供了一個從未達到過的目標，因為愛麗絲和艾倫，艾倫和愛麗絲只是把我看成是一條有很強支付能力的哈巴狗。

　　在巴黎要想接近她們倆是很困難的。那個「風鈴草」，就是風鈴草小姐，一隻真正的母老虎，實際上是姓萊博維奇，她對待她那十六個表演歌舞劇的長腿姑娘，就像是對待修道院的修女：不准任何男人進入劇院的更衣室！不准與麗都的客人交往！演出之後送她們回旅館的計程車司機必須超過六十歲。在我的朋友圈

裡，我當時交往的是一夥國際好色之徒，有人說：「撬開一個銀行的保險箱，也比把一個風鈴草的姑娘弄到手還要容易。」

然而，我還是找到了機會，或者說，嚴格的女管教允許我把我愛慕的孿生姐妹帶到香榭麗舍大街散步。此外，她還交待給我一個任務，就是要不斷地開導安慰她們倆，因為管更衣室的女人由於她們條頓人的出身而對她們不理不睬，法國姑娘們則以卑鄙的方式對她們進行攻擊。她們倆必須以自己超過常人的苗條身高，為「德國豬」犯下的所有戰爭罪行負責。多麼痛苦啊！她們傷心地為此而痛哭！我像一個收藏狂似地輕輕擦去她們的淚水……

後來，也有一些效果，攻擊減少了。在美國，對「來自德國的轟動」的讚賞沒有受到任何謾罵的損害。最後巴黎也對她們崇拜得五體投地。不管是毛里斯・切瓦里爾，還是法蘭西斯・薩甘、摩納哥的格拉齊婭・帕德里齊亞或是索菲婭・羅蘭，我只要把凱斯特這對孿生姐妹介紹給他們，所有的人都驚喜若狂。惟獨麗茨・泰勒大概是嫉妒地看著我的這兩朵薩克森的百合花般腰身。

啊，愛麗絲，啊，艾倫！有多少人想要得到她們啊！但是，那些發情的公馬大概誰也沒有真的有機會做什麼。即使是在拍攝影片《空中飛人》的時候，湯尼・寇蒂斯和畢・蘭卡斯特不知疲倦地試圖想在她們倆這裡著陸，結果也沒有成功，而我根本就不必扮演監督者的角色。儘管如此，大家都是好朋友，也互相逗樂。拍片休息期間，只要艾倫和愛麗絲出現，那些好萊塢的明星們就逗樂地高喊「來份霜淇淋！」而我這兩位美人則回答：「來份熱狗！來份熱狗！」即使是畢・蘭卡斯特後來聲稱曾在她們倆中的一個旁邊躺下休息了很長時間，但是也沒有占到多少便宜，甚至幾乎就沒搞清楚，究竟是躺在她們倆中的哪一個旁邊。

她們也僅僅是看上去是非常美好。我獲得這種許可，任何時間，任何地點。也只有我可以這麼做，直到她們走上自己的道路，那是成功為她們鋪平的。她們的光芒使一切都相形見絀，甚至包括那個經常被引用、只是在議論德國經濟時才這麼說的奇蹟；因為，由愛麗絲和艾倫開始的那個薩克森小姐奇蹟，直到今天仍然讓我們感到驚訝。

1959 年

　　就像我們倆，安娜和我（那是1953年）如何互相在寒冷的1月，在柏林的「雞蛋殼」舞廳找到對方那樣，我們愉快地翩翩起舞，因為只有離開書展大廳及其展出的兩萬種新書和數千名喋喋不休的圈內人士，才可能得到解脫，花的是出版社的錢（魯赫特漢德出版社，或許是在S‧菲舍爾出版社那棟剛剛落成的「蜂箱」辦公大樓，肯定不是在蘇爾坎普出版社那些擦得閃亮的過道裡，不對，是在魯赫特漢德出版社租借的一個場所），我們每次總是這樣，安娜和我，一邊跳舞，一邊尋找對方，找到對方，伴著一支與我們年輕時代韻律相符的曲子，迪克西蘭爵士樂，似乎我們只有跳舞才能逃避這種鬧哄哄的場面，逃避書的洪水，逃避所有這些重要的人物，才能步伐輕盈地擺脫他們的議論：「成功！伯爾、格拉斯、約翰森，獲得了成功……。」同時也才能夠在快速的旋轉中排斥我們的預感，現在停下來了，現在又開始了，現在我們有了名氣，而且是兩腿富有彈性，緊貼在一起或者只是保持指尖的接觸，因為這種書展大廳裡的低聲細語：「檯球，推測，鐵皮鼓……」以及這種舞會的竊竊私語：「現在終於出現了德國的戰後文學……」，或者還有策略上的診斷：「儘管有西布爾格和《法蘭克福總彙報》，但是現在終於取得了突破……。」這些都只因跳舞成癮和得意忘形而一律遭到忽略，因為迪克西蘭爵士樂和我們心跳的聲音更響，它為我們增添了翅膀，讓我們進入失重狀態，以至於那本厚書的重量（厚厚的七百三十頁）在跳舞中消失了，我們從一個版次上升到又另一個版次，十五萬冊，不對，二十萬冊，有人高喊「三十萬冊！」還有人猜測和法國、日本、斯堪地納維亞簽訂了幾項版權合約，我們也超越了這一成功，正在腳不沾地地跳著，這時，安娜的那條下沿鉤織了許多齒形花邊、中間有三道褶的襯裙掉了下來，鬆緊帶繃斷了或者是我們失去了任何顧忌，因此，安娜毫無拘束地從掉下來的襯裙裡面飄然而出，用光腳的腳尖將襯裙挑起，扔向看著我們的人群、書展的觀眾，其中甚至還有讀者，他們和我們一起由出版社出錢（魯赫特漢德出版社）為這本已經非常暢銷的書慶祝，高喊「奧斯卡！」「奧斯卡在跳舞」；但是，這並不是那個和電話局的一位女士伴著〈老虎傑米〉的曲子翩翩起舞的奧斯卡‧馬策拉特，而是舞跳得默契十足的安娜和我，把弗蘭茨和勞烏爾這兩個小兒子託付給朋友們，乘火車長途旅行，而且

是從巴黎過來的，我在那裡一間潮濕的小屋裡，為我們的兩間陋室添煤取暖，面對漏雨滲水的牆壁，寫出了一章又一章，而安娜則在克里齊廣場的諾拉女士那裡每天把腳架在芭蕾舞練習槓上汗流浹背，那條掉下來的襯裙還是祖母留下來的遺產，直到我打完了最後幾頁，把清樣寄往諾伊維德，再用毛筆畫完了這本書的封面，上面是藍眼睛的奧斯卡，出版商（他姓萊費爾賽德）邀請我們去法蘭克福參加書展，為了讓我們倆能夠一起經歷、享受、品味、咀嚼這一成功。但是，安娜和我一直在跳舞，後來當我們出了名以後仍然一塊跳舞，可是跳來跳去我們之間可以談的話則越來越少。

1960 年

　　多麼不幸啊！雖然在羅馬仍然還是以一支全德聯隊參加奧運會，但是愛迪達
則最終分裂了。這都是因為哈里。他並不是故意要挑起我們兄弟倆之間的進一步
爭吵，但是他卻使我們倆的不和更加尖銳化，我們在生意上早就各走各的路，我
弟弟同樣也是在這兒，離菲爾特不遠的地方，開設了他的競爭企業──彪馬，但
是從來沒有達到，甚至僅僅是接近愛迪達的產量。

不錯，兩家公司控制了跑鞋和足球鞋的世界市場。但是，阿爾閔‧哈里讓我們倆相互爭鬥，自己從中獲利，同樣也是事實，他在創造紀錄的賽跑中，有時是穿著愛迪達跑鞋，有時則是穿著彪馬跑鞋，走向起跑線的。兩家公司都為此付錢。他在羅馬比賽時，穿的是我弟弟的跑鞋，但是後來當他以難以置信的奔跑奪得金牌之後，則是穿著愛迪達站在領獎臺上的。在蘇黎世的十秒世界紀錄出現之後，是我把他的那雙跑鞋收藏在我們的博物館裡，並且研製出「九秒九」的未來型號，以便讓哈里可以在羅馬穿著這雙九秒九的跑鞋走向起跑線。

不幸啊！他被我弟弟拉了過去，這對於我們兄弟之爭是很典型的，就在獲得金牌之後（哈里在四百公尺接力賽中也很成功），立刻就向體育新聞界介紹了八種以他的姓氏命名的彪馬式樣。從「哈里起跑」和「哈里衝刺」開始，最後以「哈里勝利」結束。真不知道彪馬必須為此付出多少錢。

然而，回心轉意與和好如初都已經太遲了，公司被賣給外國，我弟弟也死了，所有的敵視與仇恨都已經被埋葬，我既痛苦也清醒地認識到，我們倆真不應該和這個完全有理由被稱為「賽跑的狗」的傢伙交往。因我們的慷慨而開出的帳單很快也就放在辦公桌上了。他剛跑出了那個最終得到確認的世界紀錄之後，一件接一件的醜聞就追上了他。在羅馬，這個被寵壞的搗蛋鬼就和體育官員吵了起來，是為了接力賽的事。在下一年裡，他作為短跑運動員的生涯差不多就算結束了。也就是在飛速上升之後。啊，不是像有人說得那樣，原因不是交通事故，而是粗暴地違反了業餘運動員規則。說是我們，即愛迪達和彪馬，誘使這個可憐的年輕人走上了這一步。這當然是無稽之談，雖然我也不得不承認，我那位卑鄙的賢弟總是很擅長把賽跑運動員拉走，不管採用什麼方式。無論是菲特勒，還是格爾瑪，或是勞厄，沒有一個他沒有去試探過，然而他卻在哈里身上狠狠栽了一個跟斗。我今天仍然認為，體育法庭作出的判決太吹毛求疵，就這樣阻止了這個無可比擬的非凡短跑選手繼續再獲得勝利和打破紀錄，甚至黑人傑西‧歐文斯也曾經和白人阿爾閔‧哈里握手，表示讚賞。

我堅持認為：真是不幸啊！即使這個短跑天才的發展過程，顯示出他的天才在道德方面是多麼的營養不足，他後來不管是當房地產仲介，還是企業老闆，總是經常被捲入醜聞，最後在80年代初被拖進了那個由工會的企業「新家鄉」和慕尼黑教區最高主管機構的陰謀詭計設下的泥坑，導致他被以不誠實和欺騙的罪名判處了兩年的徒刑。然而，我的眼前卻始終出現這個高大的小夥子，從前出現在我弟弟眼前的大概也是這樣一個小夥子，以世界紀錄的時間，跑完了一百公尺的距離，跨了四十五步，最大的一步測量出來是二公尺二九。

　　他的起跑真棒！剛剛離開起跑器，他就已經超過了所有的人，也包括那些有色人種運動員。在許多年裡，這是由白人保持的最後一項短跑世界紀錄。多麼不幸啊，他無法親自把他這個十秒整的紀錄再縮短一些。要是阿爾閔・哈里留在愛迪達，沒有轉到彪馬和我弟弟混在一起，他肯定會跑出九秒九的。據說，傑西・歐文斯甚至相信他可以跑出九秒八。

1961 年

　　即使今天幾乎沒有人再想做這種事，甚至不會有人感興趣，我也會對自己說，準確地來說，這是你最美好的時光，你當時很紅，有人求你幫忙。有一年多，你生活得很冒險，因害怕甚至折斷了手指甲，你冒了許多風險，從來也不問是不是會把下一個學期也搭了進去。當那堵橫穿全城的牆在一夜之間建起來的時候，我是柏林工大的學生，而且已經開始對遠端供熱技術感興趣。

　　這件事引起了騷動。許多人上街示威，在國會大廈前面或其他什麼地方抗議，我沒有去參加。8月份，我還把艾爾克接了過來，她在那邊學的是教育學。用的是一本西德的護照，事情經過相當簡單，護照上面的資料及照片，對她一點問題也沒有。但是在月底的時候，我們就不得不對通行證進行修飾，而且分成小組操作。我是聯絡人。用我的那本聯邦德國護照，一直到9月底都很順利，是在希爾德斯海姆簽發的，實際上我就是在那兒出生的。但是，在此以後，每次離開東區時都必須交出通行證。只要有人及時向我們提供那些典型的東區紙張，我們大概也可以搞出這種通行證。

　　然而，如今已經沒有人還想知道這些事。就連我自己的幾個孩子也不想知道。他們根本不願意聽，或者乾脆就說：「好啦，爸爸。你們當時要比我們好一個等級，這是人人都知道的。」唉，也許將來我的孫子們會願意聽我講講當年我

204

是怎樣把他們當時陷在對面的奶奶接過來的，然後一塊參與以「旅行社行動」之名作為掩護的事情。我們中間有幾個人是用煮硬的雞蛋偽造印章的專家。還有幾個人可以用削尖的火柴棒搭出很複雜的小玩意。我們幾乎都是大學生，很左派，有學生社團的成員，也有像我這樣對政治一點也不感興趣的人。我們雖然也參加西區的選舉，柏林的執政市長是社民黨的候選人，但是我既沒有投票給勃蘭特和他的同志們，也沒有選上了年紀的阿登納，因為靠意識形態及自我吹噓，在我們這裡是行不通的，只是實踐才能算數。我們必須「更換」護照照片，這是當時的說法，也有外國護照，瑞典的、荷蘭的。或者透過聯絡人安排一些與護照上的照片和資料（例如頭髮顏色、眼睛顏色、身高、年齡）相近的。還有合適的報紙、零錢、舊車票，典型的零碎雜物，就是那些人們，比如一位丹麥的年輕女人，通常裝在手袋裡的東西。需要做大量的工作。一切都是不計報酬的，或者說只收成本價。

但是，在已經沒有任何不計報酬的今天，不再會有人相信，我們這些大學生當年是不收錢的。肯定也有一些人後來在挖隧道時伸手要錢、要東西。貝爾瑙大街那個專案辦得很愚蠢。那是一個三人小組，收了一家美國電視臺的三萬馬克，就讓他們在隧道裡面拍電視，對此我們一無所知。我們挖了四個多月。全是邊境

地區的沙子！這個隧道有一百多公尺長。拍電視的時候，我們已經把將近三十個人偷渡到了西邊，其中有老奶奶和小孩子，我當時想：這肯定是一部以後才放映的文獻紀錄片。可是，並不是這樣，很快就在電視裡播放了，假如隧道不是在播放前不久就被地下水淹掉了，儘管有昂貴的抽水設備，肯定也會有人立刻開閘向隧道裡面放水。儘管如此，我們仍然在別的地方繼續挖。

不，我們那裡沒有死一個人。我知道。這些故事往往誇張。要是有人從邊境的一棟房子的三樓窗戶向下跳，下面有消防隊撐開帆布接著，可是偏偏擦身而過，撲通一下摔到旁邊的石子路上，報紙準會連篇累牘，沒完沒了。一年以後，彼得・費希特在查理檢查站想跑過來的時候，被槍擊傷，因為沒有人營救，最後流血過多而死。這種消息我們是不會提供的，因為我們從不冒風險。儘管如此，

我也可以告訴您幾件當時就有人不願意相信的事，例如，我們通過下水道把許多人接了過來。那下面瀰漫著氨氣的臭味。有一條逃跑的路線，是從市中心通到克勞伊茨貝格，我們稱它為「鐘巷4711」，因為所有的人，逃亡者和我們，都不得不涉過淹到膝蓋的臭水。我後來充當蓋陰溝蓋的人，就是負責在所有的人都上路之後，再把入口的那個陰溝蓋按原樣蓋好，因為最後面的幾個逃亡者往往都很緊張，常常會忘記還要關上後門。在城市北部的廣場大街下面的排水溝就是這樣，有幾個人剛來到西邊，就大呼小叫起來。高興嘛，這是當然的啦。但是，這樣也讓那些在對面站崗的民警們恍然大悟。他們往下水道裡扔催淚彈。還有公墓的故事：公墓的圍牆是整個牆的一部分，我們在沙質土壤裡挖出了一個只能爬行的隧道，裡面總往下掉泥土，緊貼著安放骨灰壇的墓穴，我們的顧客都是一些帶著鮮花和其他墓前飾品、看上去心地善良的人，突然之間，就消失得無影無蹤。有幾次進行得非常順利，直到有一天一個年輕婦女想帶著小孩過來，而把她的童車留在蓋住的隧道入口旁邊，這樣一下子就引起了別人的注意……

必須預料到這種失誤。現在，如果您願意，我再講一個一切順利的故事。您聽夠了？明白了。人們已經聽膩了這些，對此我也習慣了。幾年前，當那堵牆還立在那兒的時候，完全不是這樣。有一些和我一起在這裡的遠端供熱廠工作的同事，星期天早上在工棚裡會問：「當時是怎麼回事，烏利？説説你把你的艾爾克弄過來時的前後經過……。」但是今天已經沒有人想聽與此有關的任何事，在斯圖加特這兒肯定更不會有，因為施瓦本人早在1961年那時就幾乎沒有參與，當時柏林正橫穿著……後來當那堵牆突然之間被拆掉的時候，參與的人就更少了。假如還有這堵牆，他們恐怕會更高興，因為那樣就會取消統一附加稅，自從牆倒以來，他們不得不掏錢交這種稅。好啦，我不説這些了，即使這是我最美好的時光，在下水道淹到膝蓋的臭水裡，或者穿過那個只能爬行的隧道……。無論如何還是我妻子説得對，她説：「你當時完全不是這樣。我們當年可是真正地生活過……」

1962 年

就像教皇現在踏上旅途，去非洲或波蘭視察他的臣民那樣，為了免遭不測，這個名氣很大的運輸隊長，當他在我們那裡坐在法庭面前的時候，也被塞進了一隻籠子，不同的是它只有三面是封閉的。朝法官席這一面，他的玻璃小屋是敞開著的。這是安全部門的規定，所以我只給這個大箱子的三面裝上了特種玻璃，是那種很貴的防彈玻璃。我的公司很幸運地接到了這項委託，因為我們總是有一些特殊要求的顧客。唔，整個以色列的銀行分支機構，迪岑格夫大街上的珠寶店，他們在櫥窗和玻璃櫃裡展示的全是貴重物品，希望確保安全，不會受到可能出現的暴力行動的威脅。早在紐倫堡的時候，我父親就是一家玻璃店的師傅，它曾經是一座美麗的城市，我們全家從前都住在那裡，店裡的業務一直延伸到施魏因富特和英格爾施塔特。唔，在1938年到處都被砸碎之前，一直都有工作可做，您可以想像得出是為什麼。公正的上帝，我是小孩子的時候，曾經咒罵這一切，因為父親很嚴厲，我每天都必須加夜班。

全憑一點點運氣，我和我弟弟才逃了出來，全家就我們倆。所有其他的人，其中有我的兩個姐妹和所有的堂姐妹，在戰爭爆發的時候，先是都去了特蕾辛城，然後，我知道可能去了索比伯爾、奧斯威辛。只有媽媽是在這之前，就像人們說的那樣，完全自然地去世的，即心臟功能缺損。但是，格爾松，就是我弟弟，後來也沒有弄到詳細情況，在終於和平了之後，他曾經在弗蘭肯地區到處打聽了解。他只了解到是在什麼時候被運走的，因為那一天從我們家一直定居的紐倫堡開出了一些擠得滿滿的列車。

唔，他，這個在所有報紙上被稱作「死亡的運輸者」的人，現在就坐在我那個玻璃箱子裡面，這個箱子必須防彈，它也的確是防彈的。請原諒，我的德語可能有一點差勁，因為當年我拉著我弟弟的手搭船去巴勒斯坦的時候只有十九歲，但是那個坐在箱子裡總在擺弄他耳機的傢伙，德語說得更差勁。所有的法官先生都能說一口很好的德語，他們也認為，每次他說的句子長得就像條蟲，沒人能聽得明白。但是，我坐在普通聽眾中間也能夠基本聽懂，他做的一切都是奉命行事。還有許多人也是奉命行事，但是卻靠著一點點小運氣仍然一直逍遙自在。他

們拿很高的工資，有一個甚至當了阿登納的國務祕書，我們的本・古里安不得不
和他為錢進行談判。

　　我對自己說：注意聽好，揚科勒！你真應該做出一百個，不對，一千個這
樣的玻璃箱子。你的公司再多雇一些人手，你就一定能夠辦到，只要不是一下子

就需要所有的箱子。喏，要是提到一個新出現的人名，大概是叫阿諾伊斯·布魯納，總是可以再把一個很小的、裡面只有姓名牌的玻璃箱子，象徵性地放在艾希曼的玻璃箱子和法官席之間，放在一張完全特別的桌子上，最後很快就會放滿的。

人們對此已經寫了許多東西，喏，關於罪惡，也有一些是老套。直到他被套上脖子吊死之後，人們寫得才少了一些。但是，在審理這個案子的整個過程中，所有的報紙都報導這件事。只有加加林，這個坐在宇宙艙裡受到讚美的蘇聯人，才和我們的艾希曼形成了競爭，以至於我們的人和美國人都非常嫉妒這個加加林。但是，我當時就問過自己：揚科勒，你難道不認為這兩個人處在相似的位置嗎？每一個人都是完全封閉、與外面隔絕的。只不過這個加加林更加孤獨罷了，因為我們的艾希曼總是可以得到一些可以交談的人，我們的人是從阿根廷把他弄回來的，他在那裡養雞。他自己也喜歡講話。他最喜歡講的是，他最願意做的事就是把我們這些猶太人送到馬達加斯加去，而不是送進毒氣室。而且他一點也不反對猶太人。他說，他甚至很讚賞我們關於猶太復國主義的思想，因為人們可以為這個好主意做一些組織性的工作。假如他沒有接到負責運輸的命令，猶太人今天很可能還要感謝他呢，因為他曾經親自處理過大量移民的事務。

我對自己說：喂，揚科勒，你真應該感謝這個艾希曼帶給你的一點運氣，因為格爾松，就是你弟弟，還有你，在1938年還被允許出國。只是你不必為全家的其他人表示感謝，父親、所有的姨孀叔伯、所有的姐妹和你的幾個漂亮的堂姐妹，總共近二十個人。我很願意跟他談談這件事，因為他知道詳情，喏，關於運輸的目的地，我的姐妹和嚴厲的父親最後到底去了哪裡。但是我沒有得到許可。有足夠的證人在場。除此之外，我也很滿意，我能夠獲准為他的安全負責。他可能也很喜歡他的防彈玻璃小屋。當他露出一些微笑的時候，看上去是這樣。

1963年

一個可以居住的夢。一種保持不變固定拋錨停泊在那裡的現象。啊，我是多麼興奮啊！一條船，一條設計獨特的帆船，同時也是音樂船，橙紅色的，擱淺在那堵隔開一切且非常難看的牆的旁邊，周圍是一片荒地，它大膽地聳起船頭對抗野蠻，就像人們後來所見，它與附近的其他一些仍然顯得很現代的建築相比，成為超現實的東西。

有人說我的歡呼是少女的天真，黃毛丫頭的誇張，然而我並不為我的興奮感到羞愧。我耐心地或許也是出於目空一切的冷靜，忍受著衣帽間那些上了年紀的女人的嘲笑，我畢竟知道，我這個來自維爾斯特沼澤地的農民女兒，沒有權利狂妄自大、自以為是，現在多虧了有獎學金才能成為一個發奮學音樂的大學生，只是有時為了賺這筆小錢才來看管衣帽間。況且，我那些成熟的女同事在衣帽間的長條桌後面講的那些諷刺話，也是善意的。「我們的笛子姑娘又在練習那幾個最高音。」她們一邊說一邊試著吹吹我的那把樂器；橫笛。

實際上是奧雷勒‧尼科萊特，我崇拜的藝術大師，是他讓我這個如癡如醉的女學生鼓足勇氣，敢於動人地表達出興奮之情，不管是對一種為人類服務的理想，還是對一條名叫「音樂廳」的擱淺的船；他也是一個熱情活潑的人，鬈髮像火焰似的，我當時覺得配上他的臉有一種誘人的吸引力。不管怎樣，他把我對那條擱淺的船的比喻立刻翻譯成了法語：「Bateau échoué」。

那幾個柏林女人卻又開始運用她們的幽默，把這座建築如帳篷般的基本特點與樂隊指揮的中心位置混在一起，毫不猶豫地把這個偉大的設計稱為彆腳的「卡拉揚的馬戲團」。有人讚揚，也有人挑剔。建築師之間的同行嫉妒也表現出來了。只有那位我同樣崇拜的尤里烏斯‧波塞納教授說了一些符合實際的話，他說：「只有薩洛恩才有資格建造一種皮拉內西式的空間，他把監獄特徵轉變成一種壯觀華麗的……。」然而我堅持認為：它是一條船，在我看來，是一條監獄船，它的內心充滿音樂，在我看來，充滿了在此空間裡捕獲到且同時又馬上釋放出去的音樂，音樂居住在這裡，賦予這裡靈魂，掌控這裡的一切。

音響效果如何？所有的人，幾乎所有的人，都對此表示讚揚。進行音響測試的時候，我也在場，我也被允許在那裡。在隆重的首場演出之前，卡拉揚當然是指望由他來指揮貝多芬的「第九交響樂」，我沒有請求批准，就擅自悄悄地溜進了光線昏暗的音樂廳。只能隱隱約約地看出有幾層樓廳。只有幾盞強光照明燈照亮了位於最低處的舞臺。這時從黑暗中有一個聲音有點不耐煩地，但實際上是出於好意地衝著我高喊：「不要傻站著，小姐！我們需要幫忙。快站到舞臺上

去！」我這個來自沼澤地的倔強農民的女兒，平時從來不會找不到反駁的話，這時卻趕緊跑下臺階，繞了幾個彎之後站在燈光下，有個男人，後來我才知道他是音響師，把一支左輪手槍塞在我的手裡，簡單地解釋了幾句。從像蜂房堆砌成一層一層黑暗的音樂廳，又傳來了那個不耐煩的聲音：「把五發子彈全部連續射出。不要害怕，小姐，只是空包彈。現在開始，我說，現在開始！」

我聽話地舉起左輪手槍，一點也不害怕，據說看上去「像天使一樣美麗」，這是別人事後告訴我的。我就站在那裡，連續扣了五次扳機，為了能夠進行音響效果測試。瞧，一切都很順利。那個從黑暗中傳來的聲音，是建築大師漢斯·薩洛恩。從此以後，我崇拜他也像從前崇拜我的笛子老師一樣。因此，也許是聽從了一種內心的呼喚，我放棄了音樂，滿腔熱情地開始學習建築。因為現在沒有了獎學金，因此我偶爾也仍然在音樂廳的衣帽間打工。我就這樣從一場音樂會到另一場音樂會，親身經驗到音樂和建築是多麼的相輔相成啊，特別是當一位「造船工程師」捕捉同時又釋放音樂的時候。

1964年

　　確實，所有那些可怕的事情，曾經發生過的、與此有關的，我都是後來才明白，那是在我們不得不趕緊辦理結婚手續的時候，因為我已經懷孕了，我們在「羅馬人廣場」真的走錯了門，在我們法蘭克福，戶籍登記處就設在那裡。不錯，那麼多臺階，心情激動。可是，人們告訴我們：「你們找錯地方了。在下面兩層。這裡正在進行審判。」我問了一句：「什麼審判？」「嗯，就是控告奧斯維辛的作案人。難道您不看報紙嗎？所有的報紙都報導這件事。」

　　這樣，我們又來到了樓下，幾位證婚人已經等在那裡。我的父母沒有來，因為他們起初是反對這樁婚事的，但是海納的父母來了，而且非常激動，還有長途電話局的兩個女朋友。事後我們所有的人都去了棕櫚園，海納已經在那裡預定了一張桌子，我們好好地慶祝了一番。但是，在結婚之後，我就擺脫不了這件事，總是經常去那裡，雖然我已經有五、六個月的身孕，司法當局已經把審判改到弗蘭肯大街，在那裡的加魯斯市民之家有一個很大的廳，可以提供更多的座位，特別是提供給聽眾的座位。

　　海納從來沒有一起去過，他就在附近的鐵路貨運站工作，下了夜班之後，完全是可以去的。但是我把一切可以講的都跟他講了。所有那些可怕的數字，竟然達到好幾百萬，簡直無法理解，因為總是有人說，其他的數字才是事實。確實，據說被毒氣毒死的或以其他方法喪命的人數是三百萬，然後又說最多只有兩百萬。在法庭上發生的事情同樣糟糕，甚至更糟糕，因為就在眼前。我對海納講了這些，直到他嚷嚷了起來：「別再說啦！這些事發生的時候，我才四歲，最多五歲，你當時才剛剛出生。」

　　這話不錯。但是海納的父親和叔叔庫爾特都當過兵，他叔叔其實真是一個很討人喜歡的傢伙，他們倆一直到了俄羅斯的腹地，這是海納的母親有一次對我說的。然而，在貝婭特的洗禮儀式上，全家終於團聚，我想對他們倆講講加魯斯市民之家的審判及卡杜克和柏格的事，卻只是聽見了這樣的話：「我們一點也不知道這些事。是在什麼時候？1943年？那時在我們那兒只剩下撤退了……」庫爾特

叔叔說：「我們當時被迫撤出克里米亞半島，我也終於可以回家休假，我們這裡已經被炸平了。但是卻沒有任何人提到美國佬和英國人對我們進行的這種恐怖行為。當然，因為他們勝利了，有罪的總是其他的人。別再說啦，海蒂！」

但是海納卻不得不聽。我真的是強迫他聽，因為我們登記結婚的那天在「羅馬人廣場」走錯地方，闖進了奧斯維辛，更糟糕的是，闖進了有焚屍爐的比爾克瑙，這一切絕對不是偶然的。起初他不願意相信這些，例如，一個被告命令一個犯人親手把自己的父親按在水裡淹死，此後這個犯人完全瘋了，也就是這樣，這個被告當場就槍殺了這個犯人。或許是在十區和十一區之間的小院子裡，靠著一堵塗成黑色的牆進行的。槍決！估計有好幾千人。在審理此事的時候，沒有人知道準確的數字。況且，要回憶也是很困難的。當我對海納講起那個鞭韃的時候，他一開始根本就不想弄明白，鞭韃是這個威廉·柏格的叫法，是他發明了這樣一個讓囚犯開口說話的器械。我在一張紙上詳詳細細地為他畫出了一位證人借助模型向法官們演示的過程，這個模型是這位證人專門為這次審判自己動手做的。一個穿著條紋囚服的犯人被高高地吊在一根桿子上，就像是一個木偶，而且被用繩子捆綁成特定的姿勢，以便這個柏格可以準確地、不斷地擊中兩腿之間的睪丸。是的，準確地擊中睪丸。「你想像一下，海納，」我說，「當這個證人向法庭陳述這一切的時候，柏格竟然暗暗笑了起來，咧開了嘴角，他坐在被告席上靠右邊的地方，也就是在這個證人的後面……」

沒錯！我也捫心自問。這是人幹的事嗎？儘管如此，也有一些證人聲稱，這個柏格平時舉止還是挺中規中矩的，他總是關心在司令部裡放上鮮花。據說，他真正仇恨的是波蘭人，對猶太人的仇恨則要少得多。是啊，那些在集中營和比爾克瑙的毒氣室和焚屍場的事，要比這個鞭韃更難弄明白，大量的吉普賽人在比爾克瑙特別建造的木板房裡被毒氣毒死。這個柏格和海納的叔叔庫爾特有一點相似之處，特別是當他和藹地東張西望時，這些我當然沒有跟別人講，因為這樣對庫爾特叔叔就太卑鄙了，他是一個心地善良的人，是和藹親切的化身。

217

儘管如此，這些有關鞦韆和其他事實的事情，一直影響著海納和我，以至於我們每到結婚紀念日總是不得不想起這些，也是因為我當時正懷著貝婭特，後來我們對自己說：「但願這個孩子對這一切什麼也沒有聽見。」去年冬天，海納對我說：「夏天，如果我能獲准休假，我們也許去克拉科夫和卡托維茲旅行。母親早就想去，因為她實際上是來自上西利西亞地區。我已經去過奧爾比斯。這是一家波蘭的旅行社……」

但是，我不知道，這對我們是否合適，會不會因此引出什麼事，即使現在很容易就可以得到簽證。不錯，據說克拉科夫離奧斯維辛不遠。這份旅遊廣告裡面介紹，甚至可以去那裡參觀……

1965年

　　朝後視鏡望上一眼，又飛快地駛出了幾公里。在帕騷和基爾之間旅行。跑了許多選區。為了獲得選票。駕駛我們這輛借來的轎車的是古斯塔夫·施特芬，他是明斯特的大學生，因為不是出生於太好的家庭，而是在信奉天主教的無產階級環境中長大，父親從前還參加過中央黨，所以只好選擇第二種受教育的途徑，一邊做機工學徒，一邊上夜校補習，因為他和我一樣也想為社民黨人吹噓叫好，「我們與他們不一樣。我們從不遲到！」合情合理、準時按點地為我們競選旅行的每一個排程打上勾：「昨天在美茵茲，今天去維爾茨堡。眾多的教堂和鐘聲。黑漆漆的巢穴，只是在周圍有一些亮點……」

　　我們在胡滕會堂前面把車停好。從後視鏡裡，我看見一塊橫幅標語牌上面的文字，青年聯盟那些總是梳著整齊中分頭的小夥子們，高舉著這塊橫幅標語牌，就像是舉著一塊發布聖靈降靈的福音牌，我先看見的是鏡子裡的反字，然後才看見正面：「這個無神論者在聖人基連的城市尋找什麼？」在擠滿了人的會堂裡，前面的幾排全被占據了，從他們身上的標誌可以看出，都是大學生聯誼會的學生們，這時我才作了一個平息噓聲的回答：「我在尋找蒂爾曼·里門施奈德！」指的是那個雕塑家兼該市的市長，在農民戰爭期間，有侯爵封號的主教當局，把他的雙手都弄殘廢了，他現在顯然是使用了魔法，使我一段一段的講演獲得了空間或許還有聽眾：「我讚美你，民主！」這是沃特·惠特曼的詩句，為了競選的目的，稍微做了一些更動……

　　不必從後視鏡裡看，而全憑記憶的東西是：這次旅行是由社會民主黨高校聯盟和自由民主黨大學生聯盟的學生們組織的，不管是在科隆，還是在漢堡或蒂賓根，他們都是迷惘的一大群，當一切還只是充滿希望的計畫時，我還在弗里德瑙區的尼德大街為他們煮了一鍋藏著陰謀詭計的扁豆湯。到那時為止，社民黨一點也沒有預料到自己受之有愧的幸運，但是後來當我們踏上旅途的時候，它至少也認為我們的那張宣傳畫很成功，即我的那隻啼叫著「社民黨」三個字的公雞。雖然我們收門票，會堂仍然擠得滿滿的，同志們也感到很吃驚。只是有一些內容並不合乎他們的口味，比如，我到處被別人援引的要求：最終承認奧得河－尼

斯河的邊界，也就是說公開宣稱放棄東普魯士、西利西亞、波莫瑞和那個讓我特別心痛的但澤。這些都已經偏離了黨代會的決議，還有我的那些反對第二百一十八條款的論爭；然而，另一方面，人們也看見來了許多年輕的選民，比如在慕尼黑……

今天，擁有三千五百個座位的皇冠馬戲劇場座無虛席。我的那首即興詩〈蒸氣鍋爐效應〉有助於抵抗一個右翼周邊小集團也在這裡發出的噓聲；這首詩，每一次，同樣也在這裡，讓大家情緒高漲：「……瞧瞧這個民族，在噓聲中團結一致。噓你，噓我，噓他，因為噓聲使一切相同，花的錢少，還發出熱氣。但是，培養這些充滿才智、發出噓聲的菁英，花得是誰的錢……」多好啊，我在皇冠馬戲劇場，從後視鏡裡看見幾個朋友坐在那裡，他們中間有的現在已經去世。漢斯·維爾納·里希特，我的文學養父，他最初在我開始這次旅行之前，曾經表示懷疑，之後卻說：「幹吧。這一切我都經歷過：格呂恩瓦德團體，向核死亡宣戰。現在你也可以去磨練一下自己……」

不，親愛的朋友，沒有任何磨練。我為此學習，探測長期積聚的污濁空氣，追蹤蝸牛的足跡，來到那些一直還在進行三十年戰爭的村鎮，比如現在是去克勞彭堡，這裡要比維爾斯霍芬或里斯河畔的比伯拉赫更加保守。古斯塔夫·施特芬一邊吹著口哨一邊開車，帶著我們穿過平坦的明斯特地區。乳牛，到處都

是乳牛，它們在後視鏡裡越來越多，形成了一個問題：這裡的乳牛是不是也信奉天主教。裝得滿滿的拖拉機越來越多，和我們一樣，也是開往克勞彭堡方向。這是一些家庭人口較多的農民，當這個有血有肉的人在我們租用的明斯特地區大廳裡講演的時候，他們也願意在場⋯⋯

為了這個〈任君挑選〉的講演，我用了兩個小時，平時則不到一個小時就嘩嘩嘩地讀過去了。我也可以拋開講稿，高唱我那支「讚美維利的頌歌」，或者讀一遍〈皇帝的新衣〉；然而，即使是朗讀一段《聖經・新約》也不能讓這種喧鬧平靜下來。對於扔雞蛋，我的反應是，提示一下「浪費的」政府對農業的補貼。這裡沒有人發出噓聲。這裡發生的是更加具體的事。幾個農民的兒子有目標地扔擲雞蛋，並且命中目標，四年以後，他們作為新加入的青年社民黨黨員，邀請我去克勞斯堡參加第二次選舉；這一次，我根據像沼澤洞一樣深的天主教知識，告誡那些扔雞蛋的人：「算了吧，小夥子們！不然的話，你們下個星期六必須對著神父先生的耳朵懺悔⋯⋯」

我們離開作案現場的時候，人們贈送了滿滿一筐雞蛋，維希塔和克勞彭堡以擁擠不堪的家禽飼養場而出名，我滿身污點地坐到司機旁邊，幾年以後在一次車禍中喪失了年輕生命的古斯塔夫・施特芬，看了看後視鏡說道：「大選肯定失敗。但是這裡會撈到一些選票。」

返回柏林以後，我們的房門被人點火燒了，當時我睡得很沉，安娜和孩子們嚇得要死。從那時起，德國也發生了一些變化，只是在縱火這件事上沒有改變。

1966年

存在（Sein）或者存在（Seyn），這兩個崇高的詞，用「y」或者不用「y」，突然之間不再有任何意義。突然間，本質、原因、一切存在和否定的虛無，似乎只不過是一些好聽卻毫無意義的字眼，我覺得自己也產生了懷疑，可以說是被叫到這裡來作證人的。在相隔這麼多年之後，因為在當前的這種喧鬧聲中，各種各樣相互矛盾又值得紀念的事件，比如五十年前開始啟用的德國馬克，還有1968年這個名聲不好的年份，就像是在冬季或夏季大拍賣時一樣，都被人們利用慶祝的形式加以告別，所以我寫下在這個夏季學期的某一天下午遇到的事。我小心翼翼地介紹一下在〈死亡賦格〉和〈托特瑙山〉這兩首詩之間與文本有關的信件往來，作為我在星期三這堂討論課的開場白，但是卻暫且省略這位哲學家和那位詩人之間值得紀念的會面，當我的學生們的第一批討論發言還處在對概念進行任意選擇的時候，我突然感到在內心深處受到許多問題的糾纏，這些問題的出現與時間太有關係了，以至於不可能按照現狀來確定它們的重要性：我當時是誰？我今天是誰？那個從前忘記存在的、總是很激進的六八分子如今變成了什麼？早在1968年的前兩年，他就已經投身其中，即使就像是偶然碰上的，當時在柏林第一次出現了反越戰的抗議示威。

不對，不對，不是五千，而是大概不到兩千人，他們經過申請並且得到批准，手挽手，高呼口號，從施坦因廣場出發，經過哈登貝格大街，來到美國之家。各種各樣的組織和派別發出了參加抗議示威的號召，如德國社民黨大學生聯盟、社會民主黨高校聯盟、自由民主黨大學生聯盟、論證俱樂部以及基督教大學生教區。事先有幾個人，當然也有我，跑到布特－霍夫曼食品連鎖店，買了一批最便宜的雞蛋。我們把雞蛋投向當時的說法是「帝國主義的分店」。當時，不只是倔強的農民們，而且在大學生圈裡，扔雞蛋成了時髦的事。噢，當然，我也扔了，而且高呼：「美國佬滾出越南！」「詹森是殺人兇手！」本來是應該進行辯論的，美國之家的負責人是一位寬容大度的先生，他甚至也準備進行辯論，但是這時飛來了許多雞蛋，員警保持克制的態度，在集體扔完雞蛋之後，我們開始撤退，經選帝侯大街，然後是烏蘭德大街，回到施坦因廣場。我還記得幾個橫幅標

語牌上面的文字，例如：「美國海軍陸戰隊打起包裹滾回去！」「團結反戰！」
但是令人遺憾的是，從那邊過來的一些德國統一社會黨的幹部也加入了抗議示威
的隊伍，為了對我們進行宣傳鼓動，即使是徒勞的。然而，他們的出現被證明正
好是施普林格的新聞媒體求之不得的事。

但是我呢？我是怎麼加入到遊行隊伍裡去的呢？怎樣讓別人挽起了我的手？
怎樣高呼口號喊啞了嗓子？怎樣和其他人一起扔雞蛋？我是在中產階層，可以說
是比較保守的環境下長大的，跟隨陶貝斯學習宗教學，還學了一點哲學，品嘗胡
塞爾，享受謝勒，吸吮海德格爾，我覺得自己被允許走上了他的那條田間小路，
我討厭所有的技術，討厭光禿禿的「框架」，在此之前對於所有容易理解的東

西，比如政治，我都作為「忘記的存在」不屑一顧。但是，這時，我突然一下子理解了政黨，謾罵美國總統和他的同盟者：南越的獨裁統治者阮文紹和他的將軍阮高基，但是我還不準備高喊著「胡……胡……胡志明」，讓自己完全失去自制力。當時，在三十年前，我究竟是誰？

討論課上的發言，兩三個簡短的報告，只需要我不及一半的注意力，而這個問題卻一直糾纏著我不放。我的學生們大概注意到他們的教授有一些心不在焉，有一個女學生直接向我提了一個問題，為什麼作者刪改了在〈托特瑙山〉這首詩的第一稿中有的「希望，今天，為了一位思想家的下一句（毫不遲疑的下一句）話」，因為這首收入詩集《詩的束縛》的詩在最後定稿時，放在括弧裡的那幾個

字已經沒有了，這個重要的問題把我重新召回到大學的日常工作之中，因為問得如此生硬，如此直截了當，可以說是用魔法招來了一種我在年輕時曾經感到自己置身其中的處境：在1966年至1967年的冬季學期開始之前，我離開了喧鬧的、立刻又被越來越大的抗議遊行搞得更加熱鬧的柏林城市生活，為了在弗萊堡安安心心地上大學。

我是從那兒到這裡來的。另外，日耳曼語言文學家鮑曼對我也很有吸引力。我試圖把我的回歸作為海德格的「轉折」加以闡釋。然而，對那個以挑釁性的提問迫使我作出「毫不遲疑地」回答的女學生，我透過提示這位有爭議的哲學家與元首國家保持的臨時性接近和他隱蔽所有罪行的沉默，給了一個足夠但不十足肯定的回答，因為我在此之後立刻又開始對自己提問。

是啊，是啊，當我逃到弗萊堡的時候，我要尋找的就是接近這位偉大的薩滿法師。他或他的魅力吸引著我。我早就熟悉這兩個崇高的詞，因為當我還是小孩子的時候，在黑森林的一家療養院當主治醫師的父親，總是在空閒時四處漫遊，每次帶著我從托特瑙走到托特瑙山，從來沒有忘記指點一下這位哲學家住的那個簡陋小屋……

1967 年

　　我這堂星期三的討論課繼續進行，如果忽略一隻迷失了方向、從開著的窗戶飛進來的蝴蝶不計，課堂氣氛似乎也只是由適度的興趣來維持。然而，我卻有足夠的時間不斷地讓自己回到我那昔日的存在，讓自己面對一些重要的問題：究竟是什麼促使我離開柏林的？難道6月2日那天我不應該在場嗎？難道我沒有必要在逐內貝格市政廳前面的抗議者之中尋找自己的位置嗎？我這個自認為仇恨伊朗國王的人，不也會成為那些擁護國王、手持房頂木板條衝進來打架鬥毆的伊朗人的一個合適目標嗎？

　　所有這些都可以給予肯定的回答，只有一些微不足道的限制。我當然也可以打出一塊上面寫著「立刻釋放伊朗學生」的標語牌，表明自己贊成團結的態度，也讓員警可以鑑別。因為在市政廳裡，就在伊朗國王來訪的同一時間，議會的一個委員會正在討論有關提高大學學費的問題，和其他示威遊行的人一起齊唱〈誰應該付錢？〉這首可笑的狂歡節流行歌曲，這對我只是一樁輕鬆的事。晚上，當伊朗國王和法拉赫・迪巴王后在柏林執政市長阿爾貝茨的陪同下，來到俾斯麥大街的德意志歌劇院時，我要不是膽小怕事逃到弗萊堡去了，警方的行動隊也會把我趕進克魯莫大街和澤森海默大街之間的狹長地段，迎賓的演出在歌劇院裡正式開始之後，他們也開始使用警棍。是啊，我也問過自己，或者我也在內心深處被問到過，當員警執行「獵狐」計畫的時候，從近距離開槍射中的，是不是完全有可能是我，而不是那個學日耳曼語言文學和羅馬語族語言文學的大學生本諾・奧納索格？

　　他和我一樣也把自己視為和平主義者，也是基督教大學生教區的成員；他和我一樣也是二十六歲，和我一樣也喜歡在夏天穿無跟的涼鞋。的確，真的是有可能讓我遇上，死的真有可能是我，然而我逃跑了，在一位自從轉折之後醉心於寧靜心態的哲學家幫助下，讓我自己保持本體學的距離。這樣，他們用警棍毆打的是他，而不是我。這樣，便衣刑警庫拉斯用他的那支打開保險的公務手槍，型號PPK，瞄準的不是我的腦袋，而是擊中了本諾・奧納索格的右耳上方，穿透了他的大腦，掀掉了他的天靈蓋……

突然，我大聲嚷了起來，破壞了我的學生們沉浸在闡釋這兩首重要詩歌的幸福極樂世界，把他們搞得驚慌失措：「豈有此理！這個員警庫拉斯在兩次審理中均被宣告無罪，然後一直在柏林警察局的通訊指揮中心做到退休……」此後我又沉默下來，雖然看見那個前面提到過的女學生望著我那種挑釁式嘲諷的目光，甚至覺得它包含著一些極為隱祕的東西，但是心裡卻仍然充滿那些自我童年時代起就被嚇壞的存在逼入困境的問題。我的轉折是在什麼時候發生的呢？是什麼讓我

與單純的存在告別的呢？準確地說，是從什麼時候開始，在歲月流失的過程中，崇高的東西抓住了我，儘管也有短暫的偏離，但卻永遠也沒有再把我放走呢？

可能是發生在一個月之後，在那年的7月24日，那位詩人在久病痊癒之後來到弗萊堡，他在這裡戰勝了最初的猶豫，在為我們大家隆重地朗讀他的詩歌之前，會見了這位哲學家，此人名聲不好的經歷曾使他多所顧慮。但是，保爾·策蘭不願意讓人看見他和海德格在一起照相。後來他還是同意拍照，但是在這期間卻沒找到時間來拍一張有益於這次值得紀念的會面照片。

我把這樣一些名人軼事講給參加我那堂在下午進行討論課的學生們聽，現在我已經擺脫了內心的審問，因為，尤其是這位女學生以巧妙的發言，成功地將我從像回倒退的精神壓力之中解脫了出來，讓我可以作為那次錯綜複雜的對壘的見證人開始隨意閒聊；因為當時正是我按照鮑曼教授的指示，把弗萊堡各家書店的櫥窗認真地查看了一遍。應這位哲學家的請求，書店都鄭重其事地展出了那位詩人的全部詩集。我在那裡看見，從早期的集子《罌粟和記憶》，一直到《語言柵欄》和《無人的玫瑰》，一切都伸手可及，卻又難以理解；由於我的努力挖掘，甚至一些罕見的特殊版本也被展示了出來。

也還是我，應該在第二天清晨就來到黑森林的山上，細心地為詩人的拜訪做好準備，哲學家的小屋就在那裡。然而，策蘭卻再一次地對海德格在那些黑暗年代的行為表示異議，他甚至引用自己的詩句，把他稱為是「來自德國的大師」，以此把死亡也拉進了這場遊戲，即使並未提到這兩個字。他是否會接受邀請，也就一直不能肯定。詩人猶豫了很久，他的態度也令人難以接近。

儘管天空烏雲密布，我們仍然在一大早就驅車上路。在拜訪小屋和那次值得紀念的談話或沉默（任何人也包括我都不准在場）之後，大家又在聖布拉辛碰面，一家咖啡店熱情地接待我們所有的人。似乎沒有任何東西讓人感到奇怪。詩人顯然接受了思想家。兩人立刻又上路去霍爾巴赫沼澤，我們大家從沼澤的東邊順著一條用圓木鋪成的小路漫遊。但是，由於天氣一直很惡劣，詩人的鞋也太城市化，或者按他自己的話來說，「不夠鄉土化」，所以漫遊隨即中止，然後我們在一家客棧擺放聖像的角落裡舒舒服服地吃了一頓午飯。沒有，沒有，一點兒也沒有提到當時的政治問題，比如柏林的騷亂和不久前報導的一個大學生的死亡；他們談論的是植物世界，事實顯示，詩人可以立刻說出許多草本植物的名稱，即使不比思想家更多。此外，保爾‧策蘭不僅知道一些小草的拉丁語學名，而且還知道羅馬尼亞語、匈牙利語，甚至依地語的說法。他出生在克策諾雅茨，眾所周知，它位於流通多種語言的布科維納。

這一切以及其他一些值得紀念的事，我都講給我的學生們聽了，但是那個由特殊的一方提出關於在小屋裡究竟談論了什麼或隱瞞了什麼的問題，我只能以提示讀一讀〈托特瑙山〉這首詩作為回答。可能會發生一些事情，例如，「山金車花」就可以有各種各樣的解釋，知識淵博的人知道，用在詩歌裡可以理解成「唯一的歡樂」。小屋前的那口水井見多識廣，井臺上有一顆獨特的星形立方體。此外，在中心位置，也可以說是作為核心部分，放著詩中提到的那本來賓題詞紀念冊，詩人帶著「誰的名字在我的名字之前寫進去過」這個憂心忡忡的問題，把自己的名字寫在上面，當然是懷著「一種希望，今天，為了一位思想家在心中醞釀的下一句話……」，在這件事上必須再說一次，括弧裡的文字，即後來被詩人

刪掉的「毫不遲疑的下一句」，表達了他願望的迫切性。人們知道，這種願望始終也沒有得到滿足。但是，除此之外，在小屋裡可能談論了什麼或隱瞞了什麼，人們一概不知，一直都搞不清楚，也幾乎無法猜測，似乎就是要讓這個傷口敞開著……

我就是這樣對我的學生們說的，沒有向他們或前面提到過的那個人透露，我經常猜想小屋裡的談話；因為在居無定所的詩人與來自德國的大師之間，在戴著看不見的黃色星標的猶太人與戴著被遮起來的圓形黨徽的弗萊堡大學前任校長之間，在命名者與隱瞞者之間，在經常宣布自己已經死亡的倖存者與存在和未來上帝的宣告者之間，非語言所能表達的東西肯定會找到一些詞語，但是卻連唯一的一個也沒有找到。

這種沉默一直繼續。我也對參加討論課的學生避而不提我逃離柏林的原因，無動於衷地任由那個女學生的目光對我進行試探，我沒有洩露，是什麼使我暫時疏遠了崇高的東西，在接下來的一年裡再次倉促地離開了弗萊堡，闖進了法蘭克福的喧囂之中，而且就是保爾・策蘭在離開我們那個小小的大學城之後立刻寫下了〈托特瑙山〉這首詩初稿的地方。

1968 年

討論課似乎得到了滿足，但是我卻一直忐忑不安。
借助於小心謹慎獲得的威信，我終於勉勉強強地聽出那首茅
屋詩歌是對後來的〈死亡賦格〉的迴響，也是對那位重要但同時也
被作為死神化身的「來自德國的大師」的挑戰，因此我再次經歷了使自
己面對問題的處境：是什麼驅使你在第二年的復活節之後立刻離開了弗萊堡？
你在此之前一直傾聽詞與詞之間的沉默，參與崇高的未完成作品，參與荷爾德林
逐漸出現的沉默，究竟是哪一種轉折把你變成了激進的六八分子？

或許，如果不是大學生本諾・奧納索格被殺的消息在遲了一段時間之後，
把你變成了革命者，那麼肯定就是對魯迪・杜茨克的謀殺行動，至少是在說話方
面，你放棄了原來的行話，開始以另外一種行話，即辯論的行話，到處瞎說。我
是這樣向自己解釋的，但是並不能肯定我的語言轉變其更深一層的原因，在星期
三的討論課期間，我一直在試圖平息我這些錯誤突然引起的內心激動。

不管怎樣，我首先是帶著日耳曼語言文學來到法蘭克福的，就像是為了證
明我的再次轉折，註冊學習社會學專業。我聽哈伯馬斯和阿多諾的課，但是我們
（我很快就加入了德國社民黨大學生聯盟）幾乎不讓阿多諾有說話的機會，他被
我們看作是可以攻擊的權威。各處的學生都造老師的反，法蘭克福尤其激烈，出
現了占領大學的情況，因為阿多諾，這位偉大的阿多諾，覺得迫不得已才叫來員
警，學校很快又被騰空了。漢斯・于爾根・克拉爾是我們那些最善言辭的發言人
中的一個，他的口才甚至就連這位辯證大師都很佩服，他在幾年以前還是法西斯
組織「魯登道夫聯盟」的成員，後來又是反動組織「青年聯盟」的成員，這時，
在絕對的轉折之後，把自己視為杜茨克直接的繼承人和反抗權威的權威，這個克

拉爾被抓起來，幾天之後又被釋放，他從此變得非常活躍，不管是抵制緊急狀態法，還是批鬥他的那位無論如何都是極受尊敬的老師。9月23日，即書展的最後一天，在1965年曾經結束了第一次奧斯威辛審判的加魯斯市民之家，一次公開辯論會被一片鬧哄哄的喧囂所淹沒，最後，阿多諾成為這次公開辯論會的犧牲者。

多麼動盪的時代啊！在我風平浪靜的討論課上養尊處優，只是被一位特別固執的年輕女士提出的挑釁性問題攪得有一點心煩，我試圖越過三十年的歲月流逝，進入這場變成了法庭的辯論會。對使用暴力的詞句是多麼樂此不疲啊！我也在人群中高聲呼喊，找出一些隻字片語，認為必須超過克拉爾的熱情，和他以及其他人一起，熱衷於徹底揭露這個提出將一切溶解在矛盾之中的辯證法的圓腦袋大師，顯然也獲得了成功，他這時狼狽不堪，不知所措，一言不發。一些女大學生擠在一起坐在這位教授的腳前，不久以前，她們還在他的面前裸露出自己的乳房，強迫阿多諾中斷他的講座課。現在，她們也想看看這個敏感的人赤裸的樣

子。他，結結實實，胖乎乎的，衣著樣式普通但結實耐穿，可以說是正要被人一層層地剝去外衣。更加尷尬的是：他不得不將保護著他的理論一件一件地脫下來，並且按照克拉爾和其他人的要求，把他剛被撕得粉碎的權威，在這場革命的、被修補得不夠完善的狀態中再次交付使用。這就是說，他應該使自己成為有用的人。人們還需要他。立刻就在各地前往波恩的進軍中派上了用場。面對統治階級，人們覺得自己被迫從他的權威中獲得了好處。然而，從原則上來講，他屬於被廢除之列。

最後這句話大概是我喊的。是什麼人或者什麼東西，讓我從心中喊出來的呢？是什麼原因讓我支持暴力的呢？只要我又看見我那些正在眼前進行的策蘭討論會上勤奮積攢學分的學生們，我就會對自己當年的激進表示懷疑。也許我們，也許我，只是想允許自己開一次玩笑。或許我是一時糊塗，錯誤地理解了一些過於繁瑣的空洞言詞，比如關於壓制的容忍，就像我從前曾經曲解了大師對所有存在的遺忘的判決。

克拉爾被認為是阿多諾最有才華的學生，他喜歡兜一個大圈子然後設下最後的圈套，把剛才還很模糊的概念推向極端。當然，也可以聽到反對的意見。譬如，哈伯馬斯，但是他的那些自從漢諾威大會以來一直不絕於耳的關於左翼法西斯主義威脅的警告，在我們這裡已經不再獲得承認。或許還有那個蓄著髭鬚的作家，他把自己出賣給社民黨，這會兒自以為可以出來指責我們「狂怒的行動主義」。大廳裡亂作一團。我不得不假設，曾經亂作一團。是什麼促使我提前離開了那個擠滿人的大廳呢？是缺少過激行為嗎？是不是我無法繼續忍受克拉爾的外貌，因為他只有一隻眼睛，所以總是戴著一副墨鏡？或許我是要避開看見受到侮辱的特奧多爾·W·阿多諾的那副耶穌受難的樣子？

在靠近大廳出口的地方，始終擠滿了聽眾，有一位上了年紀、顯然是來看書展的先生，他帶著一點地方口音對我說：「您都胡扯些什麼啊。在我們布拉格，一個月以來，到處都是蘇聯的坦克，您卻在這瞎扯人民的集體學習過程。您趕緊去一趟美麗的波西米亞吧。您就會在集體中學會什麼是權力，什麼是軟弱無能。你們什麼都不知道，但卻自稱對什麼都知道得更清楚……」

「是啊，」我突然自言自語起來，毫不理會我那些正在埋頭對兩首詩進行文本闡釋、這時吃驚地抬頭看著我的學生，「1968年夏末還發生了其他一些事。捷克斯洛伐克遭到占領，德國的士兵也參加了。不到一年之後，阿多諾去世，據說是心臟功能缺損。另外，1970年2月，克拉爾在一次交通事故中喪生。同一年，保爾·策蘭沒有從海德格那裡得到那句希望得到的話，在巴黎從一座橋上跳入水中，結束了自己的餘生。我們不清楚是在哪一天……」

在這之後，聽我星期三討論課的學生越來越少。最後坐在那裡的只剩下了那個前面提到過的女學生。她顯然也沒有任何問題要提，所以我也不吭一聲。她大概也很滿足和我單獨待上一段時間。就這樣我們都沉默不語。直到她離開的時候，她才說出兩句準備已久的話：「我現在走了。從您這兒反正也不會再得到什麼東西。」

1969 年

　　肯定是一個有魅力的時代,即使我當時被歸在難對付的一類人。經常都有人說:「卡門難對付」或者「特難對付」或者「卡門是個讓人頭痛的孩子」。不只是因為我母親正在鬧分居,我父親大多數時間都是離家在外工作。在我們這個托兒所,還有其他幾個讓人頭痛的孩子,甚至還有幾個實際上已經是成年人,比如我們那幾個魯爾大學的學生,最初他們只是為了單身撫養孩子的女大學生們開辦了這個托兒所,想把一切都按照反權威的方式搞定,甚至和幾個無產者的孩子一起,這是在我們進托兒所之後別人對我們的稱呼。先是出現了爭吵,因為我們更習慣於嚴厲的手腕,我們的父母反正都是這樣。我母親後來負責打掃這兩間房子的衛生,這裡曾經是辦公室或者類似的機構,因為大學生母親太高貴,不適宜

來做這種事，據說我母親對住在附近的幾位母親說：「讓這些紅色分子試驗一下怎麼弄這些事吧。」在波鴻，那個發起建立這家為所謂社會下層孩子服務的托兒所的小組具有極左的思想傾向，因此總是會分成一些派別，這是當時的說法，家長會總是一直開到午夜之後，每次差不多都是不了了之，這都是我母親講給我聽的。

　　據說當時整體來說到處都很亂，不只是在我們孩子這裡。社會上不管在什麼地方看見的都是吵架。另外還在搞競選。在我們托兒所的前面，掛著一個橫幅標語，我母親還記得上面寫的是：「以階級鬥爭代替競選！」我們後來也經歷了階級鬥爭。經常都有人打架，因為每一個人，尤其是我們這些無產者的孩子，都想把那些左派大學生為我們托兒所募集的玩具據為己有。特別是我，我母親說，相當貪心。但是，對競選，我們幾乎是什麼也不知道。大學生們只帶我們參加過一次遊行，就在大學的前面，整個大學就像是一個巨大的水泥塊。我們在那裡也必須和其他人一起高喊：「是誰出賣了我們？社會民主黨！」但是，他們在他們的維利帶領下取得了這次選舉的勝利。我們這些孩子當然不知道這些，因為整個夏天電視裡放的完全是其他內容，即登月行動。這對我們來說要比競選有趣得多，我們所有的人在家或者我在鄰居皮茨克夫人那裡，整天就是盯著電視機。因此，我們用大號彩筆和可以調和的錫管彩色顏料，以完全反權威的方式，也就是說每個人以他自己想要的方式，把登月行動畫在托兒所的四面牆壁上。當然，那兩個登上月球的小人是穿著他們的奇裝異服。另外，那個登月艙的德文名字叫作「鷹」。這一定是很有趣的。但是，我這個令人頭痛的孩子，據說又引起了人們在家長會上的一番爭吵，因為我不僅把那兩個小人（他們是阿姆斯壯和艾德林）畫在牆上塗上顏色，而且還畫上了我在電視裡清清楚楚看見的那面飄揚在月亮上有許多星星和條紋的美國國旗。這種事當然不合我們那些大學生的心意，至少是那幾個特別左的。偉大的教育行動！但是，說好話在我身上是毫無作用的。我母親還記得家長委員會作出決定，必須把我的那幅畫，我母親總是把它叫作「星條旗」，完全徹底地從托兒所的牆壁上洗掉，當時只有少數幾個純粹的反權威的大

學生表示反對，他們並不是毛主義分子或者其他什麼反動分子。沒有，我一點也沒有因此而號哭大叫。但是，據説，有一個大學生，對了，他如今在波恩當某一個部的國務祕書，想説服我把一面鮮紅的旗幟插到月亮上去，我當時可倔強了，就是不肯。這種事我根本就不會考慮的。不，我一點兒也不反對紅色。只是因為電視裡不是紅色的，而是其他顏色的。因為這個大學生也不讓步，所以我必定是把一切都搞得亂七八糟，把所有漂亮的彩色蠟筆，所有的粉筆和錫管彩色顏料，也包括其他孩子的，統統踩得稀爛，以至於我母親後來真是費了好大的勁，才把所有亂七八糟的彩色斑點從地板上一點一點地刮掉，當時她每天打掃托兒所，由那些也是母親的女大學生們付工資，因此她現在每次遇到當年的那些母親們，仍然總是説：「我的卡門當年真是一個令人頭痛的孩子⋯⋯」

不管怎樣，要是我有了孩子，我肯定會用其他的方式教育他們，也就是説，用正常的方式，即使是登上月球和我母親投票選舉維利的那一年，正處在一個有魅力的時代，即使我今天仍然經常會清晰地夢見我們的托兒所。

1970 年

　　我們報社絕對不會要我寫的這種東西。他們想要的是任何一些好聽的話。比如「他承擔所有罪責於一身……」或者「總理突然跪下……」或者更加誇張：「他為德國下跪！」

　　不可能是突然的舉動。是精心策畫的。我敢肯定，就是那個狡猾的傢伙唆使他表演這個特別的節目，他也是他的中間傳話人和談判代表，他擅長在國內有利可圖地兜售那種放棄從前德國土地的可恥論調。他的上司，這個酒鬼，現在按照天主教的方式行事。下跪。但他什麼都不信。純粹是在表演。但是，確實是頭條標題，純粹從新聞角度來看，是一個轟動事件。就像一顆炸彈。完全偏離了禮儀規定。所有的人事先都以為，就跟平常一樣：放下丁香花圈，整理飾帶，後退兩步，低下頭，再抬起頭，凝視遠方。馬上就要警車開道去維拉諾夫宮了，那是一個豪華賓館，酒瓶和白蘭地大肚杯已經準備就緒。但是他卻選擇一個特別的方式：不是在幾乎沒有任何風險的第一個臺階上，而是直接在潮濕的花崗岩上，既沒有用這一隻手也沒有用另一隻手支撐，完全只靠膝蓋就跪了下去，雙手合抱在

腹部，一幅耶穌受難的表情，就好像他比教皇更教皇，在攝影記者們喀嚓喀嚓一陣拍照之後，又耐心地跪了足足一分鐘，然後又是沒有選擇安全的方式，先直起一條腿，再直起另一條腿，而是猛地一下站了起來，彷彿事先已經在鏡子前面訓練了好多天，迅速起立，站在那裡，目光越過我們所有的人，似乎他覺得聖靈親自到場，就好像他不僅必須向波蘭人，而且還要向全世界證明，賠罪道歉也是可以搞成很上相的。唉，的確很熟練。甚至就連鬼天氣也幫忙。但是，這種就像玩世不恭的在鋼琴上狂熱地亂彈一通的東西，我們報社是絕對不會要的。我們的領導層更願意今天而不是明天就把這位下跪的總理趕走，無論是推倒還是罷免，或者以其他的方式，只要是趕走就行！

好吧，我再重新起個頭，讓管風琴發出聲音：在曾經是華沙猶太人區的地方，1943年5月，它被以失去理智、滅絕人性的方式摧毀並且野蠻地抹掉，在這裡，在一座紀念碑的前面，從兩座青銅的枝形燭臺裡竄出的火苗，每天都被風吹得呼呼作響，在12月這個又冷又濕的日子裡亦是如此，德國總理獨自一人跪下了，他表示悔過，懺悔所有以德國的名義犯下的罪行，他將過多的責任擔在自己身上，他，這個本身並沒有責任的人，卻跪下了……

就這樣吧。這樣寫，誰都會印出來的。這個身負重壓的人，這個忍受痛苦的人！也許再附加一點地方色彩，幾句小小的惡毒話。不會有什麼害處的。比如寫寫波蘭人的驚訝，因為這位尊貴的國賓不是在這裡的國家聖地「無名將士紀念碑」前面，而是偏偏在猶太人那裡下跪。人們只要打聽打聽，稍微深入一些，就會知道真正的波蘭人是反猶太人的。還沒有過去多久，也就是在整整兩年之前，這裡的波蘭大學生以為也可以像我們那裡或者巴黎的大學生那樣發瘋地玩鬧。但是後來，以這裡的內務部長莫茨查爾為首的民警，按照人們的說法，讓這些「猶太復國主義的搗亂分子」互相打鬥。被抓起來的有好幾千人，有黨的幹部、教授、作家和其他知識界名人，絕大多數是猶太人，打點行李，立刻動身，去瑞典或以色列。這裡沒有人再談起這件事。但是把所有的責任推到我們身上，這才是符合禮儀的。瞎扯一通「每一個正直的波蘭人都以深受感動的天主教姿態」，這

個穿著挪威制服和我們德國人打仗的叛國分子，帶著大批隨行人員來到這裡，其中有克虜伯的經理拜茨，幾個左翼作家和其他一些智囊，把我們的波莫瑞、西利西亞、東普魯士裝在托盤上端給波蘭佬，然後再撲通一聲跪倒在地，就像是馬戲場裡的加演節目。

毫無意義。不會被印出來的。我們報社更想要對此保持沉默。發一條通訊社的通稿就算完事。再說，這跟我有何相干？我出生在克雷費爾德，是一個萊茵河地區的樂天派。我有什麼好生氣的呢？布雷斯勞、什切青、但澤？我反正對此也無所謂。還是簡單地寫寫氣氛吧：關於波蘭的吻手禮、漂亮的老城、重建的維拉諾夫宮，除此之外，這裡又重建了一些豪華建築，儘管目光所到之處，經濟形勢一團糟；櫥窗裡什麼也沒有、每一家肉鋪前都排著長隊，因此整個波蘭都希望得到一筆數十億的貸款，這個下跪的總理一定向他的共產黨朋友們許了諾。這個流亡分子！我真討厭他。並不是因為他不誠實（這種事人人都會發生），而是別的，他整個裝模作樣的派頭，當他在濛濛細雨裡跪下，令人作嘔，我真恨他。

瞧吧，他回到家的時候，將會大吃一驚。他們會把他和他那些東方協議撕得粉碎。不只是在我們的報紙上。但是，真的很熟練，乾脆俐落地就這麼跪下了。

1971 年

　　真是可以寫成一部長篇小說。她曾經是我最好的女朋友。最稀奇古怪的事，即使是有危險的，我們都想得出來，但卻沒有想到會有這種不幸。這是從各地開了許多迪斯可開始的，其實我更願意去聽音樂會，充分利用我母親的劇場年票，她當時已經體弱多病，是我說服了烏希跟我一起去體驗一下完全不同的東西。我們事先說好只是進去瞧一瞧，可是卻立刻就在進去的第一家迪斯可待著不走了。

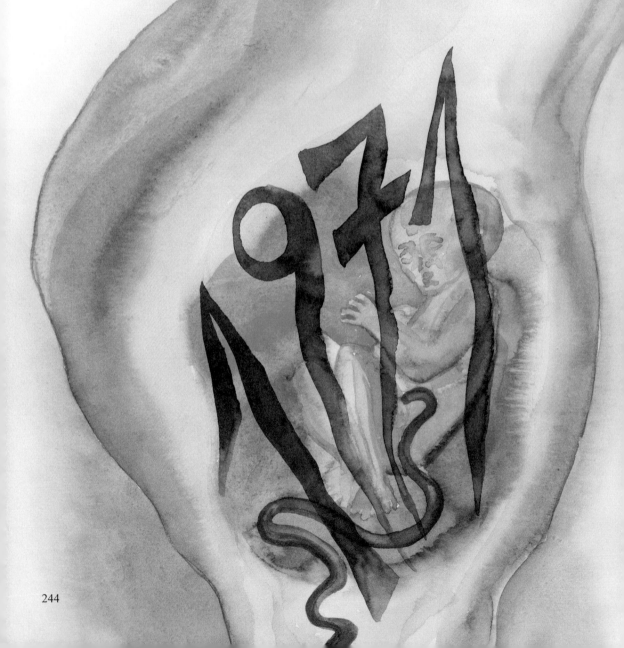

她長得真是嬌小玲瓏，狐紅色的鬈髮，小巧的鼻子上面有幾顆雀斑。她說的是施瓦本方言，對不對？有一點放肆，但總是很幽默。我真羨慕她和小夥子們搭訕、自己卻又不當真的本事，在烏希的身邊，我常常覺得自己就像是一個必須慎重考慮每一句話、憂鬱遲緩的蠢丫頭。

　　我滿腦子全是鬧哄哄的歌聲：「拉住那列火車……」，當然是巴布‧狄倫。還有桑塔娜樂隊，深紫色樂隊。我們特別喜愛平克‧佛洛伊德。它使我們多麼激動啊。「原子，心，母親……。」但是烏希更喜歡荒原狼樂隊：「生來就野性……」，這樣她就可以完全放鬆自己。這種情況我可是從來就沒有過的。

　　不對，也並不是真的很過分。在旁邊吸上一支捲著大麻的香煙，再吸一支，僅此而已。說實話，當時誰沒有吸過大麻呢？談不上真正的危險。我總是過於拘謹，而且馬上要進行空姐培訓的結業考試，不久就要開始飛國內航線，因此幾乎沒有時間去迪斯可，和烏希的聯繫也少了一些，這雖然令人遺憾，但也是不可避免的，特別是因為我從1970年8月開始經常跟英國航空公司的飛機飛往倫敦，回斯圖加特的次數也越來越少，每次回去還總是有一些其他的問題等待著我，因為我母親越來越年邁體弱，我父親則……我們不提這些了吧。

　　不管怎樣，烏希在我不在期間吸上了更厲害的毒品，可能是尼泊爾大麻。然後又突然迷上針頭，注射海洛因。我很晚才從她的父母那裡了解了整個經過，他們真是和藹可親，一點也不起眼。當她懷了孕而且不知道是跟誰生的，她的情況可真是糟糕透頂。可以說，這真是她的不幸，因為這個女孩還在接受培訓，上的是翻譯學校，實際上她也想跟我一樣當空姐。「出門遠行，周遊世界！」我的上帝，這就是這個孩子對我這份苦差事的概念，尤其是長距離的飛行。烏希曾經是我最好的女朋友。因此我為她鼓足勇氣：「你也許能辦到，畢竟還年輕，對不對？」

　　於是就發生了這件事。雖然烏希願意把孩子繼續懷下去，但是由於注射了海洛因，她希望墮胎，跑去找了一位又一位的大夫，當然全是白費力氣。我想幫

她，想把她送到倫敦，因為那裡可以花上一千馬克把不滿三個月的拿掉，事成之後再補加一筆錢，我從一個女同事那裡得到幾個位址，比如十字街的「護理之家」，另外我還向她提供來回機票，當然還有在那裡的其他費用再加上住宿，她一會兒想去，一會兒又不想去，而且在個人交往方面變得越來越困難，這當然不是我的原因。

在施瓦本地區山裡的某個地方，她讓人為她墮胎，找的是那些江湖郎中，據說是一對夫妻，男的有一隻眼睛裡是玻璃的假眼球。肯定是非常極端的手段，用的是一種酪皂溶液，用一支大號注射器直接插進子宮頸。沒有持續多長時間。在胎兒出來之後，所有的東西立刻就倒進了抽水馬桶。就這麼簡單地用水沖走了。據說是一個兒子。

這一切對烏希的折磨要比注射海洛因更加嚴重。不對，大概必須這麼來看，這兩件事，她擺脫不了的那個針頭和去找那些江湖郎中墮胎，幾乎徹底毀了這個女孩。儘管如此，她也嘗試過勇敢地進行抗爭。但是，她並沒有真的徹底戒掉吸毒，直到我最後透過平等互利福利協會，弄到一個在博登湖附近鄉下的地址。這是一個治療村，不對，實際上更像是一個較大的農家大院，這裡有一些真正可愛的學者專家，他們創立了一個治療機構，在那裡嘗試採用魯道夫・施泰納方法；也就是說，通過治病的韻律舞蹈、繪畫、無農藥無化肥地種植蔬菜，以及採用相應的方法飼養牲畜，從而使第一批吸毒者扔掉針頭。

我為烏希安排好住處。她也挺喜歡那裡。她又有了笑容，真正地重新振作起來，儘管在這個農家大院裡是以另外一種方式走極端。牛經常逃出牛棚，踐踏所有的東西。還有廁所！因為斯圖加特的州議會拒絕給予任何補貼，所以缺少最必需的東西。除此之外，也有許多不成功的事，尤其是在小組談話方面。這倒沒有妨礙烏希。她對此只是笑笑。甚至在治療站的主樓失火被燒掉之後，她仍然留在那裡，幫忙在穀倉裡建起臨時住所，後來查明，是因為老鼠建了一個窩，扒拉稻草堵住了爐子通向煙囪的通道，因此出現陰燃，最後導致失火。實際上，一切都

進行得很好，直到，是啊，直到有一家畫報登出爆炸性的新聞：「我們做了墮胎手術！」

我相信，如果好幾百名婦女通過一張張護照照片自我介紹，其中許多還登了真名真姓，薩比娜·辛吉恩、羅密·施奈德、聖塔·貝爾格等，都是電影明星，在我們那裡都是排在貴賓名單上的，這可能會對這個女孩有所幫助。可惜，不是我在探視日把刊登這篇圖片很多的文章、封面很棒的畫報給她帶去的。當然，檢察機關肯定會進行調查，因為這種事是違法的。也的確進行了調查。但是那些承認此事的婦女一點事也沒有。都是太有名的人。這件事就這麼過去了。但是我的烏希卻得到了如此之多的勇氣，正像她自己說的那樣，「真正的情緒高昂」，她也想參與這次行動，因此她給編輯部寫了一封信，還寄去護照照片和個人履歷。退稿信來得很快：您關於海洛因和江湖郎中的詳細敘述過於偏激。報導一個如此極端的事件，會讓這件好事遭受損失。也許以後再說。反對第二百一十八條款的鬥爭還遠遠沒有結束。

他們不理解這些。這種冷漠無情的例行公事。這對烏希也太過分了。她在收到那封退稿信的幾天之後失蹤了。我們到處都找過，她的父母和我。工作之餘，我總在外面轉，找遍了每一家迪斯可。這個女孩始終沒有出現。最後，人們在斯圖加特中心火車站找到她的時候，她正躺在女廁所裡。常見的毒品劑量過大，就是人們說的「金色的一針」。

我當然責備自己，現在仍然總在責備。她畢竟曾經是我最好的女朋友。我應該緊緊拉著烏希的手，帶著她飛到倫敦，把她帶到十字街，預先付款，事後再去接她，攙扶著她，在精神上給她支持，對不對，烏希？我們的女兒本來是要叫烏希的，但是我丈夫，他真是善解人意，總是那麼令人感動地照料我們的這個孩子，因為我還在英國航空公司飛，他認為我更應該寫一寫烏希……

1972 年

　　我現在是他。他是小學教師，住在漢諾威的朗根哈根。他，現在不再是我，從來就沒有過過輕鬆的日子。在文理中學，上完七年級就不上了。然後又中斷了商業學徒。當過賣香煙的售貨員，在聯邦國防軍一直幹到二等兵，又試著上了一家私立商業學校，但卻沒有獲准參加結業考試，因為沒有初中文憑。為了提高英語水準，去了英國。在那裡擦洗汽車。曾經想去巴賽隆納學西班牙語。但是直到在維也納，一個朋友嘗試透過成功心理學給他鼓舞打氣，他才重新獲得了勇氣，再次振作起來，在漢諾威上了管理學院，而且畢了業，即使沒有高中文憑，也可以上大學，通過了教師國家考試，現在是教育與科學工會的會員，甚至還當上青年教師委員會的主席，是一個實用主義的左派，在他那個從某地方的舊貨商那裡便宜買來的高背靠椅上，夢想著要一步一步地改變社會。這時，他家的門鈴響了，瓦爾斯羅德大街，三樓右側。

我，這裡指的是他，把門打開。一個留著栗色長髮的姑娘站在那裡，想和我，也就是和他，說話。「有兩個人可不可以臨時在你們這裡過夜？」她說「你們」，是因為她從什麼人那裡知道，他或者說我，和一個女朋友同居。他和我回答說可以。

他說：我後來起了一些疑心，吃早飯時，我的女朋友也有些懷疑。她說：「也只能進行推測……」但是我們先去了學校，她和我一樣也是教書的，但是在另外一所綜合性學校。我的班級正準備出發去鳥類公園郊遊，就在瓦爾斯羅德附近。在此之後，我們總是還有懷疑：「他們可能已經搬進去了，因為我把住房的鑰匙交給了那個長髮女孩……」

因此他和一個朋友談了此事，我肯定也會對一個好朋友說的。這個朋友說的話，恰好也正是我女朋友在吃早飯時已經說過的：「給110打電話……」他（在我的同意下）撥了這個號碼，要求接通BM特別指揮部。特別指揮部的人仔細聽了之後說：「我們將會對您提供的情況進行調查。」他們確實也穿上便衣開始行動。他們立刻和門房一起監視樓梯間。在這個時候，他們迎面遇到一個女人和一個年輕男人正要上樓。門房想知道他們找誰。他們要去教師家。「是在這裡，」門房說：「他住在三樓，但是現在不在家。」年輕男人後來又回來了，在外面找了一個電話亭，當他正要投硬幣時，被抓起來，他身上帶著一支手槍。

教師在政治上肯定是站在我的左邊。有時，他坐在從舊貨商那裡買來的高背靠椅上，總是前瞻性地夢想著未來。他相信一個「下層社會的解放過程」。漢諾威的一位教授在左派圈裡幾乎就像哈伯馬斯一樣出名，涉及到BM，據說他曾經說過：「他們想用炸彈發出的信號，實際上只是鬼火。」他相當贊成這種觀點：「這些人為右派提供了理由，從而全面誹謗左派整個豐富多彩的計畫。」

這也符合我的觀點。因此他和我都撥了110，他作為教師和工會會員，我作為自由職業者。因此，州刑事警察局的幾位警官出現在一套住房門前，這是教師的住房，裡面有一張從舊貨商那裡買來的高背靠椅。警官們按了門鈴之後，打開

房門的那個女人，看上去體弱多病，留著散亂的短髮，骨瘦如柴，她的樣子一點也不像那張通緝令上的照片。也許她並不是被通緝的那個人。已經多次傳說她死了。據說是死於腦癌，這是報紙上登的。

「你們這些豬玀！」她被捕的時候高聲叫罵。當警官們在教師的住房裡找到一本打開的畫報，上面登了被通緝的這個人的一張頭顱X光照片，這時特別指揮部才確信抓到的人是誰。警官們後來又在教師的住房裡找到了更多的東西：彈藥、射擊武器、手榴彈和一個「皇家牌」的化妝箱，裡面裝著一枚四點五公斤的炸彈。

「不是的，」教師後來在接受採訪時說，「我不得不這麼做。」我也是這麼認為的，不然的話，他和他的女朋友就會一起陷進去。他說：「儘管如此，我逐漸產生一種令人不快的感覺。畢竟我過去經常和她持同一種觀點，那是在她開始擺弄炸彈之前。比如，在襲擊法蘭克福的施奈德百貨大樓之後，她在《具體》雜誌上撰文寫道：『整體說來，縱火的不利之處在於有可能傷及無辜……』但是她接著就在柏林參加了解救巴德的行動，當時有一位普通職員受了重傷。在此之後，她就躲了起來。之後，雙方都有人死亡。在此之後，她就上我這兒來了。在此之後，我就……其實我已經想到，她已經不在人世了。」

他，教師，我把他看作是我，現在想把那筆因為撥打110而有權利從國家得到的高額賞金，用於即將進行的訴訟，為的是讓所有迄今被捕的人都能夠得到公正的審判，也包括在漢堡走進一家時裝店而引起別人注意的古德龍・恩斯林，正像他說的那樣，在這種審判中，「將展現一些社會的相互關聯……」

要是我就不這麼做。可惜了這麼多的錢。這幾個律師，席利和其他幾個人，為什麼應該從中獲利呢？他更應該把這筆錢投入他的學校和其他一些學校，這對那些他一直關心照料的下層社會的人有好處。然而，不管他將把這筆錢給誰，這個小學教師總是心情沉重，因為他現在一輩子都是這個撥打了110的男人。我的心情也與此相似。

1973年

絕對不是有益於健康的震驚！你可不太了解我的女婿們，所有四個人，都不怎麼樣。他們不是和我的女兒們結了婚，而是極其祕密地和他們的汽車結了婚。總是擦個不停，甚至星期天也在擦。再小的凹痕也要抱怨半天。沒完沒了地談論價格昂貴的汽車，對保時捷這種車垂涎欲滴，就像是對一些想偷偷帶出去幽會的漂亮姑娘。這會兒所有的加油站前面都排起長隊。石油危機！我告訴您吧，這可是一次沉重的打擊。更準確地說，是一次震驚，但不是有益於健康的。當然，他們也趕緊囤積。所有四個人。格哈德平時說話就像是一個崇拜健康的信徒：「天哪，不要加肉！千萬不要加動物脂肪！」發誓只吃格雷厄姆全麥麵包，在把汽油換裝到他那幾個用來囤積汽油的油桶裡時，他用嘴吸著橡皮管，差一點汽油中毒。噁心，頭痛。他喝了好幾升牛奶。海因茨・迪特甚至把浴缸都裝滿了，家裡到處都是汽油的臭味，把小索菲都熏得昏了過去。

我的這幾位賢婿啊！另外兩個也沒有好多少。總是抱怨一百公里的限速。霍爾斯特的辦公室只允許室溫不超過十九度，他就以為肯定會長凍瘡。而且還總是罵罵咧咧：「這些趕駱駝的傢伙，都是這些阿拉伯人的責任！」應該是以色列人的責任，因為是他們又開始打仗，激怒了那些可憐的沙烏地人。「可以理解，」霍爾斯特大聲說道，「他們擰緊了石油開關，為的是讓我們這裡的供油變得緊縮起來，也可能會一直緊縮下去……」海因茨・迪特幾乎就要掉下眼淚，接著說：「如果大家都只允許以一百公里時速在高速公路上，以八十公里時速在普通公路上，慢慢地爬行，也就不值得再去賺錢買一輛新的寶馬……」「這是社會主義的平均主義。這大概只會對這個自稱是交通部長的勞里茨合適……」艾伯哈特高聲斥責起來，他是我的大女婿，這時真的和霍爾斯特吵了起來，因為他是社民黨的同志，但是同樣也對汽車愛得發瘋：「等著瞧吧，肯定會重新選舉的……」他倆都辱罵了對方。

這時我說話了：「大家都聽著，你們這個獨立自主的丈母娘，手腳一直都還挺俐落，現在有一個絕妙的主意。」自從老伴去世之後，我就是一家之主，那時，我的幾個女兒都還不能自立，如果迫不得已，我也只是發發牢騷，總還是一

直維持著這個家，必要的時候也說說該朝哪個方向走，比如，當羅馬俱樂部的人已經發過緊急警告的一場真正的能源危機降臨到我們的頭上，大家都以為可以瘋狂地輕率對待的時候。「大家都聽著，」我在電話裡說，「你們都知道，我已經看見經濟增長的結束正在慢慢臨近。現在我們真的倒楣了，但是也沒有理由愁眉苦臉，即使明天是安息星期日。反正明天是嚴禁開車的日子，今後每個星期日都會這樣。因此我們來一次全家郊遊。當然是徒步。我們先乘三路有軌電車，從終點站開始步行，在我們卡塞爾周圍有這麼多美麗的森林。就去哈比希特森林吧！」

一陣狂喊亂叫。「要是下雨怎麼辦？」「要是真的下大雨，我們就只去威廉

高地城堡，看一看倫勃郎等人的畫，然後再步行下山。」「我們已經看過這些舊油畫。」「誰會在11月，樹上一片葉子都沒有的時候，還在森林裡面閒晃呢？」「要是非得辦一次全家活動日，那就讓我們大家一起去看電影吧……」「或者我們在艾伯哈特家裡聚會，點燃客廳裡的壁爐，大家舒舒服服地圍坐在一起……」

「不是在那裡！」我說。「不准找藉口。孩子們準會高興的。」這樣，我們全體出動，穿著雨衣和膠鞋，起初是下著濛濛細雨，從終點站德魯塞爾峽谷走進哈比希特森林，這片森林即使是光禿禿的，也有它的美麗之處。上山下山，我們走了兩個小時。我們甚至從遠處看見幾隻豹子，它們東張西望，然後一蹦一跳地跑開。我給孩子們講解了各種樹：「這是一棵山毛櫸。這是一棵橡樹。那上面是針葉林，樹梢已經朽了。這都是因為工業，因為有很多汽車，太多太多的汽車。是排放的廢氣造成的，你們懂嗎？」

然後，我讓孩子們看了橡樹和山毛櫸的果實，告訴他們，我們在戰爭年代曾經採集過橡樹和山毛櫸的果實。我們看見幾隻小松鼠在樹幹竄上竄下。真美啊！但是，之後我們逃也似地鑽進一家小飯店，因為雨開始下得更大了，我這個惡丈母娘同時也是好外婆掏錢請全家人喝咖啡、吃蛋糕。為孩子們要了果汁汽水。當然也有烈酒。我逗我那幾位賢婿說：「今天甚至開汽車的人也可以喝酒呀。」我必須告訴孩子們，在戰爭年代，所有的東西都很匱乏，不只是汽油，因此人們把山毛櫸果實裡面的東西掏出來，可以壓榨出真正的食用油。

但是，請您不要問我後來的事情。您不了解我的幾個女婿。絕對不是感激。他們嘟嘟囔囔地抱怨在這種鬼天氣裡呆頭呆腦地瞎轉一通。除此之外，還說我「多愁善感地美化貧困經濟」，給孩子們做了一個錯誤的榜樣。「我們不是生活在石器時代！」海因茨・迪特吼道。總是自稱在任何不合適宜的時候都很寬容的艾伯哈特，和我的大女兒古德蓉大吵了一場，以至於他最後把自己的鋪蓋搬出臥室。您猜猜這個可憐的傢伙睡到哪兒去了？完全正確，車庫。而且就是他的那輛老式奧佩爾裡面，他一個星期日又一個星期日擦來擦去的就是這輛車。

1974 年

　　這是怎樣的一種感覺，在電視機前體驗一下雙重身分？經過在兩條軌道上奔跑訓練的人，當他在特殊的時機，部分地遇到他這個「我」的時候，實際上是不應該被搞糊塗的。只不過稍微有一些意外罷了。不僅在艱苦的訓練期間，而且透過實踐，學會了如何和自己這兩種不同類型的我打交道。後來，在萊茵巴赫監獄已經關押了四年，在漫長的審判之後，根據地方司法部門的決定，才獲准使用自己的那台電視機，那時，人們早就已經知道他的這種長期以來相互矛盾的存在，但是在1974年，作為拘留待審的人犯，關在科隆－奧森多夫拘留所的時候，希望牢房裡有一台電視機的願望在世界盃足球賽期間毫無麻煩地就得到了滿足，然而，在螢光幕上發生的事卻在許多方面把我撕成了碎片。

　　不是當波蘭人在滂沱大雨中踢了一場絕妙足球的時候，也不是由於對陣澳大利亞的勝利和與智利的平局，而是在德國與德國比賽的時候。向著哪一個呢？我或者我向著哪一個？為哪一邊歡呼叫好？哪一個德國贏呢？當施巴瓦澤踢進那個球的時候，我立刻想到的是什麼？我的心裡有哪些內心衝突？哪一些磁場在拉扯著我？

　　向著我們？不向著我們？因為每天上午都要用車把我拉到巴特戈德斯貝格去審訊，聯邦刑事調查局早就應該知道，這種或者類似的拉扯試驗，對我來說一點也不陌生。其實這並不是拉扯試驗，確切地說，是一種附加於兩個德國的行為方式，遵循這種行為方式則是一種雙重的義務。在我作為總理最信任的祕書，同時也作為寂寞時的談話夥伴，以雙重的方式經受考驗的期間，我挺住了這種內心的緊張，體驗到的不是內心矛盾，不僅總理對我的成績非常滿意，而且柏林總部也透過聯絡人同樣對我表示滿意，我的工作受到最高當局的表揚，就是米薩同志。他把自己視為「和平的總理」，我則作為「和平的暗探」履行我的使命，在他和我之間以富有成效的方式保持一致，這是肯定的。這是一段美好的時光，總理的生平資料和他的祕書的時間表，在和平這件事上保持和諧。各自都在勤奮地盡職盡責。

但是當民主德國和聯邦德國的這場比賽於6月22日在漢堡人民公園體育場裡的六萬多名觀眾面前鳴笛開始的時候，我感到自己的心被扯過來拉過去。上半場雖然都沒有進球，但是當矮小靈活的米勒在第四十分鐘射中門柱，差一點就使聯邦德國比分領先的時候，我也差一點高喊「進了！進了！進了！」進入極度興奮的狀態，差一點在我的牢房裡為西邊這個分離的國家領先而歡呼，當勞克乾淨俐落地晃過奧維拉特，在後來的比賽中甚至甩掉了耐策爾，差一點射進聯邦德國的球門時，我也情不自禁地想為另一方歡呼叫好。

　　這是怎樣一種冷熱水交替浴啊。甚至對烏拉圭裁判的裁決，也帶有偏袒的評論，一會兒是偏向這個德國，一會兒又偏向那個德國。我感到自己沒有原則，也就是說，分成了兩個部分。然而，每天上午，當刑事警官費德勞審訊我的時候，我則毫無例外地能夠堅持預先確定的供詞。是有關我在特別左的社民黨黑森州南方支部的工作，在那裡人們對我的評價是一個工作勤奮但思想保守的同志。我願意承認自己屬於社會民主黨人中間更具有實用主義傾向的右翼。我看見在我的面前放著我那些被沒收的照相器材。降低在這種案子上的興奮，說明早年作為職業攝影師的工作經歷，指點去參見那些度假時拍的照片，這種保留下來的業餘愛好。然而，接著又出示了我那架功能齊全的超八毫米窄軟片攝影機和兩卷反差極大和感光度極強的電影膠片，據說，適合於「專門的間諜活動」。說實在的，這並不是證據，充其量只是一種間接證據。因為我成功地堅持了供詞，所以總是安安心心地回到牢房，高興地期待著比賽。

這邊和那邊,誰都不會想到我是一個足球迷。在此之前,我壓根就不知道于爾根‧施巴瓦澤在家裡為馬格德堡踢球非常成功。這時,我看著他,看見他在第七十八分鐘,接到哈曼的傳球,用頭把球停下,然後帶球晃過福格茨這個頑強的小夥子,又擺脫了赫特格斯,用力一腳將球射進球門,邁耶爾撲救不及。

　　德國一比○領先。哪一個德國?我的這一個德國還是我的那一個德國?是啊,我雖然在牢房裡大叫「進了!進了!進了!」但同時也為另一個德國比分落後而揪心。當碧根鮑華試圖重新組織進攻的時候,我又為聯邦德國的十一名隊員鼓勵加油。對於這場比賽的結局,我在一張明信片上向我的總理表示了我的遺憾,使他下臺的當然不是我們這些人,大概是諾瑙,站在最前面的是維納和根舍,以後逢年過節和12月18日他的生日,我總是寄明信片給他,但是他從來沒有回過。可以肯定,他也是以混合的感情經歷了施巴瓦澤進的這個球。

1975 年

　　這也是普普通通的一年嗎？或許時間像鉛一樣沉重，我們已經在自己的叫喊聲中失去了聽覺？我的記憶模模糊糊，充其量只能想起幾次沒有目的的騷動，因為當時在我住的房子裡，不管是在弗里德瑙還是在施多爾河畔的維威斯弗萊特，家裡總是不太和睦，因為安娜，因為我，因為薇羅妮卡，因此孩子們也受到了傷害或者離家出走，我則逃進了手稿（還能逃到哪兒去呢），潛入《比目魚》的海綿組織裡，向後倒退幾個世紀，和九個或是更多的女廚師待上一會兒，她們控制著我，有時嚴格，有時寬容，而在我逃跑的足跡旁邊，現實生活在宣洩著自己的感情，不管是在施塔姆海姆監獄大樓裡面，還是圍繞著布洛克多夫的核電站施工工地，暴力都使自己的方式更加優雅，但是除此之外，自從勃蘭特下臺，施密特當總理使我們大家變得更加務實以來，沒有發生多少事；只是在螢光幕上仍然還是十分擁擠。

　　我堅持認為：這一年並沒有什麼特別之處，或者說，特別的只是因為我們四、五個西邊的公民在邊界接受檢查，然後在東柏林會見了五、六個東邊的公民，他們同樣也是懷揣手稿來的，萊納・基爾施和海因茨・切朔夫斯基甚至來自哈勒。我們先是在舍德利希的家裡，然後在薩拉・基爾施或西比勒・亨茨克的家裡，無論是在他家還是在她家，都是為了在喝過咖啡、吃完蛋糕（還有通常的東西方相互嘲弄取笑）之後，相互朗讀押韻的詩和不押韻的詩、太長的章節和短小的故事，這些都是當時正在那堵牆的兩邊寫著的東西，試圖在細節上詮釋這個世界。

　　難道這個儀式就是在這一年的年曆上唯一留下來的事嗎？或多或少有些拖拖拉拉的邊界檢查，驅車前往會面地點（小紅帽大街或倫巴赫大街），時而滑稽有趣、時而憂慮重重的爭辯，唱著全德的哀歌，另外還有寫作入迷的作家們筆下流淌的墨水河流，然後針對朗讀的東西進行時而激烈、時而懶得動嘴的批評，這種對「四七社」的減少到私人圈的粗糙摹仿，最後，在臨近午夜的時候，匆匆出境，經過的是弗里德里希大街火車站邊界檢查站。

西貢出現在電視裡，既遠又近。最後一批美國人慌忙地從他們大使館的房頂上離開了越南。但是，這個終結可以不予考慮，它也不是我們在吃細沙糖黃油糕點和杏仁霜蛋糕時的話題。赤軍旅的恐怖活動也是如此，這種恐怖不僅正在斯德哥爾摩（綁架人質）進行，而且也成為施塔姆海姆犯人們日常生活的一部分，直到在下一年烏爾利克‧邁因霍夫在她的牢房裡上吊自殺或是被別人吊死為止。然而即使是這個多年未解的疑問，也沒有引起我們這些聚會、握筆桿的人特別關注。充其量只有乾燥的夏天之後，發生在呂納堡草原的幾場火災算是新聞，在火勢大面積擴展的過程中，五名消防隊員被火焰包圍，最後不幸遇難。

這也不是東西對話的話題。也許，在尼柯拉斯‧伯爾恩朗讀他的《避開土地的一側》之前，在薩拉用柏林方言吟誦她的邊疆詩歌之前，在舍德利希用他那些後來在西邊以《嘗試過的接近》作為書名出版的故事，讓我們心煩意亂之前，在我試讀《比目魚》中的一個片段之前，我們把那個5月曾經在該市的西部引起轟動的事件當作新聞提了出來：在克勞伊茨貝格區的格呂本河岸大街，靠近奧伯鮑姆橋的邊界通道，有一個五歲的土耳其男孩（名字叫切廷）掉進了那條作為城市兩個部分之間邊界的施普雷運河，因此，無論是西柏林的員警，還是站在巡邏艇上的人民軍水兵，誰都不願意或不能夠救這個孩子。因為西邊的任何人都不敢跳進水裡，而東邊則必須等待一位高級軍官的決定，時間在流逝，直到最後一切都對切廷為時已晚。當消防隊終於獲准打撈屍體的時候，土耳其的婦女們在運河西岸開始號啕大哭，持續了很長時間，據說在東邊很遠的地方都可以聽見。

那一年和其他年份沒有什麼不同，一邊喝咖啡一邊吃蛋糕時還能談什麼呢？9月，當我們帶著手稿再次會面的時候，衣索比亞皇帝的去世（是謀殺還是前列腺癌？）可能為我提供了講述一次童年經歷的機會。在「福斯每週新聞電影」裡，我這個愛看電影的人看見了海爾‧塞拉西皇帝，他當時正乘坐一艘機動汽艇在細雨濛濛的天氣裡參觀一個港口（是漢堡港嗎？）個子矮小，留著鬍子，頭戴盔形涼帽，他站在由僕人撐著的一把遮陽傘下面。他看上去很悲傷，或是很苦惱。肯定是在1935年，此前不久，墨索里尼的士兵剛開進阿比西尼亞，這是衣索

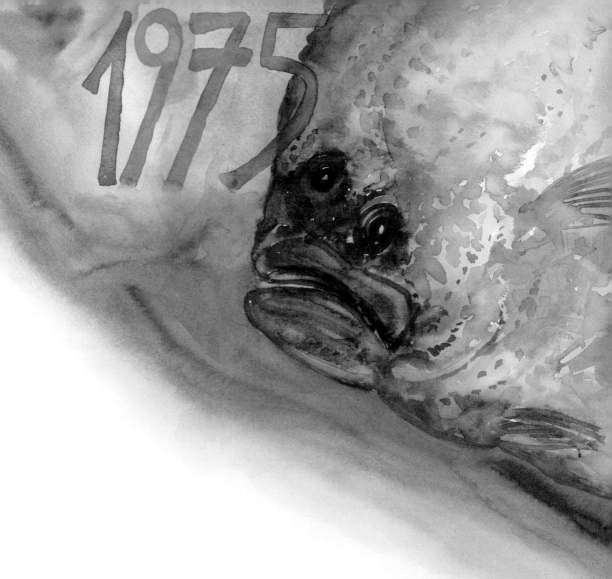

比亞當時的國名。我作為孩子很想和這個皇帝成為朋友，在他面對義大利的絕對優勢，不得不從一個國家逃到另一個國家的時候，我可以陪伴著他。

不，我不能肯定，在我們東西會面的時候是不是提到過衣索比亞的皇帝，或者甚至是不是提到過門基斯圖這個最新的共產主義統治者。只有一點是確定無疑的，那就是午夜之前我們必須在被稱作「淚水宮」的邊界檢查大廳，出示我們的證件和入境證。同樣可以肯定的是，當我總是帶著我未完成的《比目魚》在西柏林和維威斯弗萊特尋找一個棲身之處的時候，家裡一直不太和睦。

1976 年

　　我們相信，無論我們在東柏林的什麼地方會面，馬上就會被竊聽。我們猜想到處都有精心安置的竊聽器，在灰泥下面、在吸頂燈裡，甚至在花盆裡，因此我們總是以諷刺的口吻談論無微不至的國家及其對安全無法滿足的需要。為了方便竊聽紀錄，我們發音清楚語速緩慢地洩露祕密，而這些祕密暴露的是詩歌的那種原則上具有破壞作用的特性，並且有目的地使用虛擬式來鋪墊陰謀意圖。假如事實證明，我們知識分子的吹毛求疵和頹廢的比喻，只能越過邊界，也就是說，在全德的合作中才能夠解讀的話，我們建議這家公司（這是工農政權的國家安全機關對外的祕密稱呼），向他們的西方競爭對手（普拉赫或科隆）請求官方援助。我們傲慢地和國安機關做遊戲，一半當真一半心血來潮，推測在我們這夥人中至少有一個密探，同時我們又友好地相互保證，「原則上」每一個人都在懷疑之列。

　　二十年之後，克勞斯・施萊辛格寄給我幾份密探報告，他在那個使用「高克」這個名稱的官方機構，過濾了所有涉及到他的國安機關勤奮搜集的東西，這些密探報告都是有關我們幾次密謀會面（70年代中期）。但是裡面可以讀到的只是，誰和誰在弗里德里希大街火車站的書店前碰面、誰吻了誰表示問候，或誰送了禮品，比如，幾個用彩色紙包裝的瓶子、這些人坐誰的特拉比（車牌號碼）去了哪兒、所有這些被監視的人在什麼時間消失在哪一棟房子裡（街名，門牌號碼）、什麼時候，在六個多小時的目標監視之後，所有的人離開這棟被稱為目標的房子，走向不同的方向，西邊的幾個人走向出境站，有幾個人大聲笑著，顯然是喝了很多酒。

也就是說沒有竊聽器。在我們這夥人之間也沒有密探。沒有一句話是關於我們閱讀練習的。也沒有提到押韻詩和不押韻詩的炸藥，這多麼令人失望啊！也沒有暗示在喝咖啡、吃蛋糕時起破壞作用的閒聊。因此也就無法了解西邊的幾個人對不久前剛在選帝侯大街的一家電影院放映的劇情片《大白鯊》所引起的轟動，說了些什麼。當時正在雅典對軍人政務委員會的幾名上校軍官進行審判，對此發表的評語也無人聽見。我們（我熟悉當地的情況）向朋友們報告了圍繞布洛克多夫核電站的戰役，警方第一次，同時也是非常成功地使用了在美國經過考驗的「化學棒」，為的是緊接著用低空飛行的直升機，把數萬名示威的平民驅趕到維爾斯特沼澤區平坦的農田上，而東邊的國安當局顯然是錯過了對西邊員警執行任務的效率進行了解的機會。

　　或許在我們這個圈子裡壓根就沒有提到過一句關於布洛克多夫的事。有可能是我們為了照顧那些被隔離在牆那邊的同行們，不願傷害他們對西邊相當美好的想法，所以沒有對他們講使用化學棒的事，沒有向他們描述那些打人的，甚至把婦女兒童打倒在地的員警吧。我更願意認為，伯爾恩、布赫或是我，客觀地且強調地提到在布洛克多夫投入使用的噴霧器裡充填的這種很難說準確的氣體（氯乙醯苯），並且聯繫到那種在第一次世界大戰中就已經使用過，名叫「白十字毒氣」的氣體。薩拉、舍德利希、施萊辛格、萊納·基爾施聽了之後也贊同這種觀點：人民警察目前還沒有這麼好的裝備，但是，一旦擁有更多的外匯，這種情況將會有所改變，因為西邊創造的東西原則上對東邊也會是值得追求的。

　　毫無用處的推測。在施萊辛格的國安機關檔裡一點也找不到。在那裡找不到的東西，從來也沒有存在過。但是每一件記錄在案的事，如註明時間、交代地點、簡潔地描述當事人，都是事實，也有一定的分量，說的是實情。我從施萊辛格的禮物（是一些影本）裡面看到，在這些東柏林每次都被一直監視到房門口的拜訪中，有一次陪同我的是一位女士，高挑的個子，金黃色的鬈髮，邊境檢查站又補充了一些內容：她出生在波羅的海的小島希登瑟，總是隨身帶著織毛衣的家什，但是一直到那時文學圈裡還沒有人認識她。

烏特就是這樣進入了檔案。從此以後她就是事實。任何夢都不會把她從我這裡搶走。因為從此我不必再從這兒到那兒瞎摸亂找，當時無論在哪兒，家裡總是不太和睦。更確切地說，我在她的避風港裡把《比目魚》一章一章地寫在像石頭一樣的皮上，只要我們聚在一起，我就繼續給朋友們朗讀，不管是關於「朔內恩鯡魚」的哥德式的描寫，還是一種巴洛克式的比喻：「關於邪惡時代的負擔」。但是舍德利希、伯爾恩、薩拉、萊納・基爾施或是我，在經常變換的地點，真的讀了些什麼，並沒有記錄在施萊辛格的檔案裡，也就是說並不是真實的，既沒有受到國安機關的寵幸，也沒有得到高克當局的恩惠；充其量只能推測一下，當烏特成為事實的時候，我讀完了未完待續的童話「另一種真實」，舍德利希當時已經或者在下一年裡才給我們朗讀了他的《塔爾霍韋爾》的開頭部分，講的是那個永生不死的密探的故事。

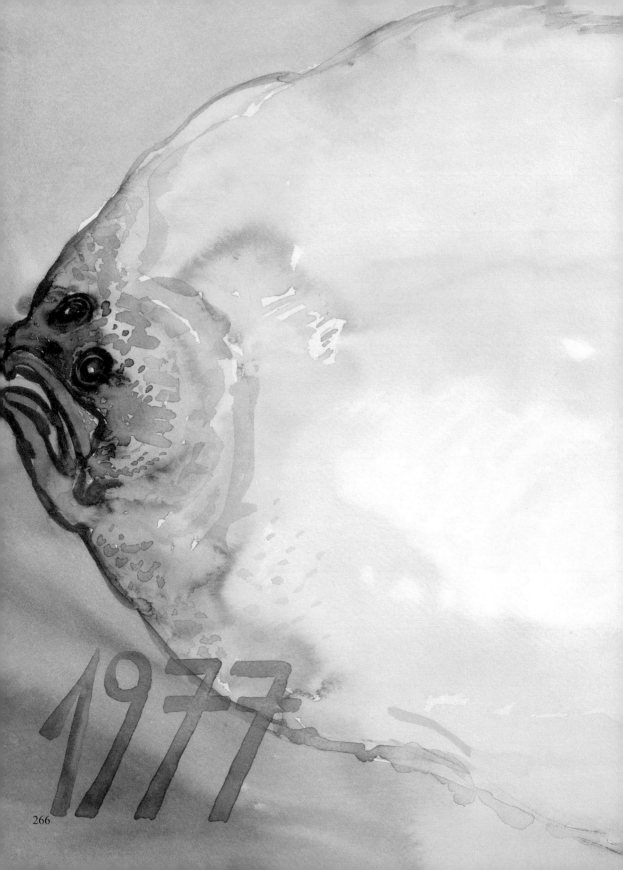

1977

1977 年

　　這產生了一些後果。但是什麼沒有後果呢？恐怖為自己創造了反恐怖。問題始終沒有得到回答。至今我一直不明白，兩支裝了子彈的左輪手槍是如何進入那棟非常安全的大樓，據說巴德和拉斯泊在斯塔姆海姆就是用這兩把槍自殺的，古德龍・恩斯林又怎麼會用一根擴音器的電線上吊自縊。

　　這產生了一些後果。但是什麼沒有後果呢？大約在前一年，歌手沃爾夫・比爾曼被取消國籍，他從此失去這個有著銅牆鐵壁的工農國家，當他開始在西邊的舞臺上唱歌時，也失去了共鳴的基礎。直到今天我仍然記得他在弗里德瑙區尼德大街時的情景，在國家批准的巡迴演出期間，他首先坐在我們家的餐桌旁邊，風趣地談論自己，談論真正的共產主義，再次談論自己，然後在我的工作室，在少數觀眾，即烏特、幾個孩子和他們的朋友的面前，用吉他排練了他將在科隆獲得恩准的盛大演出時的節目，就像我們翌日在電視裡看到演出的「實況轉播」那

樣，他對一切都進行了練習，每一聲反對執政黨獨斷專行的吼聲，每一聲由全民所有的間諜機關誘使發出的嘲諷笑聲，每一聲對那個遭到背叛而且是遭到領導同志背叛的共產主義發出的抽泣，每一個節奏強烈的和絃和每一個產生疼痛的嘶啞叫喊，直到口乾舌燥嗓子沙啞，甚至對那個一時衝動許下的諾言全文，每一次睫毛的動作，每一個滑稽的神態和痛苦的表情，要我說吧，都是經過幾個月、幾年的練習，都是在嚴格禁止在他的巢穴之外（面對「常設代表處」）登臺演出的禁令使他沉默期間練習的，他為這次重要登臺演出練熟了一個又一個的節目；因為所有在科隆震撼了大量聽眾和觀眾的東西，已經在前一天於少數觀眾面前獲得了成功。他擁有如此之多的排練熟悉的意圖。如此恰當地考慮到它們的用處。他的勇氣就是這樣在考驗之後上了舞臺。

　　他剛被取消國籍的時候，我們大家都希望，這種勇氣將在西邊經受考驗，這樣一種勇氣也會產生後果。但是，並沒有產生多少。後來過了很久，當那堵牆倒了的時候，他感覺受到了傷害，因為他對這件事沒有作出任何貢獻。前不久，他被授予了國家獎。

　　在比爾曼被取消國籍之後，我們最後一次在城市的東邊見了面。在庫納特養了許多隻貓的房子裡，我們先是互相朗讀作品（就像是背熟了似的），然後又陸續來了一些人，他們公開抗議，反對取消比爾曼的國籍，現在試圖考慮如何應對他們的抗議所產生的後果。其中的一個後果是，許多人（不是所有的人）被迫提出申請離開他們的國家。庫納特一家帶著他們的那些貓離去。薩拉·基爾施和約亨·舍德利希則帶著他們的孩子、書籍和家用器具。

　　這也產生了一些後果。但是什麼沒有後果呢。後來，尼柯拉斯·伯爾恩去世，離開了我們大家。再後來，過了很久，我們友誼也分崩離析：統一的損失。然而，我們那些朗讀過一遍又一遍的手稿進入了市場。那條比目魚也自由自在地游來游去。對了，1977年年底，查理·卓別林去世。他搖搖晃晃地朝地平線走去，就這麼簡簡單單地走了，沒有找到接班的人。

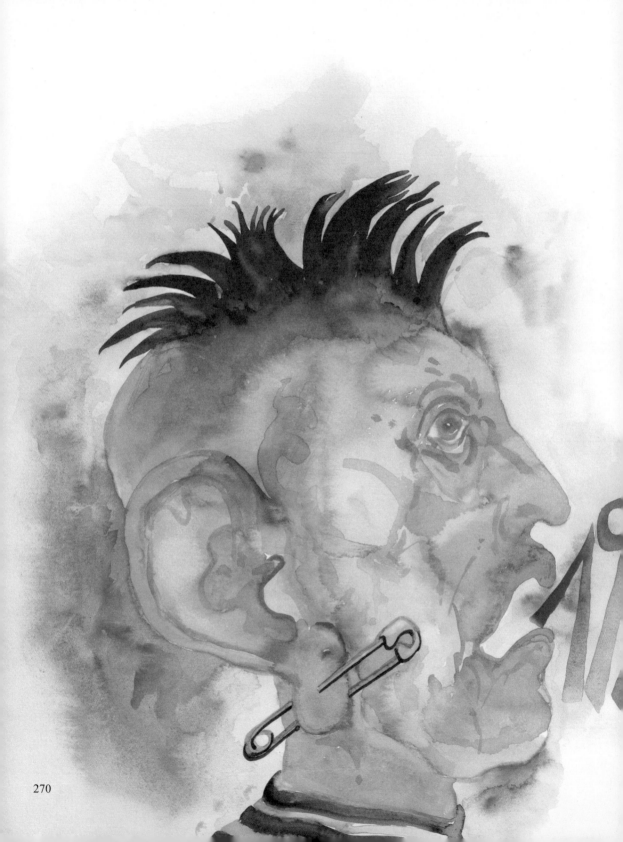

1978 年

　　當然，閣下，我早就應該來，早就應該傾訴我的煩惱。然而我一直堅信，那兩個孩子的情況會漸漸好轉。我丈夫和我都準確無誤地感到他們什麼也不缺，我們對他們倆都是倍加呵護。自從我們按照我公公的願望住進了他的別墅，看上去他們似乎也感到很幸福或至少是很滿意。這是一棟寬敞的房子。很大的花園，古老的樹木。雖然我們住在比較偏僻的地方，您也知道，閣下，但是離市中心並不算遠。他們經常有同學來訪。在花園裡辦慶祝活動總是特別輕鬆快樂。甚至就連我公公，我們這兩個孩子愛得不得了的老爺爺，也很喜歡這種快樂的活動。現在他們倆突然一下子變得人不像人鬼不像鬼。是馬丁先開始的。但是莫妮卡認為必須超過她哥哥。兒子突然剃成光頭，只在額頭上剩下一綹頭髮。女兒把她漂亮的金髮一部分染成紫丁香色，一部分染成亮得刺眼的綠色。這些或許還可以視而不見，我們也就是這麼做的。但是當他們倆穿上那些可怕的破衣爛衫出現的時候，我們真的感到非常震驚，我比我丈夫更受刺激。馬丁在此之前在穿著方面更喜歡擺紳士派頭，現在突然穿上滿是破洞的牛仔褲，繫著一根生鏽的鏈條。據說還應該配上一件黑色的牛仔夾克，用一把奇形怪狀的掛鎖箍在胸前。我的莫妮卡穿著一件刮掉皮的皮制服和一雙繫帶的長筒靴。除此種種之外，從他們倆的房間傳出的音樂，完全可以稱為是具有攻擊性的噪音。他們只要是從學校回來，轟隆轟隆的音樂就開始了。一點也不考慮我們的老爺爺，自從退休以來，他總是喜歡安靜，我們也不知道該怎麼辦……

　　是啊，閣下。這種音樂真是折磨耳朵的東西，「性手槍樂隊」。他們似乎很精通這些。肯定如此。我們什麼都試過了。好說好勸，嚴厲訓斥。我丈夫甚至威脅說要停發零用錢，他平時總是很寬容。毫無用處。孩子們總是經常外出，混在壞人圈裡。他們的同學全是出生在規矩人家的，當然也不再來了。真是地獄啊，他們現在帶回家來的都是這種類型：龐克。在任何地方，人們面對他們都不會有安全感。他們蹲在地毯上。在吸煙室裡，他們甚至懶洋洋地靠在皮椅子上。再加上這種臭大糞似的語言。就是這樣，閣下。永遠都是這種沒有未來的廢話，直到有一天，我該怎麼說

呢，我們的老爺爺突然神經失常，而且就是在一夜之間。我丈夫和我不知所措，無可奈何。因為我的公公……

您認識他。這位舉止高雅、保養良好的先生，具有老派紳士的魅力，談吐總是風趣幽默，但又從不傷害他人，自從脫離所有的銀行業務以來，他的生活中只有對古典音樂的熱愛，幾乎從不離開他的那幾間房間，只是偶爾才坐在花園的平臺上，心不在焉的樣子，好像他完全徹底地把那個職位很高的財務專家拋在腦後了；您是知道的，閣下，他曾經屬於德意志銀行領導層，他從來不談自己和他從事多年的工作，是保守祕密的化身，絕對保守祕密，總穿黑色條紋的西裝。我在剛結婚不久的時候，曾經問過他在那些可怕的戰爭年代的職業工作，他輕輕地以幽默的口吻回答說：「這是銀行祕密。」這就是他的風格，就連自己也在銀行做事的艾爾溫，也對他童年時期住過的地方知之甚少，對他父親的職業升遷知道得就更少了，我已經說過了，閣下，他突然在一夜之間變得像換了一個人似的……

請您想像一下：他在吃早飯的時候穿著這種可怕的行頭，讓我們十分意外，不對，是深感震驚。他把自己在如此高齡仍然濃密、漂亮的花白頭髮，剃得只剩下中間一條，像山一樣立著，並且把這撮可憐的剩餘頭髮染成了狐紅色。他穿了一件顯然是偷偷用黑白兩色的零布頭拼綴在一起的長外套，配上他過去曾經在參加銀行董事會會議時穿過的那條舊的施特雷澤曼西裝褲。他看上去就像是一個囚犯。所有的東西，一條條的布料，甚至褲子的開襠，都是用別針別在一起的。他還把兩個特大號的別針穿在耳垂上，請您別問我，他是怎麼穿的。他還想辦法弄到一副手銬，只要出門總帶在身邊。

但是，當然，閣下，誰也不可能阻止他。他總是經常外出，不只是在拉特區這裡讓自己成為人們的笑柄，而且也在市中心，這是別人告訴我們的，甚至就在國王大街上。這樣他很快就把一群這種龐克聚集在自己的周圍，他和這些人一起把這一片地方，一直到上面的格雷斯海姆，搞得很不安定。不，閣下，即使艾爾溫已經責備過他，他還是說：「阿布斯先生現在外出。阿布斯先生必須接管波西

米亞聯合銀行和維也納信貸銀行。除此之外，阿布斯先生必須馬上將巴黎和阿姆斯特丹一些有名的商號變成雅利安人的財產。有人曾經請求阿布斯先生，就像是在孟德爾松銀行時那樣，祕密地採取行動。阿布斯先生是以保守祕密而著稱，他希望不再有人向他求教……」

這些話，還有其他更多的話，我們都不得不聽，一天又一天，閣下。是您說的：我們的老爺爺完完全全把自己和他從前的上司視為同一個人，他自稱與此人顯然不只是在戰後重建時期，而且也在戰爭年代最緊密地聯繫在一起，是的，就是與當時曾經榮幸地在重大財政問題上為總理提供諮詢的赫爾曼·約瑟夫·阿布斯。不管是有關令人難堪的涉及染料工業利益聯盟的賠償問題，還是來自以色列的進一步要求，他總是認為自己必須充當阿登納先生的談判代表。他說：「阿布斯先生駁回了所有要求。阿布斯先生將保證我們一直有能力獲得貸款……」他一出別墅，那些可怕的龐克們就衝著他大喊：「阿布斯老爹！」他微笑著向我們保證：「沒有任何理由擔心。阿布斯先生只是去出差。」

兩個孩子呢？您不會相信的，閣下。他們在一夜之間完全變好了，我們的老爺爺讓他們也感到非常震驚。莫妮卡把她那件皮制服和那雙難看的繫帶長筒靴塞進了垃圾桶。她現在正在準備中學畢業考試。馬丁重新發現他的絲綢領帶。我從艾爾溫那裡聽說，馬丁想去倫敦上大學。實際上，如果撇開悲劇性的後果不計，我們真應該感謝這位老先生，是他重新使他的孫子孫女恢復了理智。

當然，閣下。我知道，作出這個艱難的決定，對我們來說也是極其困難的。我們和孩子們一起共同商討了幾個小時，尋找一個辦法。是的，他目前在格拉芬貝格。是您說的，這個機構的名聲很好。我們定期去看望他。當然，孩子們也去。他什麼都不缺。可惜的是，他仍然一直自稱是「阿布斯先生」，一位護理員告訴我們，他和其他被照料的人交往相當愉快。據說，我們的老爺爺最近和一個很適合冒充「阿登納先生」的人交了朋友。人們允許他們倆一起高高興興地玩滾球遊戲。

274

1979 年

　　別再沒完沒了地問。這是什麼意思，我最難忘的愛情？當然是你啦，我實在令人心煩的克勞斯・施特凡，我對於你……好啦，別再追根究柢啦。假如你指的是愛情，就是像心顫、手心出汗、說話結結巴巴，差一點就胡言亂語的事情。是的，有一次曾經有過火花，那還是在我十三歲的時候。你會感到驚奇的，當時我愛上了一個真正駕駛熱氣球的人，愛得要死要活。準確地說，是愛上了一個駕駛熱氣球的人的兒子，更準確一點，是愛上了一個駕駛熱氣球的人的大兒子；因為當年有兩個男人帶著全家乘坐一個熱氣球，從圖林根逃到了弗蘭肯地區，那是在什麼時候？十二年前，9月中旬。說什麼呢，不是遊覽觀光！你什麼都不懂，或者根本不想搞懂。他們是偷越邊界；膽大包天地從鐵絲網、地雷區、自動射擊裝置、死亡地帶的上空飛過，直接來到我們這一邊。你也許還記得，我是從奈拉來的，那是弗蘭肯地區的一個小村。離當時還是在另一個德國的珀斯奈克不到五十公里，那兩個家庭就是從那裡逃過來的。我已經說過，是乘坐一個熱氣球，而且是自製的。奈拉因此而出名，上了所有的報紙，甚至還上了電視，因為這些乘坐熱氣球的人，雖然不是直接到我家門口，但也就是降落在鎮外樹林旁邊的一片草地上：四個成年人，四個孩子。弗蘭克是其中的一個，剛滿十五歲，我愛上的就是他，而且是立刻就愛上了，當時我們許多孩子站在封鎖線外面看著這兩家人為了拍電視再次爬進吊籃，依要求不停地招手。只有我的弗蘭克沒有招手，也沒有任何表情，他感到很難堪，對這種鬧哄哄的場面厭煩極了。唉，全是新聞媒體在炒作。他想從吊籃裡面出來，但是卻又不被允許這麼做。我立刻就墮入了情網。我想去他那裡或者從他這裡離開。準確地說，和我們之間的關係完全不同，一切都是漸進地發展，整個過程幾乎沒有任何一時衝動的成分。但是和弗蘭克，

當時真是一見鍾情。我當然和他說過話！也就是說，他剛從吊籃裡面一出來，我馬上就過去跟他聊了起來。他幾乎什麼話也沒有說。相當拘謹。真是很可愛。我纏著他問來問去，什麼都想知道，打聽這件事的整個過程。這兩個家庭曾經試過一次，但是因為當時霧大，熱氣球潮濕了，在那邊離邊界不遠的地方掉了下去，所有的人都不知道是在什麼地方。他們很幸運，沒有在那邊被抓起來。弗蘭克接著告訴我，這兩個家庭並沒有灰心喪氣，而是又一米一米地採購防雨布料，在當時的民主德國全國各地，這肯定是很不容易的。夜裡，兩家的女人和男人用兩台縫紉機，一塊布一塊布地拼出了這個新的熱氣球，因此在成功地逃過來之後，新格公司立即表示願意送給他們兩台嶄新的電動縫紉機，因為人們猜測他們使用的是兩台老式的新格腳踏縫紉機……其實並不是這麼回事……是東邊的產品……甚至還是電動的……這樣也就沒有賜予這些高級禮品……當然，因為缺少廣告效應……對沒有的東西也就什麼都沒有……不管怎樣，當我們偷偷地在熱氣球降落的那片樹林旁邊的草地約會時，弗蘭克把這一切都慢慢地講給我聽了。其實他很靦腆，和西邊的小夥子完全不一樣。我們是不是親過嘴？開始的時候沒有，但是後來當然啦。這時已經出現了一些和我父親的麻煩。因為他認為，駕駛熱氣球的兩對父母這種不負責任的行為，給兩個家庭帶來了危險，這話也並非完全不對。我當然不願意這麼看。我對我父親說，而且說得也沒錯：你是嫉妒，因為這兩個男人敢於冒險去做的事，恰好是你膽小怕事絕對不敢去做的……。就是這麼說的！現在我最心愛的克勞斯‧施特凡也扮演成吃醋的傢伙，要對我進行責備，甚至可能再次和我一刀兩斷。只因為我在許多年以前……那好吧。我說的都是謊話。全是我瞎編出來的。我十三歲的時候還太害羞，不可能主動去跟那個小夥子聊。我只是看啊看啊。即使後來我在大街上見到了他，也只是看看他而已。他在離我們家很近的奈拉中學上學。就在阿爾賓‧克呂韋爾大街，從那裡到他們乘熱氣球降落的那片樹林旁邊的草地也不遠。後來我們搬了家，去了埃爾朗根，我父親開始在西門子公司產品廣告部工作。但是，弗蘭克……不，不僅僅是有一點愛上了他，而是狂熱、真心真意地愛上了他，不管這合不合你的意。儘管我們之間沒有發生任何事，我仍然一直喜歡他，即使弗蘭克對此一無所知。

1980 年

「從波恩過來也就是一小段路。」他的夫人在電話裡對我說。您感覺不到，國務祕書先生，這些人是多麼的天真，同時也是多麼的友好：「您就安安心心地過來坐一坐吧，這樣您就會知道我們這兒的情況，從早到晚，諸如此類……」因此我也認為自己作為主管部門的負責人有義務去親眼看看，即使只是為了在需要時向您彙報。實際上，從外交部過去也就僅僅是一小段路。

但是並不是這麼回事，中心設在一棟非常普通的聯排式住宅樓裡，或者類似的房子。有人認為從那裡可以果斷地插手世界上發生的事，如果需要的話，也可以對我們進行要脅。他的夫人向我保證，「整個組織工作」都是她做的，儘管她還要做家務和照管三個年幼的孩子。她做起來「毫不費勁」，經常與提到過的那艘在南中國海上的船保持聯絡，就像是順帶似地分發那些總是源源不斷流入的捐款。她說，只有和我們，「和官僚機構」才有麻煩。另外，她也遵循她丈夫的座右銘：「保持理智，敢於去做不理智的事！」這是他在許多年以前，那是1968年，在巴黎偶然聽到的，當時大學生們還有敢冒風險的勇氣。按照這個座右銘，她也向我，也就是向外交部提出了一些建議，因為沒有政治上敢冒風險的勇氣，就會有越來越多的船民淹死或者在碧東島這個全是老鼠的小島上餓死。無論如何，必須允許她丈夫使用綽綽有餘的捐款，續租幾個月那艘派往越南的船，以便毫無麻煩地接收其他船隻上的難民，比如那些被丹麥梅爾斯克航線的一艘貨輪打撈上船的那些可憐人。這是她提出的要求。稱之為「人道的需求」等。

我當然提請這位好心的女人注意有關事項。反覆重申，當然是按照指令行事，國務祕書先生。畢竟1910年的海洋法公約是我們在這種棘手的情況中可以遵循的唯一準則。我已經多次向她保證，按照這個公約的條文，所有的船長都有義務接收海上難民，但只有直接從水裡，而不是從別人的貨船上，就像在「梅爾斯克芒果號」這個案子裡發生的情況一樣，這條懸掛新加坡國旗的船接收了別的船想擺脫的二十幾個海上難民，而且是立刻。根據無線電訊，別的船上裝載了容易變壞的熱帶水果，不允許偏離航向等。我也向她反覆申明，「卡普·阿納姆爾號」直接接收獲救的船民是違反了國際海洋法。

她站在灶臺旁邊，一邊把胡蘿蔔切成小塊做成一鍋燴，一邊嘲笑我。她說，這種規定起源於「鐵達尼號」的時代。如今的災難具有完全不同的規模。現在必須考慮到三十萬淹死的、渴死的乘坐在小船的海上難民。即使「卡普・阿納姆爾號」迄今為止已經成功地救起了數百人，也不能就此感到滿足。對於我粗略估計的數字的相對性和其他異議，我聽見的是：「説什麼呢！至於難民中是不是有黑市商人、拉皮條的傢伙、刑事犯罪分子或者親美的越奸，我並不感興趣。」對她來說，這關係到許多每天都有可能淹死的人，然而外交部，甚至所有的政治家，卻死死抓住那些很久很久以前的準則。就在一年之前，當這場苦難開始的時候，還有幾位州長在漢諾威和慕尼黑向電視臺宣布接收了幾百名「共產主義恐怖的犧牲者」，就是這麼説的，但是現在突然一下子人們只提經濟難民和無恥地濫用政治避難權……

　　不行，國務祕書先生，簡直沒法使這個好心的女人平靜下來。也就是說，她並不是特別激動，更多的是熱情和冷靜，同時還總是在忙著別的，不管是在灶臺上煮著一鍋燴（她告訴我，是「羊肚子上的五花肉燉蔬菜」），或是在打電話。

除此之外，也不停地有客人來，其中有些是願意提供服務的醫生。長時間地談論排隊等候的名單、熱帶適應問題、打預防針等。在這期間總是不斷出現那三個孩子。已經說過，我站在廚房裡。想走卻又沒走。沒有一張椅子空著。當她在隔壁的起居室裡打電話的時候，她多次請我用一支木勺攪和一鍋燴。當我最後在一個洗衣籃上坐下的時候，我坐在一個塑膠鴨子的上面，這是孩子們的玩具，它發出了令人同情的尖銳刺耳的聲音，引起了所有人哄堂大笑。不，沒有一點嘲弄或譏笑的意思。這些人，國務祕書先生，就喜歡混亂。我聽說，這使他們富有獨創性。我們在這件事上是在和理想主義者們打交道，他們根本就不管什麼現行的規定、準則以及諸如此類的東西。就像這個住在聯排式住宅樓裡的好心女人，他們堅定不移地確信可以感動世界。真是值得欽佩，即使我不可能喜歡這種事，我覺得，我在外交部擔任的職能就是作為一個不通情理的人站在那裡，這個人必須經常說不行。當然，沒有任何事情比不得不拒絕給予幫助，更加使人惱火。

孩子中的一個，是個女孩，在告別的時候，以令人感動但也有些讓人難為情的方式，把那個發出尖銳刺耳聲音的塑膠鴨子送給了我。我聽說，它會游泳。

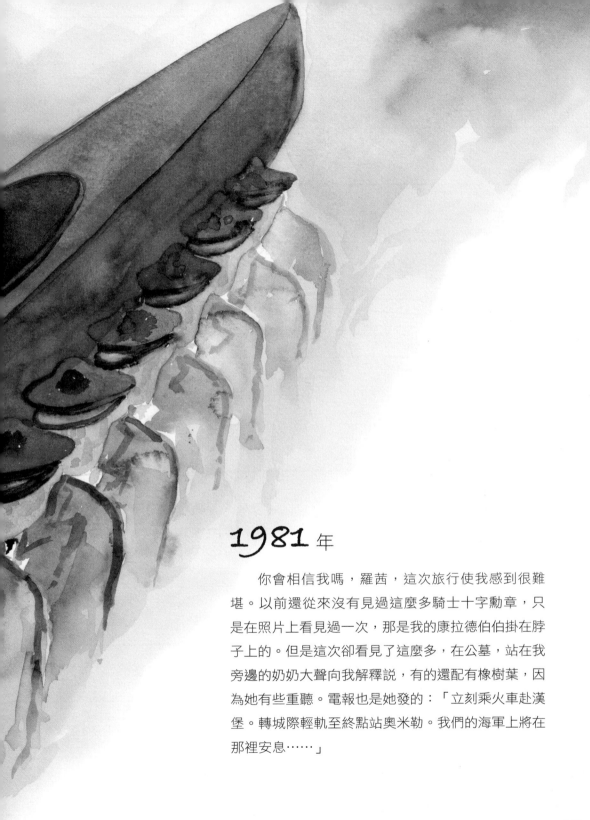

1981 年

　　你會相信我嗎，羅茜，這次旅行使我感到很難堪。以前還從來沒有見過這麼多騎士十字勳章，只是在照片上看見過一次，那是我的康拉德伯伯掛在脖子上的。但是這次卻看見了這麼多，在公墓，站在我旁邊的奶奶大聲向我解釋說，有的還配有橡樹葉，因為她有些重聽。電報也是她發的：「立刻乘火車赴漢堡。轉城際輕軌至終點站奧米勒。我們的海軍上將在那裡安息⋯⋯」

當然，我不得不去。你不了解我奶奶。要是她説「立刻」，那麼就必須立刻。雖然我平時絕不會聽別人的吩咐，你也知道，我在克勞伊茨貝格也是占領空房的這幫人中的一員，我們每天都必須料到這個魯默爾會派員警來對付我們：赫爾姆斯多夫大街掃除指揮部。不管怎樣，向我們集體宿舍的人出示這份電報，讓我感到很難堪。他們當然不會誹謗海軍上將。不管怎樣，我站在我奶奶的旁邊，周圍全是老爺爺們，他們把梅賽德斯停在公墓前面，這會兒幾乎每兩個人就有一個下巴下面戴著一枚騎士十字勳章，但都穿著便裝，從小教堂一直到墓穴「夾道列隊」，這是我奶奶的説法。我冷得發抖。地上還有積雪，儘管有太陽，也冷得要命，幾乎所有的老爺爺都沒有穿大衣，站在那裡。他們都戴著有帽檐的海軍帽。

扶棺的全是潛艇水手，就像一個個小矮人，海軍上將躺在裡面，外面覆蓋著黑紅金三色旗，他們緩緩地從我們面前走過，我父親的兩個哥哥也曾經是潛艇水手，而我父親最後只是進了國民突擊隊。他們倆，一個在北冰洋，另一個在大西洋，像我奶奶一直説的那樣，「找到了那個涼爽的水手之墓」。一個是「海軍上尉」，就跟艇長差不多，另一個，我的卡爾伯伯，只是海軍上士。

你不會相信這些的，羅茜。據説總共約有三萬人和大約五百艘艦艇沉沒。所有的人都是遵照這位海軍上將的命令，他實際上是一個戰爭罪犯。至少我父親是這麼説的。他説，絕大多數的人，也包括他的兩個哥哥，都是自願走進「這些漂浮的棺材」。每到耶誕節，我奶奶總要紀念一番她那兩個「死去的英雄兒子」，這使我父親和我都感到很難堪，因此我父親老是和她吵架。只有我還時不時地去艾克恩菲德看望她，她在那裡有一棟小房子，她一直就崇拜這位海軍上將，戰後也仍然如此。但是，除此之外，她完全正常。其實我和她比和我父親還要合得來，我們占領空房的做法當然不合我父親的意。因此，我奶奶只給我發了電報，而沒有發給我父親，是的，發到赫爾姆斯多夫大街四號，幾個月以來，我們把這裡已經布置得確實很舒服，依靠許多同情者的幫助，他們是醫生、左翼教師、律師等。我前不久寫信告訴過你，赫爾比和羅比是我最要好的朋友，當我把電報拿

給他們看的時候，他們確實一點也不興奮。「你大概有點不正常，」在我收拾衣服時，赫爾比說，「又少了一個老納粹分子！」但是我卻說：「你們不了解我奶奶。如果她說『立刻』，那就沒有任何藉口。」

實際上，你會相信我嗎，羅茜，我很高興看了公墓的這場鬧劇。幾乎所有潛艇戰的倖存者都來了。很滑稽，也有一點令人毛骨悚然，但是當所有的人在墓穴旁邊唱起歌來的時候，也使人感到難堪，絕大多數人看上去就好像始終還在敵人控制的海區航行，正在地平線上搜索著敵艦冒出的一縷煙霧。我奶奶也跟著一起唱，當然是聲音宏亮。首先是〈在全世界高於一切〉，然後是〈我曾經有一個戰友〉。真的是很悲壯。還有幾個右翼的擊鼓流氓，列隊走來，在寒冷的天氣穿著長及膝蓋的襪子。墓前有人講話，所有可能說的都說到了，特別是說了許多關於忠誠的話。那口棺材實在是令人失望。看上去普普通通。我暗暗地問自己，難道不能夠做成微型艦艇的樣式嗎？當然是用木頭，但是要漆成軍艦那種灰色。難道不能夠讓海軍上將在棺材裡更舒服一些嗎？

然後，我們離開了公墓，那些騎士十字勳章的獲得者也都開著他們的梅賽德斯離去，我奶奶請我在漢堡中心火車站吃比薩餅，還塞給了我一些錢，數目超過旅費，我問她：「奶奶，你真的認為，康拉德伯伯和卡爾伯伯的這段水手之墓的歷史是值得的嗎？」我這麼直截了當地問她，事後我感到有些難堪。她至少有好幾分鐘什麼也沒有說，但是接著說道：「唉，我的孩子，肯定是有某種意義的……」

好啦，正像你已經知道的那樣，我剛一回來，魯默爾的員警就把我們統統趕了出去。差不多全是靠使用警棍。現在我們又在克勞伊茨貝格搶占了幾棟空房子。我奶奶認為，讓這麼多房子空著是極其惡劣的。但要是你願意，羅茜，如果我再次被趕出去的話，我們就可以搬到我奶奶的那棟小房子裡去住。她說了，她會非常高興的。

1982年

　　那些誤會，顯然是由我的引文「陰險狡猾的英格蘭」引起的，除此之外，即使是從今天的角度來看，我對我為霍瓦爾德造船廠和通用電器公司設在魏德爾的海軍技術分廠所作的那份標題是〈福克蘭群島之戰的後果〉的鑑定報告感到非常滿意。假設，霍瓦爾德造船廠提供給阿根廷的是兩艘209型潛艇，它們的電子魚雷發射系統被認為是盡善盡美的，第一次投入使用就大獲成功，在對英國特遣艦隊的作戰中戰績顯赫，比如擊沉了「無敵號」航空母艦和滿載士兵的「伊莉莎白女王號」運輸艦，這次雙重勝利給聯邦德國政府帶來了一系列災難性的後果，儘管聯邦德國政府對北約的雙重決議表示了積極態度，而且當時已經完成了早就應該進行的總理更迭。一定會有人說：「德國的武器系統在針對北約盟國的實戰中飽受了考驗。」我寫了「無法想像」這四個字，同時指出即使是阿根廷的法國製造的飛機擊沉了「謝菲爾德號」驅逐艦和「加拉哈德爵士號」登陸艦，也不會減弱由德國生產的潛艇獲得一次意外成功所產生的影響。在英國好不容易才掩飾住的反德情緒，當然就會公開暴露出來。有人會再一次把我們稱作「匈奴人」。

幸好在福克蘭群島戰爭爆發的時候，霍瓦爾德造船廠的「薩爾塔號」潛艇因機械故障停在港內，另一艘「聖・路易絲號」雖然投入了作戰，但是，據說有事實可以證明，訓練不足的水兵們沒有能力操縱通用電器公司複雜的電子魚雷控制系統。我在鑑定報告中寫道：「這樣，英國海軍和我們國家都只是受到了一場虛驚，」特別是因為，對英國人和我們來說，1914年12月8日的第一次福克蘭群島戰役，一直是作為光榮業績，記憶猶新，當時由傳奇的海軍中將封・施佩伯爵指揮的、在那之前一直戰功卓著的德國遠東艦隊遭到了占優勢的英國海軍毀滅性打擊。

　　但是，為了對我的鑑定報告超出純武器技術方面，且從歷史角度進行闡述的考慮尋找依據，我在八年以前對我這份在其他方面就事論事的分析報告，附上了一

幅油畫的翻拍照片，當時正是施密特不得不下臺、科爾的轉折開始的時候。這幅油畫是出自著名海軍畫家漢斯·波爾德之手的〈海上景致〉，是以在上面提到過的那次戰役中的一艘裝甲巡洋艦沉沒為主題。畫面的背景是一艘船尾已經沉入水中的軍艦，前景是一個緊緊抓住一塊船艙板的德國水兵，他的右手仍然以令人銘記在心的姿勢高舉著一面旗幟，顯然是正在沉沒的裝甲巡洋艦上的德國軍旗。

您已經看見，這是一面特殊的旗幟。因此，親愛的朋友和戰友，我才在給您寫信時追述了很久以前的事。我們在這幅戲劇性的畫面上認出了那面德國軍旗，它最近在萊比錫的星期一示威遊行中再次把我們帶入正在發生的事情。可惜的是，出現了一些醜惡的打架鬥毆的場面。我為此感到惋惜。因為正像我按照要求通過一份對統一進程所作的鑑定報告提出建議那樣，根據我的意見，那個毫無意義的口號「我們是人民！」就應該被這個（正如人們所見）使政策獲得成功的呼籲「我們是一個民族！」以完全和平、文明的方式取而代之。另一方面，我們也可以感到高興，那些剃成光頭、什麼都敢幹的小夥子（眾所周知的光頭暴徒）以突然襲擊的方式，成功地通過他們設法搞來的大量德國軍旗，在萊比錫的星期一示威遊行中占據了優勢，並且突出了那種（應該承認是非常大聲的）要求德國統一的呼聲。

由此可見，歷史是有可能走彎路的。當然，有的時候也必須給它助以一臂之力。當時機成熟，我回憶起當年的福克蘭群島之戰的鑑定報告和那幅前面提到的海上景致，是多麼美好啊。當時，通用電器公司的先生們顯得毫無任何歷史知識（到處都是這種情況），因此沒有理解我這種大膽的時間跨越。然而現在，對於德國軍旗的更深一層的含義，他們大概已經恍然大悟。我們越來越經常地看見這種德國軍旗。小夥子們，這些又可以被鼓起熱情的人，帶著它出現，把它高高舉起。自從統一大業基本完成以來，我可以向您，我最好的朋友，承認我的心裡充滿了自豪，因為我看出了歷史的暗示，並且透過我的鑑定報告提供了幫助，這關係到重拾民族價值，終於又能夠在大庭廣眾之下公開展示德國軍旗……

1983年

　　這樣一個傢伙我們再也得不到了！他沒有聽見最後一次打獵結束的喊聲。那是在什麼地方？是在森林裡的一個狩獵聚會時，還有他的密友，那個肉類、乳酪、啤酒供應商也走了，只剩下這個聯盟的第三個人，他及時地從那邊過來了，以其高大的塊頭占據著他在特格恩湖畔的別墅，從此以後，對我們這些卡巴萊演員也就缺少了素材，因為即使是那個執政的重量級，也無法替代這輛三駕馬車。此後就很無聊。只剩下甜木屑、淡咖啡、拿眉毛開玩笑，以及其他一些咬文嚼字的文字遊戲。再也沒有什麼好笑的東西。我們這些國家級的專業滑稽演員，因此不得不憂心忡忡地討論商量。在巴伐利亞的一家旅館裡各說各話。那個名叫格羅斯霍茨勞特的窮鄉僻壤，曾經有一些人帶著他們沙沙作響的文稿在此聚會，多多少少還發了獎，那是很久以前的事。我們蹲在名人們圈裡，一籌莫展，甚至還嚴肅地作了一個專題報告〈論德國卡巴萊在偉大的弗蘭茨・約瑟夫逝世之後的形勢，特別考慮到在他去世之後不久實現的統一大業〉，但是這也沒有帶來多少樂趣。充其量，就是我們這些過分嚴肅在此聚會的滑稽演員變成了笑料。

　　啊，我們是多麼缺少他呀！弗蘭茨・約瑟夫・施特勞斯，他真是那些可以退休的滑稽演員們的神聖的雇主和關鍵字的提供者。你那些邪門歪道的事，是我們每天的麵包。不管是涉及那些被塗了潤滑油的裝甲運輸車、破碎的鏡子玻璃、長期糾纏不清的阿米戈醜聞，還是你和世界各地的獨裁者們的調情私通，每次都會產生一個小小的傑作。每次涉及到解雇那個可憐、受到欺騙的反對黨的時候，德國的卡巴萊總是樂於效勞。對於你這個沒有脖子的男人，我們總是能夠想出什麼花樣。如果急需拉轅的馬，我們就給維納那個老傢伙套上輓具，「放在你的旁邊」。但是他和他的煙斗都已經不再冒煙。

　　始終都是可以信賴的，是你，是我們。只有一次，那是1983年，當時涉及到數十億，不言而喻，是為了東邊可憐的兄弟姐妹的慈善行為，當史無前例的三人會談在羅森海姆的施珀克賓館進行的時候，我們一定是睡著了，不管怎樣，沒有充當祕密偷聽的小老鼠。這邊是矮壯結實的施特勞斯，那邊是東邊的信使沙爾克，肉類、乳酪、啤酒供應商梅爾茨作為世界之子在中間。在最好的意圖武裝

下，一輛由騙子和投機商組成的三駕馬車在一齣占用了整個晚上的蹩腳喜劇裡登場。這筆來自西邊錢箱的款項有九個零，不僅應該對外匯緊缺的東邊國家帶來好處，而且還要負責將整群整群曾經是全民所有的、目前已經達到屠宰標準的公牛，趕到這個身為巴伐利亞大進口商的房主和東道主的屠宰刀之下。

兄弟之間互相讚賞。什麼在這裡叫作「共產主義的暴食者」和「資本主義的敵人」，肉類、乳酪、啤酒的帳單在偷偷地增長，名副其實的沙爾克還可以根據第一手的材料，順便向他那位當上國家元首的修屋頂的工人，提供關於科爾的最新笑話。不一定要互相擁抱，但是一次全德一致的眨眼，每一次都是應該的。就像在保密地點的重大活動時那樣。每個人都必須提供東西：市場的優勢、樸素的魅力、波恩的內臟、價廉物美的半片豬肉、妥善保管的國家機密以及80年代的其他臭氣樣品，含有的酸度足已使各自家裡的祕密員警感到高興。

這一定是一次眼睛、鼻子和耳朵的盛宴，是一次全德的歡樂。當然要吃喝一番：肉類、乳酪、啤酒。但是沒有邀請我們赴宴。他們不需要諷刺作品。我們的那位專業擬音演員成功地模仿了施特勞斯的咕嚕咕嚕叫，迄今還沒有第二個人能夠勝任，必要時，他也可以模仿沙爾克的假嗓子，趕牛郎梅爾茨反正也只能被揣測為精通數字的手語大師。這樣，沒有我們這些卡巴萊演員，就達成了這筆數十億的貸款。真是可惜啊，因為本來可以事後按照「一個託管公司洗乾淨另一個託管公司」的諺語，把整個過程作為德國統一的序幕，搬上我們的舞臺。但是施特勞斯和梅爾茨在牆倒之前就已經退場，我們大家的沙爾克則平平安安地坐在他在特格恩湖畔的別墅裡，他的幾家商務協調公司仍然一直在隱蔽地繁榮發展，因為他知道的東西，要比帶給藍白相間的巴伐利亞的好處更多，因此對他來說，沈默是金。

當我們這些老傢伙傻乎乎地在鄉村聚會的時候,有人說:完全可以忘掉德國的卡巴萊。然而,慕尼黑的機場以弗蘭茨·約瑟夫命名,不只是因為他除了狩獵證之外還有一張飛機駕駛執照,而且也是要讓我們在每一次起飛和降落時都能夠想起他。他集許多東西為一身:一方面是我們最重要的諷刺物件,另一方面是一種風險。當他在1980年想當總理的時候,我們作為小心謹慎的選民和膽小怕事的卡巴萊演員,不願意去冒這種風險。

1984 年

　　我知道，我知道！那種「紀念死者」的要求過於隨意，畢竟需要預先在當地做大量的安排。因此，加倍熱情地，為當年凡爾登戰場上的許多漫遊小路做了標記，尤其是受到那次象徵性握手的鼓舞，這次握手是總統和總理共同的決定，在那個值得紀念的1984年9月22日，在屍骨存放所前面，我們這些人盡力提供了兩種語言的提示牌，比如漫遊目標先寫法文「Mort-Homme」，同時再寫上德文「Toter Mann（死去的男人）」，特別是在那片被血浸透的烏鴉森林（法文是Bois des Corbeaux）附近，如今已經覆蓋著綠色植被的荒涼窪地裡，可能一直還有地雷和未爆彈，因此在已經有法文「不准入內」的警告牌上面，增加了我們德文的「嚴禁入內」。還應該趕緊在一些特定的地點，比如在弗勞伊利小村的斷壁殘垣前面，那裡現在有一座呼籲和解的小教堂；還有304高地上，1916年5月至8月，這個高地曾經多次被攻占，在反擊中又多次被奪回，設立一些不引人注目的提示牌提醒人們，就像在這片戰場的許多漫遊目標一樣，在這裡稍事停留，緬懷沉思。

這種提示並非沒有緊迫性，因為，自從總理來過我們康森渥利德軍公墓，緊接著又去了在多瑙蒙特堡那邊的法軍公墓，與共和國總統歷史性地握了手之後，來公墓的遊人與日俱增。都是乘坐載客眾多的大巴士來的，有幾個來訪團過於觀光性質的舉止引起了一些抱怨。屍骨存放所的圓頂上面的塔樓，外形看上去就像一顆炮彈，往往只能讓人感到毛骨悚然，因此，在存放著十三萬法軍陣亡將士的少部分屍骨的玻璃櫥窗前，時常會有人發出訕笑，並不是什麼罕見的事，更惡劣的是，還可以聽見一些下流猥褻的評論。有些話還被傳了出去，這也證明，總理與總統以給人留下深刻印象的姿態，努力推動我們兩個民族之間偉大的和解行動，但還遠遠沒有結束。人們對我們的人的反感並不是完全沒有道理的，明擺著的事實也幾乎不可能視而不見：為紀念法軍陣亡將士豎立了一萬五千個白色的十字架，上面的碑文是「為法國而死」，每個十字架的前面還種了一簇薔薇，而我們的陣亡將士卻只有黑色的十字架，數量也少得多，而且沒有碑文，也沒有任何花飾。

　　這裡要說一下，對於我們這些人來說，要對這些抱怨予以回答也是很難的。如果涉及到有關戰爭犧牲者的人數，同樣也常常令人一籌莫展。長期以來，都是說雙方各陣亡三十五萬將士。對於在三十五平方公里的面積裡有一百萬人陣亡的說法，我們認為是誇大其詞。大概共有五十萬人陣亡，在戰役的中心地帶，每平方公尺大約死了七、八個人，他們在爭奪多瑙蒙特堡和佛克斯堡，在弗勞伊利附近，在304高地以及「寒冷的土地（法文是Froideterre）」的激戰中捐軀，這個詞表現了整個凡爾登戰場的那種貧瘠的黏質土壤的特性。在軍界通常都使用「損耗戰」這個概念。

　　然而，不管損失到底有多大，當我們的總理和法國的總統握著手，站在屍骨存放所（法文是Ossuaire）前面的時候，他們發出了一個超過任何數字的信號。我們這些人也可以算是擴大了的代表團的成員，但卻只能從背後看見這兩位政治家，代表團裡也有恩斯特・容格爾這位年事已高的作家，他當年親眼見證了這場毫無意義的犧牲。

後來，他們共同栽下一棵槭樹，因此事先就要明確，這一象徵性的行動不能在可能還有地雷的區域進行。大多數人都喜歡這一部分活動。與此相反，在附近地區同時進行的德法聯合軍事演習卻不太受歡迎。我們的坦克開在法國的公路上，我們的龍捲風戰鬥機低空飛過凡爾登：這些都是當地人不願意看見的。假如不搞軍事演習，而是我們的總理來到一條做過標記的漫遊小路，一直走到那個叫作「四根煙囱（法文是Abri de Quatre Cheminées）」的地下掩蔽部的斷壁殘垣前面，肯定會更有意義；1916年6月23日，為爭奪這個地方，巴伐利亞軍團和法國的阿爾卑斯獵手展開激戰，雙方均損失慘重。拋開所有象徵性的意義，安排總理在這裡稍事停留，緬懷沉思，而且盡可能地不要拘泥外交禮儀。

1985 年

　　我親愛的孩子，你想知道，我在80年代的經歷，因為這種個人的資訊對你題為《老年人的日常生活》的碩士論文很重要。我很願意幫你。但是你現在又寫信告訴我，應該涉及到「消費行為方面的赤字」。對此我只能提供很少的幫助，因為你的奶奶沒有什麼可以特別抱怨的。除了少了你爺爺這個最可愛、無人可以替代的人之外，我什麼都不缺。最初在我行動俐落的時候，我在隔壁的快速洗衣店幫半天工，有時還在教區做些事情。你問我閒暇時間在做什麼？老實說吧，我只能承認，整個80年代，我一部分在電視機前面消磨時光，一部分是相當快活地度過的。但是自從雙腳不太聽使喚以來，我幾乎連家門都不出，對於各種各樣的社交活動，我從來就不太喜歡，這一點你親愛的父母親可以作證。

平時也沒有什麼事。在你多次問到的政治方面，甚至什麼也沒有。只有那些司空見慣的許諾。在這一方面我和我的鄰居舒爾茨太太始終意見一致。她在這些年裡一直照管著我，真是令人感動，而且我必須承認，甚至遠遠超過了我自己的幾個孩子，包括你那位親愛的父親。只能信任舒爾茨太太。有的時候，她在郵局上早班，她就會在下午過來，而且帶來一些她自己烤的點心。我們把一切都安排得舒舒服服，常常看電視一直看到晚上，不管正在播放的是什麼。我還清清楚楚地記得《達拉斯》和《黑森林診所》。伊爾澤・舒爾茨很喜歡電視裡的布林克曼教授，我不怎麼喜歡他。但是，當後來從80年代中期開始播放《菩提樹大街》時，現在一直還在播放，我對她說：這可是完全不同的東西。就好像是從生活中信手拈來的。就跟正常生活裡發生的一樣。這種經常性的混亂，一會兒高興，一會兒傷心，爭吵和諒解，許多憂愁和苦惱，就像在我們這條居特曼大街上發生的一樣，即使比勒菲爾德不是慕尼黑，在我們這裡，街角的酒館是一家飯店，已經有好幾年不是由一個希臘人，而是由一個義大利家庭經營著，相當規矩。但是我們這裡負責管房子的那位女士也跟菩提樹大街三號的埃爾澤・克林格一樣愛吵架。老是在她丈夫身上找碴，也挺狡猾的。母親拜默爾真是善良的化身。總是注意傾聽別人的困難，就跟我的鄰居舒爾茨太太差不多，她自己的幾個孩子已經夠她操心的了，她的女兒婭思敏也跟拜默爾家的瑪麗昂很像，老實說吧，她和一個外國男人保持著一種頗有問題的關係。

　　不管怎樣，這個連續劇，我們是從頭看起的，我想，是在12月開始播放的。在播放聖誕節目時，就發生了亨利和弗蘭茨為了那棵小得可憐的聖誕樹爭吵。但是他們倆後來又言歸於好。在拜默爾家裡，聖誕夜很淒涼，因為瑪麗昂一定要和她的瓦希利去希臘，但是漢斯・拜默爾卻帶回來兩個失去父母的孩子。孤獨的越南人鞏先生也受到邀請，大家還是過了一個美好的節日。

　　在和舒爾茨太太一起看《菩提樹大街》時，我有時候會想起自己早期的婚姻生活，那時你爺爺和我在一家當時就已經有電視可看的飯店裡，看了電視連續劇《遜勒曼一家》。當然只是黑白的。肯定是在50年代中期。

你為了寫碩士論文，想知道在80年代還發生了什麼有趣的事。對了，就是在拜默爾太太的女兒瑪麗昂腦袋上帶著一個還在流血的傷口，很晚才回到家的那一年，開始上演了鮑里斯和施戴菲的戲。我平時並不怎麼喜歡網球，總是打過來打過去，但是當布呂爾姑娘和萊門小夥子，大家都這麼叫他倆，越來越出名的時候，我們也開始看，經常一看就是幾個鐘頭。舒爾茨太太很快就弄明白發球和回球是怎麼回事。至於「Tie-Break」是什麼意思，我怎麼也不明白，所以不得不經常提問。溫布敦公開賽的時候，我們的鮑里斯戰勝了南非的一個網球選手，第二年又打敗了那個我們大家曾經認為是不可戰勝的捷克人倫德爾，當時我可真是為我的鮑貝勒擔心啊，他才剛滿十七歲。我伸出兩個大拇指祝他成功。後來，在1989年，當政治方面終於又出事的時候，他在溫布敦對戰瑞典人艾伯格，經過三盤苦戰終於再次獲得勝利，我真誠地大聲叫好，我的可愛的女鄰居也是如此。

舒爾茨太太總是把施戴菲稱為「正手小姐」，我從來就沒有對她真正感興趣過，對她的父親，那個引起許多骯髒的桃色事件、偷稅漏稅的傢伙，我甚至根本就不感興趣。但是我從來不肯讓步的鮑貝勒，卻可以放肆無禮，有的時候甚至到處插嘴管閒事。只是對他不願意交稅，所以移民到摩納哥去的行為，我們倆都不滿意。我問舒爾茨太太：「非要這麼做嗎？」後來，當他和施戴菲都開始走下坡的時候，他甚至開始為努特拉巧克力醬作廣告。當他在電視裡把餐刀舔乾淨，調皮地微笑的時候，看上去挺可愛的，但是這肯定不是必要的，畢竟他賺的錢要比花出去的多得多。

但這都是90年代的事，親愛的孩子，你想知道的卻是我在80年代的經歷。不管怎樣，早在60年代，我就和努特拉巧克力醬打過交道，當時我的幾個孩子都喜歡把這種在我看來就像是皮鞋油似的玩意塗在麵包上。問問你的父親，他是不是還記得，這玩意每天給他和他的幾個弟弟帶來了多少不愉快。我們家裡真的是大吵大鬧，甚至有人甩門什麼的。就跟《菩提樹大街》裡面差不多，這個電視連續劇現在還一直在播放著……

1986 年

　　我們上普法爾茨人很少發牢騷，人們都這麼說，但當時是太過分了。先是瓦克斯多夫，他們想在那兒回收利用這種鬼東西，然後車諾比就來到我們的頭上。一直到5月，這塊雲罩著整個巴伐利亞，也包括弗蘭肯地區和其他地方，只有北部少一些。但是據說它在向西到邊界的地方停住了，至少法國人是這麼說的。

　　唉，誰相信呢！總是有這種站在聖弗洛里安一邊的人。在我們阿姆貝格，地方法院的那個法官始終反對「WAA」，它的全名是回收利用裝置。因此，他在星期天為那些在回收利用裝置外面的籬笆前露營的小夥子們，送去像樣的飯菜，小夥子們用鐵棒敲擊籬笆，大吵大嚷，報紙上稱之為「耶利哥的喇叭」，因此，地方法院的這個貝克斯坦因極其粗俗地對他進行攻擊，此人一直就是一個好鬥的家伙，因此後來當上了內政部長，他還惡毒地說：「必須在存在上徹底消滅像威廉法官這樣的人。」

　　一切都是由於瓦克斯多夫。我也去了。但已經是在車諾比的雲飄到上普法爾茨和美麗的巴伐利亞森林上空的時候。我們全家都去了。有人說，在我的晚年，這種事實際上和我沒有多少關係，但是我們向來都是在秋天去採蘑菇，這是我們家的傳統，所以現在就意味著：注意，再提高一個等級，就是發出警報！因為這種叫作銫的鬼東西，被雨水從樹上沖了下來，極其恐怖地使森林的地面帶有放射性，不管是青苔、落葉還是松針，因此我也覺悟了，帶著一把鐵鋸要去籬笆那裡，即使我的幾個孫子都衝著我喊道：「別這樣，爺爺，這不是你幹的事！」

這話可能是對的。因為有一次當我混在年輕人中間一起高喊「鑭的廚房，鑭的廚房」的時候，我被那些從雷根斯堡專門派來的高壓噴水車沖倒在地上。水裡加了某種刺激物，是一種很有害的有毒物質，即使沒有從車諾比的雲中滴落在我們的蘑菇上面並且一直留在這裡的鈈這麼惡劣。

因此，人們後來不得不對巴伐利亞森林和瓦克斯多夫周圍森林裡的所有蘑菇進行放射性測量，不只是對美味可口的高腳小傘菇和瓶狀擔子菇，因為野獸也吃一些我們不能吃的紅菇，污染情況如此嚴重。儘管如此，我們還是想去採蘑菇，有人發了一些表格，告訴我們，那些在10月份長出來的而且特別好吃的栗子菇，絕大多數都吸收了濃縮的銫。洋口菇大概是受到污染最少的，因為它不是從森林的土壤裡長出來的，而是一種生長在樹墩上的寄生蕈。嫩的時候味道很好的墨水菇也沒有受到污染。然而受到嚴重污染的，要我說吧，還是山羊唇菇、紅腳牛肝菇、血乳菇，這些蘑菇都喜歡生長在新長出來的針葉樹下面，甚至還有樺木菇，紅帽菇受到的污染較少，但是可惜雞油菇受到污染的程度很嚴重，有的地方又把它叫作雞蛋菇或胡椒菇。先生菇也受到嚴重污染，要是有人採到這種又被叫作石頭菇的蘑菇，是一種真正上帝賜予的運氣。

　　這樣，最後在瓦克斯多夫什麼也沒有建成，因為核工業界的那些先生們在法國可以更便宜地回收利用他們的那些鬼東西，而且在那裡也不會像在上普法爾茨遇到這麼多的麻煩。這裡現在又平靜下來了。甚至對車諾比和在我們頭頂上的那塊雲，今天也不再有人談論。但是我們全家，所有的孫子孫女，再也不去採蘑菇了，這是可以理解的，我們家的這個傳統從此消失。

　　我仍然去。孩子們把我撂在一家老人院，在它的周圍有許多森林。我找到什麼就採什麼：麵包菇、棕帽菇，在夏天就已經有的先生菇，到了10月，還有栗子菇。在我那個很小的廚房裡，我把它們煎一煎，給自己和老人院的其他幾位行動不太俐落的老人吃。我們所有的人都已經早就超過了七十歲。我們自己問自己：反正我們的日子已經不多了，銫這個玩意還能對我們有什麼損害。

1987年

我們在加爾各達尋找什麼？是什麼吸引我到那裡去的？把《母老鼠》和對德國屠宰牲畜節日的厭煩拋在身後，我畫垃圾山、露宿街頭的人、從陰戶伸出舌頭的女神卡麗，我看見烏鴉站在成堆的椰子殼上面，大不列顛帝國的餘輝掩映在綠草叢生的廢墟裡，一切都是前所未聞的，我一時說不出任何話來。我開始做夢⋯⋯

但是，在我開始做夢並引起許多後果之前，應該首先承認那種折磨人的嫉妒，因為過去和現在總是在看各種各樣書的烏特，在忍受加爾各達的生活期間，越變越瘦，而且一本接著一本地讀馮塔納的書；為了調劑在印度的日常生活，我們在行李中帶了很多書。但是，她為什麼只讀這個信仰胡格諾教的普魯士人的書呢？為什麼在開著的電風扇下，唯獨對這個勃蘭登堡地區的編年史作家的漫談閒聊如此癡迷？為什麼要在孟加拉的天空之下，偏偏又是特奧多爾·馮塔納？我在中午開始做夢⋯⋯

但是，在我敍述這個夢之前，必須說明，我一點也不反對作家馮塔納及其小說，絕對不反對。他的幾部作品，我是很晚才讀到的，我還記得很清楚：艾菲打鞦韆，在哈威爾河上划船，和傑妮·特萊貝爾女士在哈倫湖畔散步，在哈爾茨山中避暑⋯⋯烏特什麼都知道，每一位牧師的警句格言，每一次火災的原因，唐格明德是在大火中化為灰燼的，在小說《不可挽回的》裡，一次隱燃造成了很大後果。甚至在持續停電期間，在沉默下來的電風扇下，當加爾各達陷入了黑暗，她仍然在燭光下又看了一遍《童年》，不顧幾個西孟加拉人阻攔，逃到了波蘭的斯維納明德碼頭，要不然就是從我這兒逃走，回到了後波莫瑞的波羅的海的海灘。

我在中午開始做夢，躺在蚊帳裡，夢見涼爽的北方。從我家閣樓畫室的窗戶望出去，可以看見下面掩映在果樹之中的維威斯弗萊特的花園。雖然我已經多次在不同的聽眾面前略有變化地敍述過這個夢，但是有時卻忘記提一句，維威斯弗萊特這個村子位於石勒蘇益格－荷爾斯泰因，就在施多爾河旁邊，這是易北河的一條支流。我就是這樣在夢中看見我們在荷爾斯泰因的花園，看見花園裡果實纍

曩的梨樹，烏特面對著一個男人坐在樹蔭下的一張圓桌旁邊。

我知道，敍述夢境總是很糟糕的，尤其是這種在蚊帳裡、渾身是汗時做的夢：一切都講得太理智。但是這個夢並沒有被任何次要情節搞亂，第二個畫面或第三個畫面都沒有像夢一樣地閃爍，更多的是呈直線性向前運動，而且引起了許多後果，因為我覺得那個和烏特坐在梨樹下聊天的男人很面熟：一位白髮蒼蒼的紳士，她和他聊啊聊啊，同時越變越漂亮。

人們測出加爾各達在季風季節的空氣濕度為百分之九十八。因此，在蚊帳裡，電風扇，如果有電的

話，吹得它微微飄動，我夢見了涼爽的北方，這也就毫不奇怪了。但是這位微笑著和烏特坐在梨樹下親切聊天、陽光在他的白髮上嬉戲的老先生，一定很像特奧多爾·馮塔納嗎？

就是他。烏特在跟他談戀愛。她曾經跟我一個很有名的同事有過一點事，此人到了晚年才寫出一部又一部的長篇小說；在他的幾部小說裡寫的都是有關通姦的事。迄今為止，我一直沒有在這個夢中的故事裡面出現，或者只是作為身在遠方的旁觀者。他們倆自己有足夠的事要做。因此，我這時嫉妒地夢見了我自己。也就是說，明智或狡猾在夢中命令我把正在出現的嫉妒隱藏起來，明智或狡猾地採取行動，因此我抓起一把在夢中離得很近的椅子，帶著它衝下樓梯，在花園裡那棵梨樹涼爽的樹蔭下面，坐到這對夢中情侶，即烏特和馮塔納的旁邊。

從此以後，我在敘述這個夢的時候，總是這麼說，我們開始了一種三人的婚姻。這兩個人再也擺脫不了我。烏特甚至很喜歡這種解決辦法，我也越來越熟悉馮塔納，是的，甚至還是在加爾各達的時候，我就開始讀他的一切可以得到的東西，比如他寫給一個名叫莫里斯的英國人的信件，他在信裡顯示了對國際政治的了解。我們有一次同乘一輛人力車，去市中心的作家大廈，我問他怎麼看待英國殖民統治的影響以及孟加拉分裂成為孟加拉和西孟加拉。我和他的觀點一致：這種分裂可能很難和目前德國的分裂相比，而且也幾乎不可能設想會出現一次孟加拉的重新統一。當我們後來繞道返回施多爾河畔的維威斯弗萊特的時候，我很樂意帶著他，也就是說，我慢慢習慣把他作為一個很有趣、有時很幽默的家庭常客，從這時起，我也自認為是馮塔納迷，直到歷史在柏林和其他地方證明自己是反芻動物的時候，我才擺脫了他。我在獲得烏特的友好同意之後，要求他信守聊天時的諾言，我把他這個失意潦倒的人寫進了我們這個正在走向結束的世紀。從此以後，他被抓進了長篇小說《遼闊的田野》，為了他的永生而活著，他再也不可能使我在夢中心情沈重，因為他作為馮蒂在故事快要結束的時候，在一個年輕姑娘的引誘下，隱匿到塞文山裡去了，和那裡的最後一批倖存下來的胡格諾派教徒生活在一起。

1988年

　　……在那堵牆倒塌的前一年，在處處歡欣鼓舞之前，在人們彼此感到陌生之前，我就開始畫這些輕易可見的東西：斷裂的松樹、連根拔起的山毛櫸、枯木。幾年以來，「森林死亡」已經變成次要的話題。鑑定報告引來了意見相反的鑑定報告。要求限制時速為一百公里，因為汽車廢氣對森林有害，再次毫無結果。我學到了幾個新詞：酸雨、恐懼本能、細微的菌類引起的植物腐爛症、針葉白喉等，政府每年出版一份森林受害報告，後來為了減少人們的擔心，改名為森林狀況報告。

　　我只相信可以畫的東西，所以就從哥廷根驅車去了上哈爾茨山，在一家專門接待避暑和滑雪客人且現在幾乎沒有人住的旅館裡住了下來，用西伯利亞的炭筆（一種木頭製品）畫那些倒伏在山坡和山脊上的東西。在那些林業部門已經消除了損害、把倒伏的樹木運走的地方，到處都只剩下樹墩，一個緊接著一個，它們按照寬鬆的公墓規章占據了很大的面積。我一直來到邊界警告標誌的前面，我看見森林死亡在這裡越過國境繼續蔓延，越過了沿著山脈和峽谷蜿蜒起伏的鐵絲網，越過了布滿地雷的死亡區，越過了那道不僅將哈爾茨山脈，而且也將整個德國乃至歐洲分開的「鐵幕」，無聲無息地，也沒有響一聲槍聲。光禿禿的山巒使得投向邊界那邊的視野非常開闊。

　　我沒有遇到任何人，既沒有遇到那些神話傳說中的女妖，也沒有遇到一個踽踽獨行的燒炭工人。什麼也沒有發生。一切都已經發生過了。我沒有帶任何歌德和海涅的讀物為這次哈爾茨山之行作準備。唯一帶的東西就是粗糙的繪圖紙、滿滿一小盒彎彎的炭筆和兩罐使繪畫不掉色的固著劑，上面的使用說明宣稱不含任何有害的助噴氣體，當然也就不會對環境有害。

　　稍後，但是一直還在射擊命令的有效時間之內，我和烏特也是帶著這些裝備去了德雷斯頓，從那裡發出的一份書面邀請幫助我們獲得了入境簽證。我們的東道主是一位嚴肅的男畫家和一位開朗的女舞蹈家，他們給我們一把鑰匙，可以打開埃爾茨山中一個適合居住的茅屋。在緊靠捷克邊界的地方，我立刻，好像我還

沒有看夠似的，開始畫這片也正在逐漸死亡的森林。樹木還像倒下來時那樣七橫八豎地躺在山坡上。風吹斷了山脊上超過一人身高的枯死樹幹。這裡也沒有發生任何事，只有老鼠在德雷斯頓這位姓格舍爾的畫家的茅屋裡不斷增多。但是一切都已經發生過了。從兩個全民所有的工業區排放出來的廢氣和堆放在這裡的殘渣廢物，已經越過邊界做完了全部的工作。當我在一張接著一張畫畫的時候，烏特在看書，這時已經不再是看馮塔納的書。

一年後，在萊比錫等地示威遊行的公民們高舉的標語牌和橫幅上面，可以看見「鋸斷官僚，保護樹木」的文字。但是，時候還沒有到。這個國家還在艱難地把它的公民們團結在一起。越過邊界的損害看起來還要持續很久。

其實我很喜歡這一帶。埃爾茨山裡的村莊，房頂用的都是木瓦。這裡長期以來一直很窮。這些村莊叫作侯爵屯、忠神村和障礙莊。通往布拉格的過境公路從附近的邊境小鎮齊恩瓦爾德經過。二十年前，在8月的某一天，國家人民軍的摩托化部隊按照命令就是從這條不僅僅是供遊客通行的公路開過的；五十年前，在1938年10月的某一天，德國國防軍的部隊朝著同樣的目標啟程，以至於捷克人不得不一次又一次地回憶往事。再次犯罪。雙份的暴力。歷史喜歡這種重複，即使當時情況完全不同；例如，當時的森林還是處於……

1989 年

　　當我們從柏林返回的途中，車開到勞恩堡的時候，這個消息有一些延遲地透過汽車上的收音機傳進了我們的耳朵，因為我們總是定時聽第三套節目，當時我也像其他成千上萬的人一樣，或許高喊「不可思議」，或許由於高興和驚嚇高喊「真是不可思議！」然後就像正在開車的烏特一樣陷入前思後想的思緒之中。我的一位熟人，他的住所和工作都在牆的另一邊，以前和現在都在藝術學院的文獻館負責管理遺作，他也同樣是較晚才得知這個虔誠的故事，可以說它是帶著延緩計時器被送上門來的。

根據他的說法，他當時滿頭大汗地剛從弗里德里希樹林慢跑鍛鍊回來。不是什麼不同尋常的玩意，因為對東柏林人來說，這種起源於美國的自我苦行當時也已經很流行了。在凱特‧尼德基爾希街和伯措夫街的十字路口，他遇到了一個熟人，也是跑得氣喘吁吁、汗流浹背。他們一邊在原地踏步，一邊約好晚上一塊喝啤酒，到這個熟人寬敞的客廳坐一坐，他的工作，就像人們說的那樣，在「物質生產方面」很穩，因此，我的熟人對於在他熟人的客廳裡見到新鋪的鑲木地板，並沒有感到驚訝。這種東西對於他這個只是在文獻館搬搬檔案、最多負責寫幾條註腳的人來說，是根本買不起的。

　　喝一杯比爾森啤酒，又喝了一杯。後來端上桌的是諾爾德豪森的燒酒。談到從前的事，談到正在長大的孩子們，以及在家長會上意識形態方面的隔閡。我的這個熟人出生在埃爾茨山區，去年我在那裡的山脊上畫過枯木，他告訴他的熟人，他想在即將到來的冬天和他的夫人去那裡滑雪，但是他的瓦爾特堡轎車有問題，前後輪胎已經磨得幾乎沒有凸起條紋了。他現在希望透過他的熟人弄到新的冬季輪胎：誰要是在實際存在的社會主義制度下，能夠在自己家裡鋪上鑲木地板，他也會知道如何弄到那種印有「M＋S」標記的特種輪胎，「M＋S」的意思是「泥濘與雪」。

　　當我們心中懷著令人喜悅的消息漸漸接近貝倫多夫的時候，在我熟人的熟人那間所謂的「柏林房間」裡，電視機的音量幾乎調到了最低。這兩個人一邊喝著燒酒和啤酒，一邊談著輪胎的事，鑲木地板的主人認為，原則上來說，只有用「真正的錢」才能弄到新輪胎，他也表示願意想辦法再弄幾個瓦爾特堡轎車的汽化器噴嘴，但是除此之外沒有其他任何希望，這時我的熟人迅速地朝無聲的螢光幕瞥了一眼，電視裡看來正在播放一部電影，情節是許多年輕人爬上那堵牆，兩腿分開坐在牆頭上，邊防員警對這種娛樂行為袖手旁觀。注意到這種藐視防護牆的行為之後，我熟人的熟人說道：「典型的西方！」然後兩人對這種正在進行的庸俗無聊的行為加以評論：「肯定是一部冷戰電影。」接著立刻又重回到飽受磨難的夏季輪胎和尚且缺少的冬季輪胎。關於文獻館以及保存在那裡的重要或不怎

麼重要的作家遺作，一句也沒有提及。

我們已經開始意識到即將生活在一個沒有那堵牆的時代，剛一回到家，就立刻打開電視機，在牆的那一邊，又過了一會兒，我熟人的熟人終於在新鋪的鑲木地板上走了幾步，把電視機的音量調大。頓時，不再有人提一句冬季輪胎。這個問題將由新的紀元和「真正的錢」來解決。將剩下的燒酒一飲而盡，然後趕緊衝上傷殘人大街，那裡已經擠滿了汽車，特拉班特轎車比瓦爾特堡轎車更多，因為所有的人都想去那個敞開的過境通道。誰要是注意聽，他就一定會聽見，每一個人，幾乎每一個人，無論是步行的還是開著特拉比要去西邊的，都在高喊或低語一個詞：「不可思議！」我在快到貝倫多夫時，也是大喊一聲「不可思議」，然後就任憑思想肆意奔騰。

我忘記問我的那個熟人，最後是怎樣弄到冬季輪胎的，是在什麼時候，用什麼錢。我也很想知道，他和他妻子是不是在埃爾茨山中度過了1989年到1990年的新年，他妻子在民主德國時期曾經是一位很有成就的快速滑冰運動員。不管以什麼方式，生活都要繼續。

1990 年

　　我們在萊比錫碰面，不只是為了在統計選票時在場。雅各·蘇爾和萊奧諾蕾·蘇爾從葡萄牙趕來，住在火車站附近的梅庫爾旅館。烏特和我從施特拉爾松德過來，住宿在郊區維德里茨一個藥劑師的家裡，我是在萊比錫的圓桌會議時認識他的。整個下午，我們都在追尋雅各的足跡。他是在一個從前叫奧茨，現在叫馬克雷貝格的工人區長大的。他的父親亞伯拉罕·蘇爾在猶太人文理中學當老師，教德語和依地語，他先是帶著雅各的幾個弟弟移居到美國。1938年，十五歲的雅各也跟去了。只有母親留在奧茨，由於破裂的婚姻，後來她不得不逃到波蘭、立陶宛、拉脫維亞，1941年夏末，她在拉脫維亞被德國國防軍抓住，後來有人說，她在逃跑時，被一支看守小分隊開槍打死。她丈夫和她的幾個兒子在紐約，沒能籌到足夠的錢為她弄到一張進入美國的入境簽證，這是妻子、也是母親的最後一線希望。雅各幾次斷斷續續地講述了這次白費力氣的努力。

　　儘管行動不太俐落，雅各還是不知疲倦地帶著我們看那棟出租的房子、晾著衣服的後院、他的母校以及在一條側街上的健身房。在後院裡又見到了那個拍打地毯上塵土的拍子。雅各興奮地反覆說明這是他青年時代的舊物。他歪著腦袋，閉上眼睛，彷彿在傾聽有規則地拍打地毯的聲音，就好像這個後院始終還是那麼熱鬧。在一個藍色的搪瓷牌子下面，他要萊奧諾蕾給他照一張像，牌子上面可以看見官方的表彰：「馬克雷貝格區模範居民集體」，日期是1982年5月1日。他同樣也站到健身房那扇藍色的、可惜是鎖著的大門前面，在大門上方一塊凹進去的牆壁上，有一尊體操之父揚恩的半身塑像，這位青年德意志體操運動的創始人神情嚴肅地望著遠方。「不，」雅各說，「我們和市中心的那些穿著毛皮大衣的猶太人沒有任何關係。這裡的所有人，不管是不是猶太人，甚至那些納粹分子，都是小職員和工人。」然後他想離開這裡，他看夠了。

　　在一位年輕建築工程師的陪同下，我們在伯恩哈德·戈林大街找到了「民主之家」，我們在這裡經歷了那場選舉的災難。最近一段時間以來，公民權利運動在這裡辦公。我們首先去了綠黨，然後又去了聯盟90。到處都是年輕人，或站或坐或蹲在電視機前面。萊奧諾蕾在這裡也拍了一些照片，公布選舉結果的第一

次初步統計時的沉默和驚愕，迄今一直呈現在這些照片上面。一位年輕的婦女掩住了她的臉。所有的人都看見基民黨即將獲得一次得票高得驚人的勝利。「那好吧，」雅各說，「現在都是在民主制度之下進行的。」

第二天，我們在前一年秋天星期一示威遊行的出發地點——尼古萊教堂側門入口前面的一堵波紋白鐵皮施工圍欄上，看見了一張自黏便條，它用藍色的邊和藍色的字組成了一個街名牌。我們看見上面寫的是「受騙者廣場」，下面用小一些的字體寫著：「10月的孩子致上敬禮。是的，我們還在這裡。」

當我們和我們那位藥劑師告別之前，他以一個在社會主義制度下也很勤奮的薩克森人充滿感情的自豪，領我們看了他這棟有游泳池和花園的房子，他投的是基民黨的票，「喏，為了可愛的金錢。我現在就已經後悔……」在一個很小的池塘旁邊，我們看見一座高1.5公尺的青銅雕塑的歌德頭像，這是我們的東道主在詩人這個巨大的頭被回爐熔化之前，用很大一批銅絲換來的。我們驚奇地觀看花園裡的一座枝型燭臺，假如不是我們這位藥劑師喜歡上它，撣掉了這件標本上面的灰塵，或者像他自己說的那樣「搶救出來」，它肯定已經和其他枝型燭臺一起被賣到荷蘭賺外匯去了。同樣如此，他還從一個即將被鏟平的公墓搶救出來兩個玄武岩石柱和一個斑岩水池，放在他的花園裡。到處都有石雕的或鐵鑄的座椅，但是他從來就坐不下來，因此幾乎沒有使用過。

然後，我們這位在社會主義制度下仍然一直獨立經營的藥劑師，領著我們去看上面有頂蓬的游泳池，據說從4月份起就可以透過太陽能發電機把水加熱。然而，比這個借助易貨貿易獲得的西邊產品更讓我們感到意外的，是幾個比真人還要大的砂岩雕像，它們塑造的是耶穌‧基督和六個門徒，在他們的中間有那四個福音傳教士。藥劑師向我們保證，他是在最後一分鐘才成功地救出這些雕塑，而且就是在馬爾庫斯教堂，也像萊比錫的其他教堂一樣，被那些「共產主義的野蠻人」（按照他的說法）毀壞之前。現在，按照19世紀後期的感覺塑造的基督和他的幾個門徒，呈半圓形地站在泛著藍綠色的游泳池周圍，為兩個正在勤勤懇懇地

清洗瓷磚牆的機器人（日本製造）祝福，也為專程來到萊比錫為了祝福在3月18日透過第一次人民議院自由選舉使自己頭腦清醒的我們，大概也為即將來到的統一祝福，基督站在頂蓬下面祝福，頂蓬的結構是由幾根細長的，正如這個藥劑師所知，「多立克式的立柱」支撐著的。「在這裡，」他說道，「古希臘的和基督教的東西與薩克森的務實思想交叉在一起。」

在回家的途中，沿著翁斯特魯特河，經過許多依山傍水的葡萄園，穿過米爾豪森，向邊界方向行駛，雅各·蘇爾睡著了，返回萊比錫－奧茨的旅行讓他筋疲力盡。他總算看夠了。

1991 年

「沒有看見死人。只有搖擺不定的座標和命中目標，據說都非常準確。整個經過就像是兒童遊戲……」

「當然，因為CNN擁有這場戰爭的電視轉播權，而且擁有下一場的和下下一場的……」

「可以看見燃燒的油田……」

「因為就是為了石油，僅僅是為了石油……」

「這一點甚至就連任何地方大街上的小孩都知道。整個學校都空了，傾巢出動，絕大多數沒有老師，在漢堡、柏林、漢諾威……」

「甚至還有施末林和羅斯托克。而且高舉蠟燭，因為兩年前在我們這裡到處……」

「……我們這裡始終還在喋喋不休地談論1968年，我們當時堅定不移地反對越南戰爭，反對凝固油汽彈等……」

317

「但是今天卻不願意挪挪屁股，相反，孩子們卻都在外面……」

「不能相比。我們當初至少有對未來的設想，就是類似革命的綱領，而他們只不過就是舉著蠟燭……」

「但是可以把海珊和希特勒相比，對不對？把他們倆放在一起，每一個人都會知道，什麼是善，什麼是惡。」

「那好吧，這大概更多的是隱喻的含義，但是不得不談判，談判了很長時間，而且像對南非一樣，利用經濟制裁施加壓力，因為透過戰爭……」

「究竟是什麼樣的戰爭？做秀，CNN和五角大樓精心籌畫，普通消費者可以在螢光幕上參與，看上去就像是放焰火，專門為起居室安排的。真是棒極了，沒有一個死人。就像是看科幻影片，一邊還吃著薯條。」

「但是還看見了燃燒的油田，導彈還落到了以色列，以至於人們戴上防毒面具躲進了地下室……」

「是誰這麼多年向海珊提供武器裝備和伊朗打仗？說得對。美國佬和法國人……」

「……還有德國的許多公司。這兒有一份長長的名單，誰提供了什麼：大量尖端的東西，導彈配件，全套生產毒氣的實驗室還加上配方……」

「因此，就連這個比爾曼也贊成戰爭，我一直認為他是一個和平主義者。他甚至說……」

「他什麼也沒有說，但是他告發了所有和他不在同一個陣線上的人……」

「……他把高舉蠟燭要求和平的孩子們稱為是愛哭的孩子……」

「因為這些孩子沒有社會目標，沒有對未來的設想和理由，而我們當初……」

「……『不用鮮血換石油！』總還是說出了一些東西吧……」

「但是還不夠。當我們反對越南戰爭的時候……」

「……好啦，『胡……胡……胡志明！』也並不見得就是一個了不起的理由……」

「不管怎樣，現在孩子們出現在大街和廣場上。現在也出現在慕尼黑、斯圖加特。超過五千。甚至連幼稚園的也參加了。他們沉默示威遊行，中間有幾分鐘

的狂喊亂叫。他們高喊：『我害怕！我害怕！』這還從來沒有過，在德國有人公開承認……我的觀點是……」

「觀點是狗屎！你們仔細瞧瞧這些孩子。下面是愛迪達，上面是亞曼尼。嬌生慣養的小孩，現在突然感到害怕，擔心起他們時髦的衣服，而我們在1968年及其以後，當建造西起飛跑道，或者再後來反對在穆特朗根等地部署潘興－II式導彈的時候……當年可真是艱難啊。如今這些孩子們就這麼舉著蠟燭慢慢地走過來……」

「那又怎麼樣？在萊比錫不也是這麼開始的嗎？每個星期一安安靜靜地從尼古萊教堂出發的時候，我也在場。我說的是，每個星期一，一直到上面的那些人發起抖來……」

「不能和今天相比。」

「但是，希特勒和海珊。一張郵票上的兩個人。這就可以，是嗎？」

「不管怎樣，油田在燃燒……」

「在巴格達，有一個全是平民的防空洞被……」

「但是，CNN播放的完全是另外一部片子……」

「終於明白啦。這是未來。早在戰爭之前，電視轉播權就賣給了出價最高的……」

「今天這種東西甚至可以預先製作，因為下一場戰爭肯定會打起來的。在其他地方或者還是在海灣地區。」

「肯定不會是在巴爾幹，不會去打塞爾維亞人或克羅埃西亞人……」

「只會在有石油的地方……」

「還是不會出現死人……」

「害怕，孩子們真的只有害怕……」

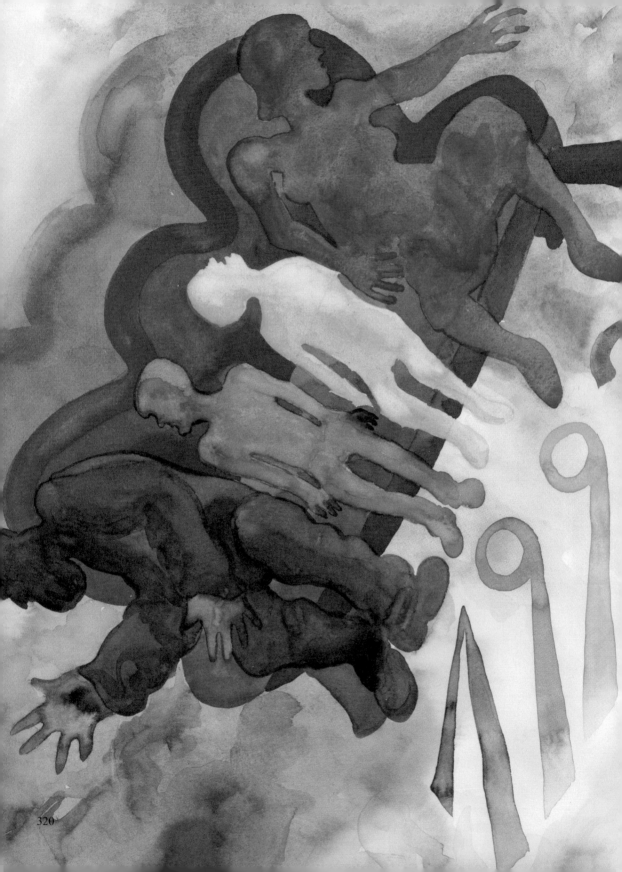

1992 年

有一些驚奇，因為我是應幾位上了年紀的女士和先生的詢問和請求，前往維滕貝格的，他們曾經為那個滅亡的國家效勞過。我作為牧師有一點像是在練習，要是再有一次這種事的話，從靈魂上探測自從最近一段時間以來在全國範圍裡出現的深淵。我也在牆倒之後立刻就表示贊成去了解以前的國家安全機關的勤奮，因此現在我感到負有雙倍的責任。

這樁正待處理的案子「丈夫多年暗中監視自己的妻子」，我是從新聞裡得知的，不僅僅是從大字標題上。然而，不是這對遭到不幸的，或者換一種更好的說法，受到國安政權的遺害侵襲的夫婦，請我出主意，而是他們的父母。他們一方面尋找幫助，但另一方面又在電話上向我再三申明，不要有任何宗教的聯繫；我也從我這一方面保證，願意完全不帶任何傳教熱情地踏上這次去柏林的旅程。

作為東道主的一對夫婦坐在沙發上，另外一對夫婦和我一樣坐的是有扶手的靠背椅。「我們，」我聽見他們說，「根本不願意相信報紙上的那些東西。但是，當事者誰都不跟我們談。」那個受到暗中監視的妻子的母親說道：「受到傷害最大的當然是兩個孩子，因為他們特別眷戀父親。」這對不幸夫婦的父母公婆一致認為，兒子或者女婿對兩個孩子來說始終都是一個有耐心的好爸爸。除此之外，他們也向我保證，女兒或者媳婦是一個比較強勢、起主導作用的人，但是對黨的批評以及後來對國家的批評，畢竟是兩個人一致表達出來的。一點也沒有認識到，是應該經常表示，多多少少必須感謝這個工農國家。假如不是有社會主義的培養，他們兩人絕不可能成為受過良好教育的科學工作者，而來從事這些需要很高特殊技能的工作……

我最初僅限於聽他們講。別人在背後都說我在這方面很擅長。我得知兩位父親，一個是在製藥行業頗有聲望的學者，另一個，即那個受到暗中監視的女人的父親，一直到最後都是在國家安全機關工作，而且是在幹部培訓部門。現在，這位前國安軍官失業了，他根據對整個機構內部的了解，對他的女婿被牽連進來表示惋惜：「他要是及時對我說一句就好了。我會勸他不要玩這種冒險的雙重遊戲。因為他一方面出於對國家的忠誠，想做一個有用的情報員，另一方面對他來說這也關係到在國家有可能採取對應措施之前，保護他的那位過於激烈、總是喜歡採取衝動行為的妻子。這就給他帶來了困難。太軟弱，無法承受這麼多的壓力。最後才明白我在談什麼。多次受到上級機關的指責，因為我女兒在潘科夫區的一個教堂裡第一次進行蠱惑煽動之後，我拒絕放棄和她的所有聯繫，也就是人們說的，斷絕父女關係。不，我一直到最後都在經濟上給她支援，即使她總是鄙視地把我工作的地方稱為『章魚』。」

頗有聲望的學者也有類似的抱怨。他兒子從來沒有向他請教過。他是一個屢經考驗的法西斯戰士和多年的黨員，自從流亡時期以來就熟悉各種形形色色的機會主義路線和相應的嚴厲制裁，曾經迫切地建議他的兒子作出二者其一的選擇：「但是他夢想有第三條道路。」

兩位母親話很少，或者只有在有機會重申她們對兩個孫子或者外孫的擔心，和誇耀這個已婚的密探擔任稱職父親的時候，才說上幾句。那個身為母親而持不同政見、受到暗中監視的女人說：「幾個月以前，他們倆還和孩子們一起坐在這張沙發上。非常和諧……現在一切都垮了……」

作為訓練有素的聽者，我繼續保持克制的態度。有咖啡和餅乾，而且是西邊的產品，巴爾森公司的那種。我聽見人們並不是毫無痛苦地經歷了共和國的終結，即使幾乎沒有發生什麼意外的事情。感到吃驚的只是，兒子或者女婿，儘管他的雙重角色或是由於他的雙重角色，一直到最後都認為，「我們的國家」是可以進行改革的，是可以改變的。女兒或者媳婦也是同樣觀點：在一定的時機，當

那些領導同志感到心灰意冷的時候，她就會透過抗議活動去爭取一個「民主的社會主義」。這一切都只能看成是雙方頭腦簡單的證明。「不對！」現處失業狀態的國安軍官大聲喊道：「我們不是因為我們孩子們的反對而失敗，而是因為我們自己。」休息片刻，再倒了一些咖啡之後，我又聽見：「最遲是從1983年開始，當時我的女兒和我的女婿，看上去是一致地，參加了在哥塔建立所謂的『由下而上的教會』，要是黨和國家積極地評價這種批評性的衝動，把它轉變成為『由下而上的黨』……」

接下來就是自我責備。儘管我們教會的領導有疑慮，我也同樣加入了「由下而上的教會」，我極力克制對這麼遲的、真是太遲的認識的喜悅。但是，藥物學家接著指責那位培訓幹部的國安軍官，他們過於勤奮積累起來的檔案遺產，實際上把國家本來就已經受到削弱的國民，引渡給西方及其當局。前國安密探的岳父承認國家安全機關的這一失職。人們疏忽了及時銷毀書面報告和人員檔案，從而保護這些輕信而忠心的情報員，他們中間也有家庭成員。謹慎的義務本來應該具有這種預防措施。「您怎麼認為，牧師先生？」

我避而不答地說道：「當然，當然。但是西邊肯定也已經認識到，怎樣的一顆定時炸彈正在諾爾瑪內恩大街滴滴答答地走。人們應該把這個存放所有這些亂七八糟玩意的中心長期封存起來，至少二十年封存期。但是，對西邊來說，在物質上獲得勝利，大概是不夠的……從基督教的觀點出發，人們也會……就像你們家的這樁案子一樣，為了保護孫子們……」

然後給我看了一本相簿。在幾張小照片上，我看見了這位近年很有名且持不同政見的女士和她現在也同樣出了名的丈夫，他留著鬍子，神情憂鬱。兩個孩子在他們倆之間。在這個家庭坐在上面合影的那張沙發上，現在坐著這位女士的父母，也就是這兩個可憐孩子的外公外婆。直到這時我才得知這對夫妻正面臨離婚。雙方的父母都贊成這種打算。這一對父母說：「都會好的。」另外一對父母說：「沒有別的辦法。」然後，他們感謝我的耐心傾聽。

1993 年

　　作為小員警，我對此是無能為力的。並不是在原則上，因為前幾年，通往西邊管得還很緊，我們的國家機構也遵守自己的諾言；也就是說，維護正常和秩序，這種事情根本不會有，五、六百名光頭暴徒，全是極右分子，手持棒球棒，要是看見一個黑人的影子，馬上就撲過去舉棒亂打一氣。過去最多就是對過來旅行的波蘭人發發怨言，說他們慢慢滲透到這裡，把能弄到的一切都買走了。但是真正的納粹分子，嚴密組織起來，打著德國軍旗，一直到最後才在這裡出現，當時反正也沒有秩序了，我們的領導同志嚇得屁滾尿流。西邊早就有這些人，而且是很正常的。但是，當我們這裡也開始鬧事的時候，先是在豪伊斯維達，然後在這裡的羅斯托克－利希滕哈根，因為政治避難申請者處理中心，簡

325

稱為「ZASt」，以及旁邊的越南人宿舍，妨礙了附近的居民，我們當員警的也無可奈何，因為人數太少，而且也沒有處事果斷的領導。立刻就有人說：「典型的東邊！」還說：「員警乾脆就視而不見……」是啊，這些話都可以聽到。硬說我們偷偷地和公開地同情那些打人的傢伙。去年在那邊的默爾恩有人放火燒死了三個人，前不久又在索林根發生了一起死人的縱火案，這一次是五口，從此以後，到，處，可以說是在整個德國，恐怖大行其道，慢慢地變成了正常現象，這時再也沒有人說「這只是東邊才有的」，我們羅斯托克這些從前曾經全體就業的勞動人民，現在都被處理了，換句話說，就是失業，原則上他們從來沒有反對過外國人，現在卻普遍感到滿意，因為自從騷亂以來，政治避難申請者收容所被清空了，黑人，也包括越南人，全都走了，不，不是離開，而是躲到別的地方去了，再也不那麼引人注目。

對，這是太不像話，而且並沒有使我們員警輕鬆一些，在這裡的利希滕哈根，就像以前在豪伊斯維達，人們都擠在窗口，就那麼瞧著，當光頭暴徒舉著棒球棒追趕毆打那些可憐傢伙的時候，其中也有一些人是來自巴爾幹的，甚至有些人還鼓掌叫好，就這麼亂打一氣，可以說這兒真是亂得一塌糊塗。我們費了很多勁，為了使那幾個越南人避免遇到最壞的情況。我們這裡沒有死人，但是剛才已經說了，西邊死了人，就是在默爾恩和索林根。死的是土耳其人。這裡根本就沒有土耳其人。但是可能也會改變，西邊有人認為，可以把他們的土耳其人以及所有其他從巴爾幹來的，比如波士尼亞人、阿爾巴尼亞人，其中有真正狂熱的穆斯林，都撂在我們這裡，就這麼簡簡單單地撂在這裡，因為這裡據說還有足夠的地方。要是發生這種事，一旦這些喜歡打架鬥毆的傢伙過來，你這個小員警可就真的無能為力了，他們肯定會做出一些在正常情況下只有政策才能辦到的事，也就是說，在不算太遲的時候關閉邊界，整頓秩序。但是上面的那些先生們只會說大話，然後把這些髒活兒交給我們去做。

您指的是什麼？燭光人鏈？數十萬人手持蠟燭示威遊行反對仇視外國人？我對此怎麼看？現在我倒想問問：這到底有什麼結果呢？再說這種事過去我們這裡

也有過。大量的蠟燭。就在幾年前還有過。在萊比錫，甚至也在羅斯托克。那又怎麼樣？結果是什麼呢？又妙又好：那堵牆倒了。但是還有什麼呢？這兒突然一下子冒出來這麼多極右分子。每天還在增多。燭光人鏈！據說他們是幫了倒忙！我也沒有什麼可高興的。您問問這些從前都在造船廠或在別的地方工作的人，他們對燭光人鏈是怎麼看的，什麼是真正的事實，也就是說，什麼叫作一夜之間被處理了。或者您問問我的同事們，不，不是那些從漢堡來的，他們剛到這裡不久，在這裡出了事之後，馬上就又撤走了，而是我們那些在人民警察時期有過工作經驗的警官，問問他們對這種燭光魔術和類似的和平聚會是怎麼看的。您說什麼？這樣會向我們的歐洲鄰國明顯地暴露出我們的恥辱，因為在德國又一次出現褐色的暴民……

　　我作為一個小員警只想非常謙虛地問一問：在法國發生的事難道有什麼不同嗎？或者，比如在倫敦呢？難道他們是戴著柔軟的羊皮手套對待他們的阿爾及利亞人或巴基斯坦人的嗎？美國人又是怎麼對待他們的黑人呢？你瞧，是這樣吧。現在我要明確地告訴您：在利希滕哈根這兒發生的以及後來在默爾恩和索林根發展到極端的事情，雖然很令人遺憾，但原則上也可以看作是完全正常的事情。我們作為德國人，我現在跟您講的是整個德國，也是一個普普通通的民族，就像法國人、英國人和美國人一樣。您說什麼？那好吧。就我來說，正常得要命……

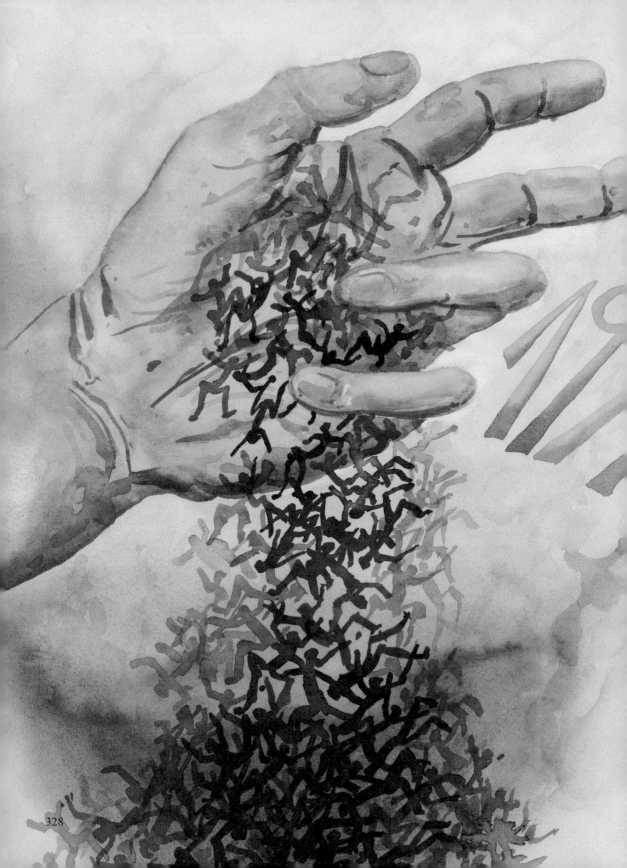

1994 年

　　我很強硬，別人都這麼說。這又怎麼樣！難道我應該示弱，僅僅就因為我是一個女人嗎？這個在這裡把我寫下來的人認為，應該給我發一張證書：「社會行為不及格！」他在把我從整體來看始終是卓有成效的工作都寫成是失敗之前，應該認識到，一切我都挺住了，也包括健健康康地承受所有調查委員會的調查，也就是說完好無損，當2000年世博會開始的時候，我也將會應付得了所有狹隘小氣、拘泥死板的平民百姓。假如我摔了下來，因為這些社會浪漫主義者突然掌握了決定權，我也會軟軟地摔下來，撤回到我們家那個可以望見易北河的宅第，那是我爸爸，最後幾個大的私人銀行家之一，在被迫宣布破產時留給我的。然後，我就會一邊說著「這又怎麼樣」，一邊注視著過往的船隻，尤其是運輸貨櫃的船隻：它們逆流而上駛向漢堡或者從那裡出發，吃水很深，因為運載著沉重的貨物，朝易北河河口方向駛入大海，開始遠涉重洋的航程。如果在太陽下山的時候，情緒湧上，易北河展現了各種色彩，我也會作出讓步，沉醉於這些轉瞬即逝的情景，剩下的只有感覺，完全柔和的……

但是，的確如此！我熱愛詩歌，然而也熱愛這種金錢的冒險，同樣也熱愛無法核算的東西，比如以前那個「託管公司」，它在我的監督下，最終只是在我的監督下，調動數十億的資產，在創紀錄的時間裡處理了幾千個企業的廢墟，為新的企業創造了空間，因此這位先生顯然準備把我因為取得的成績而獲得的高額薪水與不可避免的因為整頓而造成的損失進行結算，他還計畫寫一本大部頭的長篇小說，就跟已經有過的那些一樣，在書裡他想把我同作家馮塔納筆下的一個人物進行對比，只因為某一位「傑妮·特萊貝爾女士」和我一樣很會把商業上的事與詩歌聯繫在一起……

為什麼不呢？我從此以後不僅僅是強硬的「託管女士」，也有人叫我「鐵娘子」，而且還將進入文學史。這是對我們這些賺錢多的人的社會嫉妒和仇恨！好像我是給自己挑選了另外一個工作似的。每一次都是義務在呼喚。每一次我都接受委任，不管是去漢諾威擔任經濟部長，還是後來進了威廉大街的那棟大樓，當時我的前任就這麼簡簡單單地被人開槍打死了（還會是被誰呢），此後託管公司一直缺人。2000年世博會也是如此。這是別人硬要我幹的，而且就因為我不怕冒險，不怕任何人，就因為我在必要的時候順應市場，能夠把損失藏到別的地方去，就因為我敢欠值得欠的債，就因為我強硬地頂住了每一件事，不計任何代價……

必須承認：是有人失業，而且永遠都會有。這位把我寫下來的先生想把好幾十萬個失業者算在我的頭上。我對自己說，這又怎麼樣。他們一直還有那張社會福利的吊床，而我則不得不一籌莫展地面對新的任務，1994年，當託管公司完成它無可比擬的事業，將共產主義計畫經濟的斷垣殘壁弄平之後，我又不得不立刻準備下一次的冒險，即世界博覽會。什麼叫準備？就是應該趕緊跨上這匹飛奔且又被稱作世博會的駿馬。一種尚且模糊不清的想法被賦予了生命。我更願意懶洋洋地花著國家的錢，躺在這樣一張吊床上，從某種程度上來說也是失了業，當然是優先選擇在我們家那個可以望見易北河宅第的平臺上，但是可惜啊，我很少有機會享受這些，而且幾乎從未在太陽下山之前，因為託管公司總還壓在我的心

上，因為我又受到一個調查委員會的威脅，因為這位想把我記在1994年名下的先生，現在計畫給我開出這張很大的帳單：據説是我，而不是西德鉀鹽工業，要對畢朔菲羅德的幾千名鉀鹽工人失業負責；據説是我，而不是克虜伯公司，讓人在奧拉寧堡剷平了鋼鐵廠；據説是我，而不是施魏因富特的菲舍爾軸承公司，把從灰色的民主德國時期留下來的所有軸承工廠推向了毀滅；硬説是我想出了這個花招，用國家支援東邊的錢幫助發展疲憊不堪的西邊企業，比如不萊梅火神造船廠；據説還出現了一些圖畫，説是有一筆數十億的詐騙是由我，託管夫人，也被稱為傑妮‧特萊貝爾，一手經辦的，受到損害的是一些無依無靠、活蹦亂跳的小人物……

不。誰也沒有贈送給我什麼。一切我都必須為自己索取。不是社會福利方面亂七八糟的東西，而是宏偉的任務，才能夠向我挑戰。我愛冒險，冒險也愛我。但是如果有一天，關於所謂太高的失業率以及那些無影無蹤地，我強調的是無影無蹤消失的錢，這些廢話全都過去了，如果2000年之後，由於政府補貼門票，不再有人對世博會感興趣，不再有人願意談論類似的胡鬧，那麼人們就會認識到，託管公司透過強硬的清理措施爭取到了何等巨大的空間，人們可以放心大膽地把世界博覽會可能帶來的損失記在未來的帳上，這是我們共同的未來。我終於可以從我們家那個可以望見易北河的宅第，欣賞一條繁忙的河流匯成的詩，免費享受落日餘暉；除非又讓我面對新任務的冒險；比如説，對我可能會有吸引力的是，從重要的崗位對即將到來的用強勢的馬克兌換歐元鈔票和硬幣的工作，進行調控……

這又怎麼樣，我將會對自己説，堅定地，但必要時，強硬地採取行動。沒有人會來保護這個不知道示弱的女人，使她免遭破產，這種破產規模巨大，僅此已經預示著成功。這位要把我寫下來的先生，您也不會的……

1995 年

　　……現在，親愛的聽眾，正像柏林人說的那樣，熊開始啟動了。您只要聽聽就知道，可能有二、三十萬人，他們使整條經歷了許多命運時刻的選帝侯大街，從紀念教堂一直到上面的哈倫湖，沸騰了起來，不對，是沸騰得溢了出來。這種事只有在這座城市才有可能。只能在這兒，在柏林，前不久，一次獨一無二

的活動成為一次吸引了數十萬人的事件，國際上備受讚揚的藝術家克里斯托以無可比擬、富有魔力的方式蒙住了國會大廈；在這兒，只能在這兒，幾年前，年輕人在那堵牆上跳舞，為自由獻上了一個狂歡放縱的節日，使「不可思議」這句話升格為當年的時髦用語，唯獨在這兒，我說，「愛的遊行」才有可能反覆多次地進行。這一次人數眾多，有人渴望生活，有人興奮發狂，即使市政府最初曾經猶豫不決，甚至由於可以預料到像山一樣的垃圾而考慮加以禁止，但是最終，當然，親愛的聽眾，我們尊重您的疑慮，這些所謂的「Raver」，它的含義也許就是狂熱的人、幻想的人、興奮發狂的人、獲准作為瘋狂入迷的電音舞蹈家，聚集在一次得到主管內務的市政委員批准的遊行上，以「世界最大的聚會」給整個柏林，這座神奇且永遠向所有新潮敞開大門的城市，帶來喜悅，有些人這麼說，另一些人則感到震驚，因為幾個小時以來在這兒發生的，您只要聽聽就知道，在音量方面、在生活樂趣方面，也在充滿喜悅的有意識地追求共同生活方面，是不可能再有所超越，這次在施普雷河畔慶祝的「里約熱內盧的狂歡節」的口號是「地球上的和平」。是啊，親愛的聽眾，這些打扮得如此稀奇古怪的年輕人來自世界各地，有的甚至來自澳大利亞，他們確實且最優先要求的是：地球上的和平！但是他們同時也想向全世界表明：瞧，還有我們。我們人數眾多。我們完全不同。我們要求樂趣。只還剩下樂趣。他們毫無顧忌地給自己帶來樂趣，因為他們，就像已經說過的那樣，完全不同，不是那些左翼或者右翼的打手類型的人，不是晚生的、總是反對什麼而從來沒有真正贊成過什麼的六八分子，但也不是我們曾經見到過的那種想用恐怖的叫喊或燭光人鏈驅逐戰爭的好人。不，這些90年代的年輕人完全是按照另一種樣子編織起來的，就像他們的音樂，親愛的聽眾，您也許會覺得這種音樂只是讓耳膜受到損害的噪音，因為我自己也必須承認，即使並不情願，這種由電音樂器發出震撼了選帝侯大街的轟隆聲，這種毫不留情的「梆梆梆、鏘鏘鏘」，簡而言之，這種電音音樂並不符合每個人的口味，但是這些年輕人現在則自我陶醉，沉迷在這種混亂之中，他們聲稱是要讓自己完全充滿這種轟隆聲，在心醉神迷之中體驗自我。他們一直跳到筋疲力盡，讓自己渾身冒氣，渾身是汗，一直到了極限，甚至超過了極限，他們現在正在幾乎停滯不前

且裝飾得非常滑稽的卡車、牽引車以及租來的大巴裡面和上面，讓選帝侯大街（您只要聽聽就知道）、讓整個柏林都沸騰得溢了出來，以至於讓手持麥克風大膽地闖進這些蹦跳跺腳的人群中的我，也開始驚訝得說不出話來，因此我就向幾個狂熱入迷的跳舞的人，又被叫作「Raver」的，提問：你為什麼被吸引到柏林這個城市來的呢？「因為這種體驗太棒了，這麼多人在這兒……」您怎麼認為，這位穿桃紅色衣裙的小姐？「因為我在這裡的愛的遊行中，終於可以展示真實的我……」您怎麼認為，小夥子？「當然是因為我擁護和平，我對和平的想像，就像這兒發生的事情一樣……」你怎麼認為，這位穿透明塑膠袋的美人？是什麼把你帶到這裡來的呢？「是我的肚臍和我，我們都願意讓別人看……」你們兩位穿著閃光漆皮短裙的怎麼認為？「這兒真是棒極了……」「特棒……」「人人都情緒高漲……」「只有在這兒，我的全套行頭才會受到歡迎……」您聽聽，親愛的聽眾，男男女女，老老少少。這個關鍵字叫作：全套行頭！因為這些得意忘形的年輕人，這些「Raver」，只是在跳舞，就好像他們得了舞蹈病，他們願意讓別人看，願意引人注目，願意受到歡迎，願意表現自我。他們穿在身上的東西，必須緊繃在身上，經常是只有貼身的內衣。毫不奇怪，現在已經有一些著名的時裝設計師從愛的遊行得到了靈感。如果煙草工業，首先是駱駝牌煙草公司，現在就已經從這些電音舞者裡面發現了廣告載體，誰也不會感到驚奇的。這兒沒有任何人會反感廣告這種事情，因為這一代人已經毫無拘謹地與資本主義言歸於好。他們，這些90年代的人，是資本主義的孩子。資本主義對他們也特別合適。他們是資本主義市場的產品。他們總是想當最新的，也總是想要最新的。這使得一些人採用迷幻藥這種最新的毒品來幫助產生最新的歡愉。剛才有一個小夥子情緒極好地對我說：「這個世界反正已經無可救藥了，那麼就讓我們舉辦一次聚會吧……」這次聚會，親愛的聽眾，就在今天舉行。任何革命的口號都不受歡迎，只有和平這兩個字才是現實的、未來的，即使在巴爾幹的什麼地方，在土茲拉，在斯雷布雷尼察，除此之外還在其他地方，正在開槍，正在謀殺。因此，請允許我現在透過對未來的展望來結束選帝侯大街的氣氛報導：現在，未來已經來到了這兒，來到了柏林，在這兒，勞伊特這位具有傳奇色彩的市長曾經向世界各國人

民高聲呼喊：「請你們關注這個城市！」在這兒，美國總統約翰・甘迺迪曾經公開承認：「我也是一個柏林人！」在這兒，在這個曾經分裂而現在正在共同發展的城市，在這個沒完沒了的大工地，「甜甜圈共和國」從現在開始（趕在2000年的前面）以這裡作為它的起點，在這兒，年年都允許心醉神迷的一代載歌載舞，每年一次，甚至在動物園，未來現在就已經是屬於他們的，而我們這些老傢伙，請允許我在最後結束時開一個玩笑，可以關心的就是垃圾，像山一樣的垃圾，這就是這次愛的遊行和這次大型電音聚會留給我們的，就像前一年和今後一樣。

1996 年

其實馮德布呂格教授本來是想給我寫一點這一年在基因分析方面的事，較長時間以來，我一直以外行的問題糾纏著他，有關孿生複製羊梅甘和默拉克的數據，蘇格蘭的那頭羊「桃莉」是在一年之後才由一隻借腹懷胎的母羊生下來的，然而，教授以有急事要去海德堡出差為由表示抱歉。他作為到處都受到關注的專家，必須去那裡參加國際基因研究者代表大會，討論的問題不只是複製羊，而且首先要從生命倫理學的觀點討論我們現在已經可以看出的父親越來越少的未來。

因此我來講講我自己，或者換個更好的說法，講講我的三個女兒和我：她們這個有據可查的父親，我們在復活節前不久一起出門旅行，這次旅行不乏意想不到的經歷，而且整個行程也完全符合我們的意願和情緒。蘿拉、海倫娜和內勒分別是三位母親送給我的，這三位母親在內心深處和從外表來看（即以充滿愛的目光來看）不可能有更大的差別，要是她們進行一次談話，也不可能會有更多的矛盾；她們的女兒很快就和邀請她們的父親對旅行目的地達成了一致意見：去義大利！我希望去佛羅倫斯和烏姆布林，我承認這是出於多愁善感的原因，因為在幾十年之前，準確地說是在1951年的夏天，一次搭車旅行曾經把我帶到了那裡。當時，我的旅行背包分量很輕，裡面只有睡袋、一件換洗的襯衫、速寫本和水彩盒，每一片橄欖樹林，每一顆掛在樹上正在成熟的檸檬，對我來說都頗有欣賞價值。這次我和三個女兒同行，她們和我同行，沒有她們的母親。（烏特沒有女兒，只有兩個兒子，她用懷疑的目光與我暫時告別。）蘿拉只是試驗性地充當了一下三個孩子的微笑母親，她為我們預訂了旅館和一輛從佛羅倫斯開始租借的汽車。海倫娜還在急不可耐地上著一個演員學校，她已經掌握了在井臺前、在大理石臺階上或在古希臘羅馬的圓柱旁，保持符合角色的絕大多數是喜劇性的姿勢。內勒大概預感到這次旅行提供了最後一次像小孩子似地攙著父親的手漫步的機會。這樣她才可能對即將來臨的紛亂滿不在乎，聽任蘿拉以姐妹情誼改變了她的看法，全然不顧無聊乏味的學校，照樣參加高中畢業考試。她們三個在佩魯吉亞陡峭的臺階上，在阿西希和奧爾維托走上坡路的時候，都為她們的父親擔心，他的兩條腿每邁出一步都使這個吸煙者想到在幾十年裡被吹散的濃煙。我必須歇

一歇，注意觀察四周，畢竟還有一些具有欣賞價值的東西可以看：這兒有一座門洞，那兒有一堵色彩特別豔麗、牆皮正在脫落的外牆，有時只有一個櫥窗，裡面放滿了鞋子。

　　對於藝術方面的說教，我表現得比對於煙葉更節約，先是在烏菲齊博物館，然後在奧爾維托大教堂的前面或在阿西希於1996年仍然完好無損的下教堂和上教堂，藝術到處都在邀請發表評論；其實，我的三個女兒對我來說是最生動逼真的教材，因為只要是她們站在一幅波提切利和弗拉‧安格利科的作品前面，或者站

在濕壁畫和油畫的前面，在這些作品上面，義大利的藝術大師們從正面、背面、側面展示了嫵媚動人的女人，常常是三人編成一組，排成梯隊，站成一列，因此我就會看見蘿拉、海倫娜、內勒與畫上的少女、天使、比喻為春天的姑娘相比，就像是鏡中人似的，一會兒像羅馬神話中的那三位妖媚女神，一會兒在默默地朝拜，然後又以動人的姿勢站在繪畫作品的前面，步履輕盈地飄來飄去，神情莊重地從左向右移動或者相互走向對方，就好像她們出自波提切利、吉爾朗道、弗拉‧安格利科或者（在阿西希）吉奧托之手。

　　這位保持距離的觀察者覺得自己作為父親受到了讚美。然而，還沒有回到我們下榻的佩魯吉亞，在我和三個女兒沿著伊特拉斯坎的城牆上坡、下坡的時候，我就覺得好像有人正在從這堵牆縫很密的城牆裂縫中，觀察我這個剛才還很自負的父親，好像有一道嚴厲的目光落在我的身上，好像這三位如此不同的母親正在留神注意，而且（涉及到我）一致擔心的是，一切是否按照正常情況進行，我是否偏愛這三個女兒中的一個，我是否始終在努力彌補早年錯過的東西，而且我是否能夠勝任我做父親的義務。在以後的幾天裡，我迴避這堵嚴格按照伊特拉斯坎式樣建造的有縫隙的牆。緊接著就是復活節，不時地響起鐘聲。我們在披著盛裝的街道上跑上跑下，就好像剛剛去教堂做完了彌撒：蘿拉和我手挽著手，我用另一隻手拉著內勒，海倫娜在我們前面手舞足蹈。然後，我們驅車闖入綠色。我這個做父親的預先已經有所準備，在一片適合野餐的橄欖樹林中一些有裂縫的、形成洞穴和巢窠的樹幹裡，不是藏了復活節蛋，而是藏了一些挑選出來、讓人感到意外的東西，比如杏仁餅乾、滿滿幾袋曬乾的牛肝菇、濃縮成糊狀的羅勒、幾小瓶橄欖油、醋醃花菜、鯷魚罐頭以及其他義大利可以向美食家提供的東西。當我在橄欖樹之間忙碌的時候，三個女兒必須原地不動地觀望風景。

　　在此之後發生的事仍然還是孩子氣的事，似乎在彌補過去。三個女兒尋找父親藏起來的東西，看起來很幸福，儘管海倫娜聲稱，在樹根之間可能會有蛇正躺在它們的窩裡，肯定是毒蛇，恰好就在她找到一小袋薰衣草的地方，謝天謝地，它們嗖地一下都溜走了。

三個藏在伊特拉斯坎城牆裡的母親，作為聚集在一起的母系氏族，立刻又重新闖入我的腦海。然而，後來在回家的路上，從一些競選的招貼畫旁邊經過，上面是為一條媒體鯊魚或者牠的法西斯主義的結盟者，同時也是為一個以橄欖作標誌的中間派與左派的聯盟做廣告，我們先是從遠處然後從很近的地方看見一群羊，母羊們帶著牠們在復活節將被宰殺的羔羊，跟在那隻領頭的公羊後面，從旁邊經過，它們做出一副無憂無慮的樣子，就好像從來沒有過名叫梅甘和默拉克的這種複製羊的東西，就好像不可能預料到此後還會有那隻沒有父親的羊「桃莉」，就好像父親在未來仍然應該是有用處的……

1997 年

尊敬的先生：

　　直到現在，剛從愛丁堡的代表大會回來，我在那裡有機會與那位到處受到讚揚和敬畏的胚胎學家維爾穆特博士，進行專業上的交談，在我後天就要飛往波士頓與同行們交流經驗之前，總算才有一點時間來消除您的那些當然不是毫無根據，然而也是達到驚人地步的擔憂。您喜歡以輕鬆愉快的方式讓您的想像力不受障礙地自由馳騁，因此在這一方面更應該為了所有人的健康，展現客觀事實。

　　我們是從甚至是外行也可以理解的東西開始的，雖然對於這個外行來說，這種本身很簡單的積木式系統方法就像是在變魔術。桃莉把牠的存在歸功於三個母

親：基因母親，從牠的乳房部位取出一些細胞，然後將這些細胞的遺傳物質放到合適的位置，從而調控一隻全新的羊的構造；卵細胞母親，從牠的身上取出一些卵細胞，然後從一個單一細胞裡面抽掉遺傳物質，採用電脈衝方法將乳房細胞和這個現在已經去掉遺傳物質的卵細胞結合在一起，因此只有基因母親的遺傳特徵可以向卵細胞發布進行裂變的命令；然後就可以將正在發育成長的胚胎植入借腹懷胎的母親，即第三隻羊的子宮，在常規的妊娠期之後，我們的那隻和牠的母親一模一樣的桃莉就出世了，沒有向雄性動物要求任何一點配料，因此也就成為轟動一時的新聞。

這就是全部經過。然而，這種放棄雄性共同參與的做法，如果我正確地理解了您的意思，顯然是一直讓您感到不安的原因。您擔心的是，遲早都會有可能，這種在羊的身上，接著在豬的身上，最後在猴子的身上，帶來收穫的完全沒有父親的基因操縱，也可能會在人的身上，嚴格地講，是在女人的身上獲得成功。確實不能排除這種可能。人們普遍都對這種積木式系統方法不僅僅是可以想像的擴展，同時懷有希望和擔憂。維爾穆特博士，這位在某種程度上可以說是複製羊桃莉的「精神之父」，告訴我，有一些激情很高的婦女現在就已經自願去做基因母親、卵細胞母親、借腹懷胎母親。

不，尊敬的先生，所有這一切暫時還停留在空想的範圍內，儘管詹姆斯・沃森這位諾貝爾獎得主和在遺傳物質方面成就卓著的研究者，在70代初就早已不僅是預言過，而且是明確地要求進行人的複製，其目的是為了製造傑出樣本的複製品，比如愛因斯坦、卡拉斯或畢卡索這樣的天才。您不是也在一部長篇小說裡把複製的老鼠人帶進了虛構的遊戲，並且以輕鬆的嘲弄口吻把這些挖空心思想出來的、不受妨礙的由基因操縱的產物稱作「沃森一克里克的後代」嗎？可惜這本書我只看過部分章節，在出版時想必曾經有過激烈的爭論。

説正經的吧。我們所缺少的東西，尊敬的先生，是一種以科學為基礎的生命倫理學，它要比陳舊的道德觀更加有效，所以它一方面使這種廣泛流行的恐懼感保持在一定的限度之內，另一方面也被授權為正在到來的複製人草擬一種新的社會規章制度，在將來不久的一天，複製人將與長期服役的傳統人類共同成長，因為這種並存將幾乎不可能完全沒有矛盾衝突地向前發展。調整並且在實踐中降低世界人口的增長，也將是生命倫理學家的任務。我們現在正站在十字路口。正因為如此，人們必須問自己，人的哪一部分遺傳物質應該，甚至必須在生命倫理學的意義上加以促進，哪一部分則應該，甚至必須予以消除。這一切都要求加以解決和從長計議。請不要制定任何立刻執行的計畫，雖然科學，正如人們所知，是不會止步不前的。

我們正在一片遼闊的，即使不是過於遼闊的田野上，耕種這片田野需要使用還需不斷發展的農具。越快越好，時間緊迫！

　　至於您對於一個，正如您所說的那樣，「沒有父親的社會」的憂慮，我在收到您的前一封信之後得到了一種印象：您的驚慌及其過程，不是歸結於單純的天性，就是因為那種始終還在蔓延的男性瘋狂。我們感到高興的是，那種傳統的以矛盾衝突為中心的生殖活動越來越喪失其重要性。如果男人自身終於被減輕負擔，被解脫責任的約束，被消除一切性交能力的憂慮，這也是值得高興的理由。是的，我們也可以歡呼，因為這種正在到來的「獲得解放的男人」（這是我的說法）將是自由的。自由的，可以去追求閒情逸致。自由的，可以去消遣娛樂。自由的，可以去做各種開心的事。在某種程度上可以說，這是正在到來的社會將可以給予的一種奢侈產物。恰恰是您，我尊敬的先生，應該感到很輕鬆，可以利用這些馬上就將開放的自由空間，不僅讓桃莉和牠的夥伴們在這裡逐漸增多，而且也讓那些在您的腦袋裡誕生的人在幾乎無邊無際的草地上自由活動。

　　順便提一下：您對奧得河發生大水怎麼看？我們的聯邦國防軍承受住考驗，絕對值得讚揚。但是，假如面臨一場在全世界發生作用的氣候變化，對此已經有許多資料可以說明，那麼我們將會遭受更大規模的洪水。在這方面，我有許多擔憂，即使我在其他方面總是持一種樂觀的基本態度。

　　希望這減少了一些您對未來的憂慮，問候您尊敬的夫人，我很高興不久前在呂貝克的一家葡萄酒專賣商那裡遇到了她。

您的胡伯圖斯・馮德布呂格

1998 年

　　我們已經決定選擇寄信投票選舉，但是後來又在
9月27日的選舉前夜從希登瑟回到了貝倫多夫，我們
試圖在這裡以忙碌來壓住我們帶回來的不穩定情緒。
烏特預先為大選的這天晚上燒了一鍋扁豆湯，不管結
果如何，它都可以使人平靜下來。我兒子當中一個叫
「布魯諾」的，和他的朋友、呂姆科夫兩口子，要來
吃晚飯。我在下午早一些的時候偷偷地溜進了附近的
樹林，為的是（已經做過自我吹噓）採一些蘑菇。

　　貝倫多夫的森林越過冰川形成的冰磧丘陵一直延
伸到海邊，它是呂貝克森林的一部分，在秋天看上去
是一片大有希望的混合林。然而在闊葉樹和針葉樹的
下面，既沒有栗子菇也沒有牛肝菇。我在這個月的中
旬曾經找到過足夠飽餐一頓的番紅花高腳小傘菇的地
方，什麼也沒有。樹林邊緣的紫色騎士菇已經老了，
變得發黃。我採蘑菇的行動看來收效甚微。就連那條
狗也不願意陪著我。

您大概也會表示懷疑：我像許多晚期的啟蒙主義者一樣迷信，只有我的這種殘存的迷信促使我仍然繼續尋找，並且把盲目希望找到蘑菇與同樣期盼著的大選結果相互對比。然而，刀始終還沒有用過，籃子仍然是空的。我已經想放棄了，想為剩下的幾個小時練就一種宿命論的態度，我已經看見在與數次失敗打交道的過程中，訓練有素的我坐在失敗者的長椅上，我已經想試著透過實用主義的降低目標使得一個大聯合政府普遍會得到的負擔減少幾克，我已經在詆毀我的迷信，這時，在腐爛的枝杈之間有一些白色的東西在閃爍，在長有苔癬的樹墩上，零零星星地，一組一組地，發出明亮的、不會認錯的信號：以蘑菇的形狀顯示的無辜。

　　您認識瓶狀擔子菇嗎？您曾經遇到過瓶狀擔子菇嗎？它沒有菌褶，也沒有菌管。既不是長在細細的可能是木質的梗莖上面，也不是長在大腹便便的已經被蟲蛀過的軀幹上面。沒有寬寬的、捲起來的、有一些凹陷的圓頂帽願意給它遮蔭。光禿禿的頭，它站在那裡，只是很容易和新長出來的普通擔子菇混淆，後者雖然也可以吃，但是味道不怎麼好，樣子也不怎麼好看。在緩緩上升卻明顯變細的菇頸上面，瓶狀擔子菇長著一個圓圓的禿頭，上面似乎經常是撒上了一層白色的顆粒。直接從樹林的地面割斷，它很嫩，割起來也很有韌性，露出白色的菇肉作為鮮嫩的證明，但是只能保持幾天，因為圓頭和菇頸很快就會變老，菇肉會脫去水分，慢慢變成淡綠色，開始腐爛，原先褐色的外皮立刻變得乾巴巴的，最後完全枯死。您應該知道，瓶狀擔子菇美味可口，不會讓人作惡夢。

　　我找啊找啊。它喜歡腐爛的木頭。找到一個就會找到許多。它們總是長在一起。可以幾個幾個一起採下來。但是每一個都要小心翼翼地加以對待。它們彼此相似，卻具有各自獨特的形狀。我開始數每一個被我用刀割了頭的擔子菇。在攤開的報紙上，這是一張《法蘭克福評論報》，上面可以讀到過時的報導、評論和選舉預測，很快就已經有整整二十個大大小小完全成熟的擔子菇，最後割下來的幾個，菇肉長得非常厚實。我殘存的迷信悄然降臨。它在做數字遊戲。它開始用已經採到的瓶狀擔子菇和一次即將公布或大有希望的選舉結果的百分比進行結

算。它已經憑空想出了一個有利選舉結果的初步統計。在採了三十五個擔子菇之後，這幾個發現地點就已經被採光了。我開始為紅綠聯盟擔心。到處都沒有擔子菇了或者充其量只有一些紅菇。但是後來我在一片窪地裡獲得了大豐收，這裡靠近那條實際上是一條溢河渠、並且把貝倫多夫湖與易北－特拉維－運河連接起來的小溪。

您已經知道，這種瓶狀擔子菇是多麼好看，您也可能會預感到，一道用它做出來的菜，在黃油裡稍微煎一煎，對採蘑菇的人和他的客人們將會是多麼美味可口，為了不讓您期待得更久，現在可以告訴您，剔除那些已經變老的、裡面開始發綠的，總共有四十七個瓶狀擔子菇鋪在那張舊報紙上，我把它們帶回家，帶進了廚房。

客人們很快都到了：布魯諾和他的朋友馬丁、愛娃·呂姆科夫和彼得·呂姆科夫。在有利的發展趨勢報導之後和公布第一次選舉結果的初步統計之前，我把蘑菇這道菜作為餐前小吃端了上來，所有的人都吃了，這是對我的信賴，甚至包括彼得·呂姆科夫，在吃東西方面，他被認為是很難伺候的。因為我把擔子菇切成了薄片，所以也就沒有它的總數，我的烹飪魔法是保密的，而且屢屢奏效。客人們都很驚奇。就連烏特也放棄最後的懷疑，她過去總是預先就知道一切，崇尚一種以獨特方式形成的迷信。當那個對於紅綠聯盟選票足夠的選舉結果逐漸穩定下來之後，甚至可以料到還會獲得幾個延伸議會席位，我覺得我的迷信得到了證實，即瓶狀擔子菇不允許再少了，但是再多也不行。

這時烏特那飄著茉喬欒香味的扁豆湯上了桌，正好適合抑制正在上升的傲慢自大的情緒。我們在顯得太小的螢光幕上看見那位敗選的總理真的哭了。勝利者對於擁有這麼多令人覺得還不易使用的權力，感到驚奇，這使他們看上去要比他們的實際年齡更加年輕。他們很快就會由於不同的傾向而互相爭吵。我們甚至會為此感到高興。預期完全達到；但是，一直到10月，我都沒有再採到過瓶狀擔子菇。

1999 年

　　他沒有強迫我，而是說服了我，這個小傢伙。他總是能夠達到目的，最後我
也只好答應。這樣一來，我現在就還活著，一百多歲，身體健康，因為他希望這
樣。在這一方面，他從一開始起，甚至還只有三個圓形乳酪那麼高的時候，就很
在行。撒起謊來連草稿都不打，還會漫天許願：「等我長大了，發了財，我們就
去旅行，隨便你想去哪兒，媽媽，甚至去那不勒斯。」但是接著就爆發了戰爭，
然後我們遭到驅逐，先是到了蘇聯占領區，後來又逃到西邊，那些萊茵地區的農
民安排我們住在一個冰冷的飼料倉庫裡，而且還刁難我們：「你們倒是從哪兒來
就回到哪兒去啊！」他們也和我一樣信奉天主教。

早在1952年就已經確診我得的是癌症，那時我丈夫和我早已有了自己的住房。我又堅持了兩年，直到我們的女兒結束了在辦公室當祕書的學徒，她把自己所有的夢想統統拋在腦後，可憐的丫頭，在此期間，這小子在杜塞爾多夫上大學，學的是連麵包也賺不到的藝術，真不知道他靠什麼生活。我連五十八歲都沒有活到。現在卻要來慶賀我的一百零幾歲的生日，因為他無論如何也想要把我這可憐的媽媽所錯過的一切全給補上。

我甚至挺喜歡他偷偷想出來的主意。我總是很寬容，即使他像我丈夫說得那樣撒下了彌天大謊。這個可以望到湖水的老人院，甚至還是一家比較高級的，名字叫「奧古斯蒂努姆」，我現在就在這裡接受照料，因為他希望這樣，沒有什麼可以抱怨的。我有一間半房間，再加上浴室、小灶臺和陽臺。他還為我安裝了彩色電視和一套專門播放那種銀光閃閃的新式唱片的設備，有歌劇詠歎調和輕歌劇，我一直就喜歡聽這些，剛剛還聽了一段《沙皇之子》裡的詠歎調：「有一個士兵站在伏爾加河邊……」他還帶我作了幾次長途和短途的旅行，前不久去了哥本哈根，要是我身體健康，明年總算可以去南方了，一直到那不勒斯……

現在我應該來講講以前和以前的以前發生的事情。要我說吧，就是戰爭，經常是戰爭，其間也有一些停歇。我父親在兵工廠當鉗工，仗一打起來就在塔內恩貝格陣亡了。接著是兩個兄弟在法國陣亡。一個畫過畫，另一個寫的幾首詩甚至上了報紙。我兒子肯定是從他們倆這裡繼承了這一切，我的第三個兄弟只是飯店的服務員，雖然躲得遠遠的，但還是在什麼地方得病死了。一定是被傳染的。據說是一種性病，我也說不清楚是哪一種。我母親純粹是因為傷心，在和平之前，就跟在她的幾個兒子後面走了，把我和我的小妹妹貝蒂，這個被寵壞的小傢伙，孤零零地留在這個世上。是不錯，我在「皇帝咖啡店」當了店員，還學了一點怎麼做帳的本事。這樣，在我和威利結婚之後，我們也能夠開一家商店，專賣殖民地的商品，那會兒通貨膨脹剛剛結束，在我們但澤發行了古爾登。剛開始的時候，生意很好。1927年，我當時已經超過三十歲，生了這個男孩，三年以後又添了個小丫頭……

我們除了商店只有兩個房間，因此這個小男孩只好把他的那些書、顏料盒以及塑像用的代用黏土放在窗臺下面的一個角落裡。他也覺得足夠了。他把一切都想好了。現在他又強迫我重新再活一次，對我百依百順，整天「媽媽長媽媽短」，帶著他的孫子孫女來到老人院，他們肯定就應該是我的曾孫子曾孫女。個個都很可愛，只是有的時候也有一些討人嫌，因此，當這幾個調皮鬼（其中還有一對雙胞胎，機靈的小傢伙，喜歡多嘴多舌）在下面的公園林蔭大道上，穿著他們的那些玩意來回飛奔的時候，我也會感到高興，可以舒上一口氣，那些玩意就像不需要冰的滑冰鞋，它的叫法寫起來就和斯卡特差不多，所以小夥子們都稱它為「玩斯卡特的人」。我可以從陽臺上看見，這一個總想比另一個滑得更快……

斯卡特！我一輩子都喜歡玩斯卡特。大多數是跟我丈夫和弗蘭茨一起玩，他是我的堂兄弟，也是卡舒布族，在波蘭郵局做事，當戰爭又打起來的時候，他一開始就被打死了。很糟糕。不僅僅是對於我。但這也是時代造成的。維利入了黨，我也參加了婦女組織，因為在那裡可以免費鍛鍊身體，這個男孩也在少年團裡穿上了時髦的制服……後來再玩斯卡特，只好讓我的公公充當第三個人。他總是過於激動，這位木工師傅先生，常常忘記墊牌，我立刻就給他加倍。我一直喜歡玩斯卡特，甚至現在不得不重新再活一回時，仍然喜歡玩，而且是和我的兒子一起玩，他常帶著和我同名的女兒海倫娜來看望我。這個小女孩玩得相當精明，比她父親好多了，雖然我在他十歲或十一歲時就教會他玩斯卡特，可是他叫起牌來總像個初學者。他只要有一張單色10，就會獨自打他最喜歡的紅心……

我們玩呀玩呀，我兒子一直把牌叫得過高，這時在下面的「奧古斯蒂努姆」公園裡，我的曾孫子曾孫女們正站在他們「玩斯卡特的人」上面嗖嗖地滑來滑去，以至於別人都會感到擔心。不過到處都有軟墊。膝蓋、肘關節，兩隻手都有，他們甚至還戴著真正的防護頭盔，這是為了保證不出任何事情。真是價格昂貴的東西！我想起我那幾個在第一次世界大戰中陣亡或以其他方式喪了命的兄弟，他們小的時候，那還是在皇帝的年代，從郎克福爾股份釀酒廠弄來一只用壞的啤酒桶，把箍桶板拆下來，抹上肥皂，再把它們綁在繫帶的鞋子上，然後在耶

施肯山谷的森林裡當了一回真正的滑雪者，他們經常在埃爾伯山滑上滑下。沒花一分錢，但是很管用的……

　　我只要想一想，擁有那種用扳手旋緊固定的真正滑雪鞋，對我這個開小店的女人來說意味著什麼，而且是為兩個孩子……在30年代，商店經營情況只是一般而已……顧客賒帳的太多，競爭也太大……接著又是古爾登貶值……雖然人們哼著小曲「5月使一切更新，一個古爾登變成了兩個……」，但是什麼都變得短缺起來。我們在但澤用的貨幣是古爾登，因為我們當時是共和國，直到後來又爆發了一場戰爭，元首讓他那個姓福斯特的省黨部主席，把我們領「回家，重歸帝國」。從那時起，櫃檯上賣任何東西都只能用帝國馬克。但是卻越來越少。不得不在打烊之後把食品券分類貼在舊報紙上。有的時候，這個男孩也幫幫忙，直到他們也把他拉去穿上了軍裝。在蘇聯人占領我們那兒之後，接著波蘭人又把最後一塊拿了過去，我們遭到驅逐，苦難接連不斷，這時他終於完好無缺地重新回到我的身邊。在這期間滿了十九歲，自以為已經長成大人了。我又經歷了貨幣改革。每個人得到四十馬克的新錢。對於我們這些從東部過來的難民，這是一個艱難的開始……我們除此之外什麼也沒有……照相簿……還有他的集郵簿，我還算是救了出來……後來我就死了……

　　因為我兒子希望這樣，現在又要我一起經歷發行歐元。在此之前，他無論如何還要慶賀我的生日，準確地說是一百零三歲。唉，他要這麼做，我隨便。這個小傢伙現在也已經年過七十了，而且早就出名了。可是仍然不能停止寫他的那些故事。有一些我也挺喜歡。有一些我差點就給他塗掉某幾個段落。但是，家庭節日，既有爭吵又有和解，我一直就很喜歡，因為我們卡舒布人辦慶祝活動總是有哭也有笑。起初，我女兒不願意一塊慶祝，她現在也快七十啦，因為她覺得他兄弟讓我在他的故事裡復活的這個主意有

些太令人毛骨悚然。「算了吧，達道，」我對她說，「否則他還會想出其他更糟糕的事。」事情就是這樣。他想出了這些最最不可能的東西。總是一定要誇張。如果人們讀了，可能根本不會相信⋯⋯

2月底，我的女兒也來了。我已經高興地期待著我的所有那些曾孫子曾孫女，他們又會在下面的公園裡站在他們「玩斯卡特的人」上面來回飛奔，我就在陽臺上朝下看。我也高興地期待著2000年。看一看來到的會是什麼⋯⋯但願不再只是戰爭⋯⋯先是在下面，然後是世界各地⋯⋯

AA0128

我的世紀 圖文典藏版
Mein Jahrhundert

作　　　者—鈞特・葛拉斯（Günter Grass）
譯　　　者—蔡鴻君
主　　　編—湯宗勳
特 約 編 輯—葉冰婷
美 術 設 計—陳昭麟
執 行 企 劃—鍾岳明
董 事 長
　　　　　　—孫思照
發 行 人
總 經 理—莫昭平
總 編 輯—陳蕙慧
出　　　版　者—時報文化出版企業股份有限公司
　　　　　　10803台北市和平西路三段二四〇號四樓
　　　　　　發行專線—（〇二）二三〇六六八四二
　　　　　　讀者服務專線—〇八〇〇二三一七〇五
　　　　　　（〇二）二三〇四七一〇三
　　　　　　讀者服務傳真—（〇二）二三〇四六八五八
　　　　　　郵撥—一九三四四七二四時報文化出版公司
　　　　　　信箱—台北郵政七九～九九信箱
時報悅讀網—http://www.readingtimes.com.tw
電 子 郵 箱—history@readingtimes.com.tw
法 律 顧 問—理律法律事務所 陳長文律師、李念祖律師
印　　　刷—詠豐印刷股份有限公司
初　　　版　一刷—二〇一二年九月二十一日
定　　　價—新台幣六八〇元

國家圖書館出版品預行編目資料

我的世紀（圖文典藏版）/
鈞特.葛拉斯(Günter Grass)著；蔡鴻君譯.
-- 初版. -- 臺北市：時報文化,
2012.09
　面；　公分
圖文版
譯自：Mein Jahrhundert
ISBN 978-957-13-5654-9(精裝)

875.57　　　　101018059

MEIN JAHRHUNDERT (illustrated edition) by Günter Grass
Copyright © Steidl Verlag, Göttingen 1999
Chinese language edition arranged through HERCULES Business &
Culture GmbH, Germany
Chinese translation © 2012 by China Times Publishing Company
All rights reserved.

ISBN 978-957-13-5654-9
Printed in Taiwan